消えた修道士 上

ピーター・トレメイン

オー・フィジェンティの大族長が，和平協定締結のために，モアン王国を訪れたその時，大族長とモアン国王を何者かの矢が襲った。どちらも命に別状はなかったが，襲撃がモアン側の陰謀だというオー・フィジェンティの主張に，両国は一触即発の危機に。モアン国王は自国の潔白の証明を，妹で法廷弁護士でもある修道女フィデルマに託した。襲撃者はすでに殺されていた。フィデルマはわずかな証拠を頼りに，相棒エイダルフ修道士と共に，襲撃に使われた矢の出処と思われるクノック・アーンニャに向かう。美貌の修道女が名探偵。好評シリーズ第七弾。

登場人物

〝キャシェルのフィデルマ〟……修道女。七世紀アイルランドの法廷に立つドーリィー〔法廷弁護士〕でもある
〝サックスムンド・ハムのエイダルフ〟……サクソン人修道士。サクソン南部のサックスムンド・ハムの出身
〝キャシェルのコルグー〟……モアン王国の王。フィデルマの兄
ドンダヴァーン……コルグーのターニシュタ〔次期継承者〕
ブラザー・コンクホル……キャシェルの修道士。薬師
オーナ……オーラの泉の旅籠《はたご》の主人。元モアン王の精鋭戦士団の隊長
アダグ……オーナの孫
ドネナッハ……オー・フィジェンティの大族長
ガンガ……オー・フィジェンティの親衛隊の隊長
サムラダーン……商人
セグディー……イムラックの大司教、イムラック大修道

院の院長
ブラザー・マダガン……………………修道院執事
ブラザー・モホタ………………………聖アルバの聖遺物管理僧を務める修道士
ブラザー・バルダーン…………………修道士。薬師
ブラザー・デイグ………………………修道士
シスター・スコーナット………………修道女
ブラザー・トマル………………………修道士
クレド……………………………………イムラックの旅籠の女将
ニオン……………………………………ボー・アーラ〔代官〕。本業は鍛冶師
フィングィン……………………………クノック・アーンニャの族長

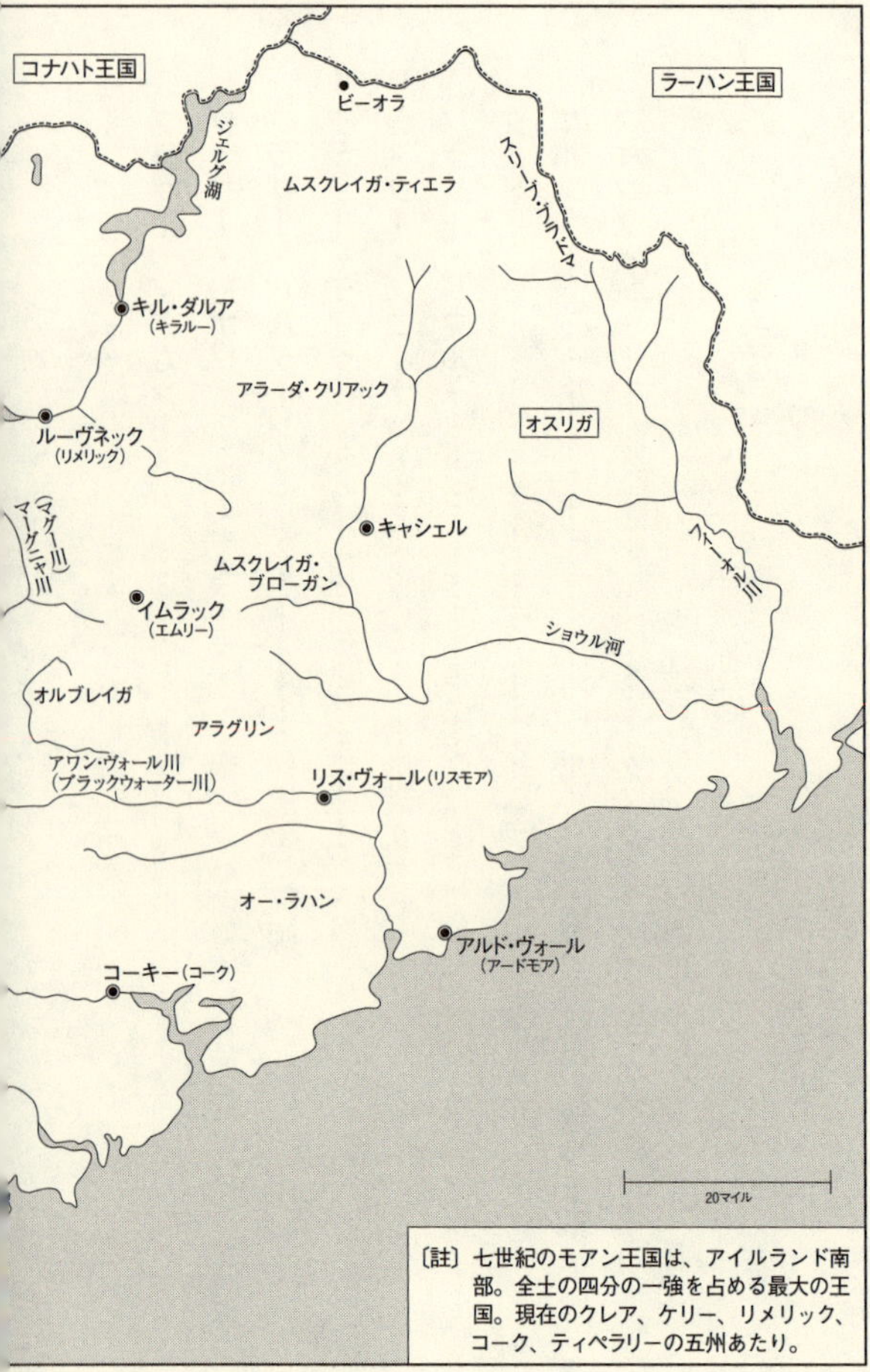

〔註〕七世紀のモアン王国は、アイルランド南部。全土の四分の一強を占める最大の王国。現在のクレア、ケリー、リメリック、コーク、ティペラリーの五州あたり。

〈フィデルマ・ワールド〉
七世紀のモアン王国
N
アラン三島
コルコ・ムラド
マグ・ネイダー
コルコ・バスキン
キエルガ・ルアクラ
クノック・アーンニャ
オー・フィジェンティ
キエルガ・ルアクラ
スリーブ・ルアクラ
ムスクレイガ・ルアクラ
コルコ・ドゥイヴニャ
コルコ・ドゥイヴニャ
レイン湖
グレン・ゲイシュ
ムスクレイガ・ミィティーニ
ルイ川（リー川）
ゲラーン
ガルバンズ・フォート
スケリッグ・ヴィハル
バーラ
ブラノーン川
レイ・ナ・シュクリーニャ
コルコ・ロイーグダ
ドールサ
“三つの泉の鮭”修道院
クーン・ドーア
ロス・アラハー

消えた修道士 上

ピーター・トレメイン
甲斐萬里江訳

創元推理文庫

THE MONK WHO VANISHED

by

Peter Tremayne

歴史的背景

フィデルマの推理が繰り広げられる《修道女フィデルマ・シリーズ》は、西暦七世紀半ばに設定されている。彼女は、聖ブリジッド[1]によってキルデア（現在のアイルランドの首都ダブリンの南西の町）に創建されたキルデア修道院に所属していたこともある修道女だが、単なる尼僧ではなく、全アイルランドの法廷に立つ資格を持ったドーリィー〔古代アイルランドにおける弁護士。時には裁判官としても活躍できる法官〕でもある女性である。

七世紀の古代アイルランド社会という背景については、馴染《なじ》みの薄い読者も多いかと思う。そこで、シリーズの物語をより容易に理解して頂くために、この前書きでもって、作中で言及される若干の基礎的な事項について、触れておくことにする。

七世紀のアイルランドは、五つの強大な王国（アイルランド五王国[2]）から成っていた。現代のアイルランドも四地方から成っているが、この〝地方〟を意味する現代アイルランド語（現代ゲール語）の〝グーゲ〟も、〝五〟を意味する単語である。この五つの上位王国の中の四王国、すなわちウラー（現アルスター地方）、コナハト、モアン（現マンスター地方）、ラーハン（現レンスター地方）は、第五の上位王国であるミー（現ミース）の都タラ[3]に坐《いま》すアード・リー[4]（大王、ハイ・キング）に、忠誠を捧げる。ミーは、〝中央、真ん中〟を意味する単語であり、五つの上位王国の〝中心をなす、最高位王国〟、すなわち大王の領土であり、その大王都がタラである。この大王領ミーを除く四つの強大王国では、統治権は、それぞれ、小王国やクラン（部族）領へと、分権化されていた。

古代アイルランドには、長男、あるいは長女が全遺産を相続するという長子相続制度はなく、ごく小さな部族の首長（族長、チーフテン）から、最高の首長である大王に至るまで、ある程度の世襲部分はあるものの、主として選挙によって選定された。その地位への候補者たちは、自分がその職責にふさわしい人間であることを証明しなければならず、その中から一族の少なくとも三世代にわたる成人構成員（デルフィネ[5]）の集会において、選挙によって選ばれるのである。こうして選出された首長が公共福利の追求をおろそかにすると、デルフィネの集会はそれを糾弾《きゅうだん》し、彼（彼女）から首長位を剝奪する。古代アイルランド王の地位は、中世ヨーロッパの封建的王制よりも、むしろ現代の共和国の首長の選出法に近いものであった。

七世紀のアイルランドは、〈フェナハス〈原義は、〝地を耕す者〟〉の法〉[6]という、きわめて高度な法制度によって、律されていた。この法は、一般には、〈ブレホン法〉として、知られている。ブレホン[7]は、〝裁判官〟を意味するブレハヴという語に由来する名称であり、伝承によると、紀元前七一四年に、大王オラヴ・フォーラによって、初めて集成されたとされている。その後、四三八年に、時の大王リアリィー[8]は、八人の学者を招聘《しょうへい》して、〈ブレホン法〉を検討、改定する〈九人の賢者の会〉[9]を発足させ、〈ブレホン法〉を新しく入ってきたラテン語文字で筆録させた。後にアイルランドの守護聖人となった聖パトリック[10]も、その九人の賢者の一人であった。三年後に、〈九人の賢者の会〉は、この法典の集大成を完成した。これは、アイルランド最初の成文法とされている。

この法典の現存している最古の文献は、十一世紀の写本の中に収録されている。しかし、イングランドの植民政策（イングランドによるアイルランドの統治は、十二世紀半ばより約七百年間続いた）が始まるや、〈ブレホン法〉の遵守は禁止され、ブレホン法典を一冊でも所有するだけで、死刑か流刑という厳罰をもって処罰されるに至った。

だが、イングランドに統治される前の古代アイルランドは、この〈ブレホン法〉という法制度によって律されていた社会であった。

しかし、この法律は決して固定されたものではなく、三年ごとに開催されていたフェシュ・タウラー[11]〈タラの大集会、祭典〉において、法学者や行政官たちは一堂に会し、常に変貌し続ける社会とその必要性を踏まえて、〈ブレホン法〉を検討し改定していた。

〈ブレホン法〉の下におけるアイルランド女性の地位は、特筆するに値しよう。この古代アイルランド法は、この時代のみならず、その後の歴史の中のいかなるヨーロッパ諸国の法制よりも、遥かに多くの権利と庇護を、女性に与えていた。

女性も、いかなる職業、地位であろうと、男性と同じように就くことができたのだ。例えば、政治的な首長の地位に就くこともできたし、現に就いていた。戦場において、軍勢を率いることもできた。医師、地方行政官、公的な詩人、[12]工芸家、あるいは弁護士や裁判官といった法律家になることもできたのだ。フィデルマの時代に活躍した多くの女性法律家として、ブリーグ・ブルゥガッド、アーンニャ・インギン・インギーナ、デイリーなどの名が、今に伝えられている。例えば、デイリーという女性は、裁判官であるだけでなく、六世紀の法典注釈書の著者でもあった。

女性は、性的嫌がらせ、差別、強姦などからも、法によって保護されていた。離婚は、男性側からだけでなく、女性のほうからも、同等な権利として、離婚法に従って申し立てることができたし、夫の財産の一部を、この法律に則《のっと》って要求することもできた。個人的な財産の相続権も、持っていた。病気や負傷についての扶助も、受けることができた。今日の視点から見て、〈ブレホン法〉は、女性解放論者《フェミニスト》にとって、ほとんど天国《パラダイス》であったのだ。

このシリーズにおけるフィデルマの活躍を読まれる上で、近隣諸国の女性の地位や権利と著しい対照を見せていた古代アイルランド社会のことを、物語の背景として念頭に置いておいて頂きたい。

フィデルマは、アイルランド島南西部に位置するモアン王国[13]の王都キャシェルで、ファルバ・フラン王の王女として、六三六年に誕生した。しかし、父王ファルバ・フランは、彼女が一歳前後という幼い頃に亡くなってしまった——と、設定されている。父王の没後、彼女は遠縁に当たるダロウ[14]の修道院長ラズローン[15]の後見の下で育った。だが〈選択の年齢[16]〉に達した時、フィデルマは、当時の多くのアイルランドの少女たちと同じように、〈詩人の学問所[17]〉で、さらなる勉学を続けることを望み、タラのブレホンであるモラン師[18]が営む〈詩人の学問所〉、すなわち〝タラのモランの法学院〟に入り、彼の下で法律を学ぶという選択をしたのであった。八年間の研鑽《けんさん》を経て、彼女はアンルー〔上位弁護士〕の資格を取得した。アンルーは、古代アイルランドで、伝統的な〈詩人の学問所〉であろうとキリスト教系の学問所であろうと、そうした教育機関が授与する資格の中の最高学位に次ぐ、第二順位の高位資格なのである。最高位はオラヴ[19]であり、この単語は、〝大学教授〟を意味する言葉となって、現代アイルランド語にも残っている。フィデルマは法典『シャンハス・モール[20]』に基づく刑法と、法典『アキルの書[21]』に基づく民法の両方を学んだ法律家であるので、ドーリィー〔弁護士〕として、アイルランド五王国のいかなる法廷にも立つことができるのだ。

彼女の役割は、現代スコットランドの裁判官代理や現代フランスの予審判事に近いかもしれない。

かつては、専門職に就く人々や知識階級の人々は皆、ドゥルイド[22]と称されていたが、フィデルマの時代になると、彼らは、ほとんど皆、新しく入ってきたキリスト教の教会や修道院に所属するようになっていた。フィデルマも、一時は、五世紀に聖ブリジッドによって創設されたキルデアの修道院に所属[23]していた。

ヨーロッパ諸国における七世紀は、〝暗黒の時代〟であったとされるが、アイルランドでは〝黄金の時代〟であったために、アイルランドの学問所で学ぼうと、ヨーロッパ中から学生たちが集まってきていた。その中には、アングロ・サクソン諸王国の王子たち[24]も少なくなかった。この時代、ダロウのキリスト教系の大学問所には、十八カ国からの留学生が学んでいたと、記録されている。

それと同時に、多くのアイルランド人修道士や修道女が、異教徒（ペイガン）たちにキリスト教を伝えようと、ぞくぞくと海を渡っていた。彼らは、東はウクライナのキエフ、北はフェアローズ[25]、南はイタリアのタラントまで、ヨーロッパ全土を伝道して歩き、各地に教会、修道院、教育機関を創設していった。〝アイルランド〟は、〝学問〟や〝教育〟の代名詞であったのだ。

しかし、アイルランドのケルト（アイルランド）・カトリック教会は、ローマ・カトリック教会と、典礼規定や儀式形式等に関して、常に論争を続けていた。ローマは、四世紀から、教会の改革に取り組み始め、復活祭の日取りの決め方や儀式の様式などを、次々と変更していった。これに対して、ケルト・カトリックや東方の諸教派は、ローマの方針に従うことを拒否していた。しかし、ケルト・カトリック教会は、九世紀から十一世紀にかけて、次第にローマ・カトリックに吸収されていった。東方の諸教派のほうは、現在も、東方正教会として、ローマ・カトリックから独立した地位を保ち続けている。フィデルマの時代のアイルランドのケルト・カトリックは、ローマとの軋轢《あつれき》(26)が激しくなっていた時期であった。

しかし、ローマ教会であれケルト教会であれ、七世紀のカトリック教会に共通して言えることがある。聖職者の独身制は、決して遍《あまね》く遵守されていた規則ではなかったという点である。ローマ教会にもケルト教会にも、肉体の愛は昇華されねばならないとする苦行僧的な聖職者は、常に存在していた。しかし、聖職者の結婚が初めて正式に咎《とが》められたのは、三二五年のニカイアの総会議(27)においてであった。それでも、まだ、禁止はされていなかった。ローマ・カトリックの独身制という考え方は、異教の巫女《みこ》ヴェスタや、ダイアナの神官たちに起因したものである。だが、五世紀になると、ローマ・カトリックは、修道院長や司教以上の高位聖職者に、妻と同衾《どうきん》することを禁じた。その後間もなく、高位聖職者の結婚をも、禁止するに至った。ローマは、一般の聖職者の結婚にも不賛意を表明していたが、まだこの時点では、禁止はしていなかった。西方の全聖職者の独身制が強制されるようになったのは、教皇レオ（在位一〇四九〜一〇五四）による改革からである。東方の諸教派は、修道院長や主教より下位の聖職者には、今日も、結婚の権利を認めている。

ローマ教会が独身制を教理《ドグマ》として確立してからも、ケルト教会にとっては、〝肉体の罪〟を否認するローマの姿勢は、受け入れがたいものであった。《フィデルマ・ワールド》で描かれているように、〝コンホスピタエ〟、あるいは〝ダブル・ハウス〟と呼ばれる男女共住の修道院や僧院で、神に仕えながら共に暮らし、共に子供を育ててゆくケルト教会の修道士や修道女たちは、多かったのである。

フィデルマが一時期所属していた聖ブリジッド創設のキルデアの修道院も、フィデルマの時代には、こうした男女共住修道院であった。例えば、ブリジッドは、キルデア（ダラ〔樫〕の木のキル〔教会〕）に修道院を創設した時、自分の修道院に加わってくれるようにと、男性であるコンレード司教を招いている。また、彼女の最初の伝記は、六五〇年に、つまりフィデルマの時代に著されているが、この著者のキルデアの修道士コジトススも、ここは共住修道院であると、はっきりと記述している。

ケルト・カトリック教会では、この時代、さまざまな儀式を司《つかさど》ることができる司祭という地位に、女性も、男性と同じように、任じられていた。そのことも、指摘しておきたい。ブリジッド自身も、聖パトリックの甥のメル司教によって、司教に叙階されているが、これは、特異な例ではなかったのである。現に、ローマ教会は、六世紀に、ケルト教会が神聖なるミサを女性にも司らせていると、抗議の文書を書いている。

七世紀アイルランドの政治地理学的な国土区分は、多くの読者にとって、馴染みの薄いものであろう。それを把握して頂くために、私は本書に、簡単な地図を添えておいた。また、人名をより容易に識別して頂くために、主要登場人物表も、付けておいた。

私は、言うまでもない理由から、今日通用している時代錯誤的な地名を用いることを、避けている。しかし、タウラーの代わりにタラ、カシェールの代わりにキャシェルというように、よく定着している地名のいくつかには、現代の地名を使っていることもある。だが、マンスターの場合は、造語のマンスターではなく、あくまでも古くからの地名モアンに固執している。なぜなら、マンスターとは、アイルランド語の地名モアンに、九世紀になって北欧語《ノルディック》の〝場所〟を意味する単語〝スタッドル〟を付け加え、それをさらに英語化したものだからである。同様に、レンスターも現代の地名ではなく、本来の〝ラーハン〟という地名を用いている。〝レンスター〟は、〝ラーハン・スタッドル〟という造語を、さらに英語化したものだからである。

作品の背景をなすこのような知識でもって武装して、いざ、《フィデルマ・ワールド》へ！

本書『消えた修道士』は、七世紀のアイルランド人が〝フォガマル〔収穫〕のミーガーン〔真ん中〕〟と呼んでいた〝九月〟に起こった物語として、展開する。この単語は、現代アイルランド語に、〝マーン・フォヴァル〟として残っている。物語は、主のご生誕の年《アンノ・ドミニ》から数えて六六六年の九月の出来事として、繰り広げられていく。ここで描かれるオー・フィジェンティの謀略と叛乱については、シリーズ第四作の『蛇、もっとも禍《まが》し』の中でも、描かれている。

　本書の物語の大部分の舞台となっているイムラック、正式に言えばイムラック・ユーヴァー〔イチイの木々茂る国境地帯〕は、その後英語化されて、エムリーという地名となった。今日のエムリーは、ティペラリー（語義は〝オーラの泉〟）の町の西八マイルに位置する小さな田舎町にすぎないが、かつては、ここに、聖アルバの大修道院や大聖堂が、堂々たる威容を見せていたのだ。現在は、ごくわずかな痕跡しか、残っていない。

　そのことに関心を抱かれる読者も、おいでかもしれない。教会堂は、今も、その場所に建っている。イムラックは、一五八七年まで、マンスター司教管轄区の中の最高権威の教会であった。その後、イムラック司教区とキャシェル司教区は統合されたが、両管区の司教や主教たちは、カトリックでもプロテスタントでも、エムリー（イムラック）とキャシェルの両方の称号を名乗っていた。かつてのイムラックの大聖堂は、やがて改築されて、十三世紀の建物に変わってしまったが、これもまた、一六〇七年の戦乱[28]の中で、破壊された。しかし、旧大聖堂は、その世紀の終わりに、今度はアングリカン・チャーチ（英国国教会、聖公会）の大聖堂として建てなおされ、主《しゅ》に奉献された。だが、この英国国教会の新しい大聖堂も、程《ほど》なく荒廃するに任された。そこで、一八二七年に、再度、再建されたのであるが、その後四十年のうちに、またもや破壊された。主として、アイルランドにおける英国国教会の弱体化の結果であった。カトリック側は、この荒廃した建物を購入しようとしたが、英国国教会側はこれを拒み、古い建物の石材のほとんどをモワーンの町に運んで、自分たちの新しい大聖堂を建立した。

現在のイムラック（エムリー）の大聖堂は、一八八二年に、カトリック側によって、建立されたものである。このカトリック大聖堂は、ステンド・グラスを見るためだけでも、訪れる価値がある。その中の一つは、キャシェルの王であり、同時にキャシェルの司教でもあったコーマク・マク・クィラナーンを追慕して捧げられたものである。クィラナーンは、詩人でもあり、文人でもあり、辞書学者《レクシコグラファー》としても令名高い人物であった。

また、中庭には、今も一本のイチイの木が、葉を茂らせている。敷地内には、イムラック大聖堂や大修道院の創設者であった聖アルバ(29)の泉もある。風雪に曝《さら》された古い石の十字架も残っているが、この十字架は聖アルバの墓があった場所を示しているのだと、伝えられている。聖アルバは、強大なオーガナハト一族が治めていたモアン王国の守護聖人でもあったのだ。彼を慕って、その祝日、九月十二日には、聖アルバの泉に詣《もう》でて彼に神へのお取り成しを願おうとする信者たちの姿を、今も見かけることができる。

敷地には、古い聖泉が五箇所、残っている。ただ、そのうちの一つ、トヴァル・ペイダール

（聖ペテロの泉）は、崩壊の恐れがあるので、現在は覆いを被《かぶ》せられている。この暗渠《あんきょ》からノックカラン丘陵（カーンの丘）まで地下道が続いている、という言い伝えもあるようだ。

消えた修道士　上

ゴシック文字はアイルランド（ゲール）語を、
行間の（　）内の数字は巻末訳註番号を示す。
聖書の引用は、原則として『舊新約聖書・文
語譯』（日本聖書協会）に拠る。

第一章

頭巾《カウル》付きの法衣をまとった背の高い修道士が、花崗岩《かこうがん》の敷石に革サンダルの足音をかたかたと響かせながら、灯りが消えた暗い通廊《コリダー》を急いでいる。まだ眠りに包まれている修道院の全員が目を覚ますのではと思われるほど、その音が闇に響く。修道士は、燃えさしの太い獣脂蠟燭《じゅうしろうそく》に灯した火を、自分の前に掲げている。その炎が、廊下に吹きこむ風に覚束なげに揺らぎ、ちらちらと躍っているが、消えることなく修道士の行く手を照らし続けている。明かりは、彼の瘦せた顔をも、陰影を深く刻みつつ、あるいは歪めつつ、朧《おぼろ》に浮かび上がらせていた。神に仕える者というより、地獄から呼び出された妖魔を思わせる顔だ。悪夢に現れそうである。

修道士は、頑丈な木製の扉の前で立ち止まり、一瞬、躊躇《ためら》ったが、すぐに蠟燭を持っていないほうの手を拳《こぶし》に固めて、二度、力をこめて扉を叩き、中からの応答を待つことなく、鉄の掛け金をくるっと回して、中へ踏み込んだ。

夜の帳《とばり》がまだ修道院をすっぽりと覆っているので、室内は暗かった。彼は扉のところで躊躇《ちゅうちょ》し、蠟燭をかざして中を照らした。部屋の一隅《いちぐう》に置かれた簡素な寝台の上に、毛布を掛けて穏やかに横たわっている人の姿が認められた。修道士は、その規則正しく、やや重い寝息から、自分が扉を強く叩いた騒音も、部屋に踏み込んだ物音も、この部屋のただ一人の主《あるじ》の目を覚まさせなかったことを悟った。

彼は寝台に近寄り、蠟燭を枕許の小卓に置くと、眠っている人の上に屈みこみ、その肩を激しく揺すぶった。

「院長様！」と彼は、切迫した叫びを、寝ている人物に向けた。激しい感情を必死に抑えこんだ、かすれた声だった。「院長様！　起きて下され！」

眠っていた人物は、ふっと呻き声をもらして、しぶしぶ目を覚ました。すぐに彼は、瞼《まぶた》を忙《せわ》しなく瞬《また》いて、薄暗がりの中を見極めようとした。

「何事じゃ……？　誰だ……？」目を覚ました人物は、体の向きを変えると、上へ視線を向け、寝台の側に立っている長身の修道士に気づいた。修道士は、自分の顔がよく見えるようにと、頭巾を背中にはね上げた。眠りから引きずり出された人物の鷲を思わせる顔に、苦々しげな表情がさっと走った。「ブラザー・マダガン、一体、何事じゃ？」と言いながら、彼はなんとか身を起こし、窓の外の夜空を見やった。「どうしたのじゃ？　儂《わし》は、寝過ごしてしまったのか？」

　長身の修道士は、不安げな様子で、慌てて首を横に振ってみせた。蠟燭の明かりの中に浮かぶその顔は、暗く緊張していた。

「いえ、院長様。早暁《そうぎょう》の讃課を皆に知らせる鐘が鳴るまでには、まだ一時間はあります」

　ロードとラテン語で呼ばれる早暁讃課は、教会の一日の始まりを画する儀式であり、イムラックの修道院の全聖職者は礼拝堂に集まり、これをもってイムラックの大修道院の献身の一日が始まることになるのだ。

　モアン王国に初めてキリスト教を伝えられた聖アルバのコマーブ〔後継者〕であり、イムラックの大司教にして、その大修道院の院長でもあるセグディーは、ほっとして枕に背を凭《もた》せたが、額にはまだ皺《しわ》を刻んだままだった。

「では、定めの時刻前であるのに儂を起こすとは、どのような不都合が生じたのじゃ？」と彼は、苛立たしげに返答を求めた。

　マダガン修道士は、院長の声に鋭い非難を聞き取って、うなだれた。

「院長様、今日がいかなる日であるか、おわかりでございましょうな？」

　セグディー院長は、マダガン修道士を見つめた。面《おもて》に浮かんでいた苛立ちの色は、戸惑いに取って代わられた。

「わざわざ人を起こして、なんという質問だ。今日は、我らの修道院の創設者、祝福されしアルバの祝日ではないか」

「お許し下され、院長様。でも、ご承知のとおり、この日には、私どもは早暁の讃課に続いて、祝福されし聖アルバの聖遺物をこの礼拝堂から修道院敷地内の聖アルバの墓所へとお運びしまして、院長様はそこを祝福なさり、私どもは地上のこの一隅を信仰へとお導き下さった方の生涯とその偉業に、感謝を捧げることになっております」

セグディー院長は、苛立ちを募らせた。「ブラザー・マダガン、要点を言うがいい。それとも、儂が承知しておることを繰り返そうがために、儂を叩き起こしたと言うのか？」

「恐れながら、説明申し上げます」

「申すがよい！」と院長は、苛々《いらいら》と声を荒らげた。「くだらぬことではあるまいな」

「この大修道院の執事としまして、私は院内を巡視しておりました。そして、ほんの少し前、礼拝堂へも入ってみたのです」修道士は、ここで自分の言葉に劇的効果を添えるかのように言葉を切った。「院長様、礼拝堂の壁龕《へきがん》の中に祀《まつ》られてありました聖アルバの聖遺物が、そこから失せておりました！」

セグディー院長は瞬時に緊張し、寝台からさっと下り立った。

「失せておった？　どういう意味だ！」

「聖遺物がなくなっておりました。消え失せておったのです」

「だが、昨夜、我らが晩禱《ヴェスパー》に集まった時、聖遺物は祀られておったぞ。皆がそれを目にして

です
と？」

「もう、ブラザー・モホタを呼び寄せてあるのか？」

マダガン修道士は、質問の意味が理解できずに、眉根を寄せた。「ブラザー・モホタをですおってではないか？」

「いかにも、そうでありました。それが、今はないのです」

「聖アルバの聖遺物管理僧であるから、真っ先に呼び出されるべき修道士じゃ」院長の苛立ちが、ふたたび高まった。「呼びに行け……いや、待て！　儂も行こう」

院長は振り向き、サンダルに爪先を入れ、壁の掛け釘から毛織りの外套を取った。「蠟燭を持ち、ブラザー・モホタの部屋へ案内せい」

マダガン修道士は短い獣脂蠟燭を取り上げ、通廊に出て、歩き始めた。そのすぐ後に、心乱された院長の姿が続いた。

外では、風が募り始めていた。修道院が建っている小高い丘の周りを、囁《ささや》くように、嘆くように、風が吹きまわっていた。風は、修道院の無数の通廊に、冷たい息吹《いぶき》を吹きこんでくる。セグディー院長は、その中に、雨の気配を感じ取った。経験から生まれた感覚でもって、彼は判断していた。バリホウラ山脈(1)を覆っていた雲が、南のほうから吹き上げられてきたのだ。明け方までには、雨になっているに違いない。ここで過ごしてきた長い年月が教えてくれた知識である。

共に通廊を急ぎながら、マダガン修道士は院長に話しかけた。「一体、聖遺物、どうなったのでありましょう?」絶望の嘆きのようなその声が、院長の思いを中断させた。「どこかの盗賊が修道院に押し入って、あれを盗み出したのでしょうか?」

「そのような禍《わざわい》、何とぞ退け給え!」とセグディー院長はラテン語で祈りを唱えながら、膝を軽く屈めて、胸に十字を切った。「ブラザー・モホタが早めに起きだして、儀式の準備のために聖遺物を動かそうとしたのであろう。そう、望もうではないか」

そう口にしながらも、それが徒《あだ》な望みであると、院長は気づいていた。聖なるアルバを記念する儀式の手順は、修道院の誰もが知っていることなのだ。常に礼拝堂に祀られている聖遺物は、早暁の讃課が終わってから初めて、聖遺物管理僧によって取り出され、運び出されるのだ。修道院の聖職者全員も、その後に従って、先ず敷地内の聖なる泉へ向かう。院長はこの泉から新しい水を汲み上げ、その聖水で、ちょうど百年前に聖アルバが奉献なされたばかりの修道院を祝福なされたと同じやり方で、聖遺物を祝福されるのだ。その後、浄められた聖遺物と聖水を入れた聖餐杯《チャリス》を捧げつつ、一行は創建者聖アルバの墓所を示す石の十字架へ向かって行列を進め、その前で追慕の儀式を行う。これは、よく知られていることだ。どうして管理僧のモホタが聖遺物をこのような未明に、礼拝堂から持ち出したりするだろう。

院長と気もそぞろな修道院執事マダガンは、目指す扉の前で立ち止まった。マダガンは拳を振り上げて、扉を叩いた。セグディー院長は歯がゆげな吐息をもらすと、彼を押しのけ、扉をさっと押し開いた。

「ブラザー・モホタ!」院長は、そう叫びながら、小さな部屋に踏み込んでいた。だが、その足が止まった。彼は、目を大きく見張った。マダガン修道士は、薄暗い室内にどのような異変が起こっているのかと、院長の背中越しに、なんとか中を覗こうとした。院長は振り向こうとはせず、奇妙に静かな声で、彼に命じた。

「蠟燭を高く掲げてくれ、ブラザー・マダガン」

長身の執事は、言われたとおりに、院長の肩より高く、蠟燭を掲げた。

揺らめく灯りが、小さな部屋を照らし出した。乱雑この上ない散らかりようだった。床には衣類が放り出されており、寝台として使われている簡易ベッドの藁布団《わらぶとん》も、ほとんど引きずり出されている。蠟燭の燃えさしが、溶けた獣脂の小さな染《し》みの中に転がっていた。木製の蠟燭立てのほうは、少し離れた床に倒れていた。その他のちょっとした洗面具なども、部屋中に散らばっている。

「どういうことでしょう、院長様?」と、仰天したマダガン修道士が、囁きかけた。

セグディー院長は、それには答えなかった。彼は、藁布団に、じっと目を凝《こ》らしていた。何かわかりかねるが、変色した箇所があるのだ。彼は振り向いて、マダガン修道士が手にしている蠟燭を取ると、近寄ってその上に屈みこみ、注意深くその染みを観察した。さらに、指を伸ばして、用心しながら、そこに触れてみた。まだ湿っている。彼は、蠟燭のちらちらと揺れる炎に近づけて、自分の指先を調べた。「〝おお、なんということか〟……！」と院長は、ラテン語で囁いた。「血だ」

マダガン修道士の体に、さっと隠しようもない戦慄《せんりつ》が走った。

セグディー院長も、しばし凍りついたように立ちつくした。彼がふっと身じろぎをするまでに、まるで長い時間が経ったかに思えた。

「ブラザー・モホタの姿は、ここには見られぬ」と彼は、言うまでもない事実を口にした。「行きなさい、ブラザー・マダガン、修道院の全員を起こすのだ。我々は、ただちに捜索に取りかからねばならぬ。敷布団に血痕が付いており、部屋が荒らされている。聖アルバの聖遺物も、消え失せている。行け、警報の鐘を打ち鳴らせ。今夜、この修道院の中を、邪悪なるものが忍び歩いておるのじゃ！」

第二章

城壁の最上部である胸壁《バトルメント》の内側には、ぐるりと通路が巡らされている。そこを目指して、今、一人の修道女が登ってこようとしていた。彼女は階段の最後の一段のところで立ち止まり、朝の大空を文句ありげに打ち仰いだ。その額にふわりとこぼれている言うことをきかない一房の巻き毛は、赤毛である。きらきらと輝く目は、今は灰色の空を映している。若々しく、魅力的な顔だ。だが修道女は、せっかくの美貌をしかめている。どうやら、空模様が気にいらないらしい。だが彼女は、わずかに肩をすくめると、最後の一段を登りきって、石敷きの通路へとやって来た。聳《そび》え立つばかりに高い、堂々とした砦だ。修道女が歩みを進めたのは、その胸壁最上部の内側に巡らされている石の通路である。砦は、エール（アイルランドの古名の一つ）の南部に位置する最大王国モアンの歴代の王が居城としてきた王城でもあった。

キャシェル城と呼ばれるこの城は、周囲の平地を睥睨《へいげい》するかの如くに聳える二百フィートほどの巨大な石灰岩の頂上に建っていた。城に到る道は、ただ一本。この岩山の陰に発達した市場町から登る、険しい山道だけである。岩の上には、歴代モアン王の宮殿のみでなく、壮大な教会堂、キャシェルの司教の司教座である大聖堂、当時の多くの教会の建築様式であった高い円形の建造物等々、さまざまな建物が並び建っていた。こうした主要な建物は、いずれも通廊《コリダー》によって、王宮に繋《つな》がっていた。そのほか、厩舎《きゅうしゃ》、倉庫、来訪客のための宿泊棟、王の親衛隊である精鋭戦士団の営舎、といった建物もある。むろん大聖堂に仕える聖職者たちの僧院も、この岩山の頂に在った。

修道女は、尼僧という天職にはいささかそぐわない若々しくはずむような足取りで、城壁の歩廊を進んでいた。すらりとした長身だ。均整のとれたこの修道女フィデルマの肢体は、聖職者のすっぽりと全身を覆う法衣も、隠しきることはできないでいた。彼女は、軽やかな身のこなしで胸壁に近寄り、それに寄りかかって、空の観察を続けた。冷たい風が、多くの建物の間を吹き抜けていく。それを受けて、彼女はかすかに身を震わせた。夜の間に、雨が降ったに違いない。辺りの空気が、しっとりとしている。この岩山の陰になっている麓《ふもと》の野面《のづら》には、仄《ほの》かな銀色の輝きが広がっていた。葉末《はずえ》に残る水滴に、朝日がきらめいているのだ。

このところの天候は、例年と違っていた。朝の初霜と夜間の冷え込みを伴って秋分の日の先駆けを務める聖マタイの祝日（九月二十一日）は、まだ先だ。いつもの年なら、日中は晴れやかな季候を楽しませてくれる九月だというのに、今年は、なんと冷え冷えとした天候だ。空には一面に灰色の雲が広がり、ほんの時折、太陽が懸命に雲間から覗いてくれる時にだけ、仄かな明るさを見せてくれる、といった塩梅《あんばい》なのである。山嶺《さんれい》の上にかかる幾重にも重なった厚い雲は、南西の方《かた》へと広がり、山脈《やまなみ》を分かつ広やかな渓谷と、その中を幅広いリボンのようにうねりながら北から南へと流れる大河ショウル（現シュア）川の対岸にまでも、続いている。

修道女フィデルマは、空の観察を止めて、振り向いた。そして、少し先に立っている初老の男に気づいた。彼もまた、早朝の空を眺めて、思考に耽《ふけ》っているに違いない。彼女は、挨拶の笑みを面《おもて》に浮かべて、彼のほうへ歩み寄った。

「ブラザー・コンクホル！ 今朝は、憂鬱《ゆううつ》そうなお顔をしていらっしゃること」とフィデルマは、明るく呼びかけた。彼女は、空模様でもって、いつまでも気を滅入らせるような女性ではなかった。

老修道士は、浮かぬ顔をフィデルマに向け、嘆かわしげに眉根を寄せた。

「いかにも、そうでしょうな。今日は、明るい日では、ありますまいて」

「寒々とした日ね。それは、同感よ、ブラザー・コンクホル」と、彼女は応じた。「でも、雲はすっかり晴れますわ。冷たい風ではあっても、南西の風が吹いていますもの」

老人は、彼女の朗らかな声に調子を合わせようとはせず、頭を振った。

「今日という日に用心せよと儂《わし》に告げておりますのは、雲行きではありませんのじゃ」

「まあ、天宮図を調べていらしたのね、コンクホル」とフィデルマは、柔らかに老人を咎《とが》めた。コンクホル修道士は王家の礼拝堂の傍《かたわ》らに自分の施薬所を持つことを許されている、キャシェルの薬師《くすし》であるだけでなく、星が描く図形の意味を読み取ることに熟達した人物なのだ。彼女は、彼が長い夜、独り天体を見つめて考察に耽っていることを、よく承知していた。実際、医学と天文学は、医師の知識を実地に行うにあたって、しばしば対《つい》をなす関係にあるのだ。

「ご存じでありましょう、儂は、夜ごと、天宮図を調べておりますのじゃ」と彼は、嘆くような単調な声で、彼女に答えた。

「そのことは、ごく幼い頃から、よく知っていましたわ」とフィデルマは、生真面目な態度になって、はっきりと彼に答えた。

「そうでありましたな。かつて、儂は、あなた様に天宮を読み取る術《すべ》をお教えしようと試みたことがありましたわい」と、老人は溜め息をついた。「あなたは、重大な兆しを読み取ることのできる、優れた占星術者になられたかもしれませんのになあ」

フィデルマは、若々しい顔を、しかめてみせた。

「さあ、どうかしらねえ、コンクホル」

「本当ですぞ、儂の今の言葉、お信じなされ。キャシェルが生んだ偉大なる占星術師モー・クーロック・マク・ネ・セーモンの許で学んだ儂の言葉ですぞ」

「幾度も、そう言っていらしたわね、コンクホル。でも今は、教えて下さいな、どうして今日という日が明るい日ではないのです?」

「悪しきものが、今日、辺りに跋扈《ばっこ》しておるような気がするのですわ、〝キャシェルのフィデルマ〟様」

この老人は、決してフィデルマを、聖職者の肩書で呼ぼうとはしなかった。常に、彼女が一人の王の娘にして、もう一人の王の妹であることを忘れないで、〝ギャシェルのフィデルマ〟様という公式な呼び名で（あるいは親しみをこめてフィデルマ様と）話しかけるのである。

「その悪しきものの正体を見極めることがおできになったの、コンクホル？」フィデルマは、急に興味を掻き立てられて、老人に問いかけた。占星術というのは、もっぱら占星術師それぞれの能力に大きく左右される科学であるように思えて、フィデルマは占星術師たちに深い信頼を寄せてはいないのだが、その一方で、きわめて秀でた占星術師からは学ぶべきことが多々あるということも認めていた。ネムナハト（天文学）は、ごく古くから伝わってきた知識であり、多くの人々は、もしその資力があれば、天宮図を買いもとめて、自分の子供の誕生の瞬間に、天宮図によって天体を観測して、その子の運勢を占う。これが、ネミンディーヴ（星運観測による運勢占い。ホロスコープ）と呼ばれるものである。

「残念ながら、はっきりと摑んではおらぬのですわ。今日、月がどこに位置しておるか、ご存じですかな？」

　自然を間近なものとして暮らしている社会にあって、月の位置を知らない者は、よほど無知な人間か、全くの愚か者であろう。

「月は、欠けようとしていますわ。今、月が位置しているのは、山羊座です、コンクホル」

「そのとおり。月は、今、我々が地上より見上げた時、水星《マーキュリー》と九〇度の角度をなす場所に、すなわち水星とスクエアをなす位置におります。これは、土星《サタン》とコンジャンクトの位置、すなわち月は土星と黄道上に並ぶ位置に在るのです。また、木星《ジュピター》とは、セクスタイルの位置、すなわち角距離が六〇度という位置なのです。ところで、太陽は、今どこにおりますかな?」

「ごく易しいお訊ねです。今、太陽は乙女座ですわ」

「そしてこれは、月の北側の交点《ノウト》、すなわち月が太陽の軌道(黄道)と交わる点と、一八〇度をなす位置でもあります。今太陽のスクエアをなすところ、すなわち九〇度をなす位置におりますのは、火星《マース》ですわい。一方、土星は、磨羯宮《まかつ》に在る月と一直線をなしておりますが、これは水星と九〇度をなす位置でもあります。木星のほうは子午線の上に在りますが、九〇度離れたところに在るのは金星《ヴィーナス》でしてな」

「でも、それは、何を意味しているのでしょう?」とフィデルマは、興味を掻き立てられて、老人が何を考えているのかを知りたがった。この分野に関する自分の乏しい知識でもって、彼が何を意味しているのかを理解しようと試みているのだ。

「今日という日に、良きことは起こらぬということですわ」

「誰にとって?」

「お兄上コルグー様は、もう城からご出立《しゅったつ》なされましたかな?」

「ご予定どおりに、オーラの泉でオー・フィジェンティ大族長をお迎えしてここへご案内するために、暁《あかつき》の最初の光が差し初める前に、出発なさいましたわ」彼女の胸に、突然、不安が兆した。「兄上の身に、何か危険が迫っていると?」

「儂には、はっきりと言うことはできませぬ」と老人は、否定するかのように、両腕を広げた。「確かでは、ありませぬ。兄上様に、何か危険なことが起こるやも。だが、たとえそのようなことが起こり、兄上様に危難が迫りつつあるにせよ、そのような事態を起こそうと企てた者は、結局、勝利を手にすることはできませぬ。儂に申し上げられるのは、それだけですわ」

　フィデルマは、詰《なじ》るように、彼を見つめた。

「あなたは、大変なことをおっしゃりながら、肝心な点は全然聞かせて下さってないわ。人の不安を掻き立てておいて、その不安を打ち消す行動をとるために必要な情報を与えないなんて、酷いこと」

「おお、フィデルマ様、〝無言の口は、もっとも麗しい調べを奏でる〟と、よく言われておりますぞ。儂は、諸々の星から無理にその秘密をもぎ取るより、むしろ星には星の軌道をそっと歩ませることを選びましょう」

「私を苛々《いらいら》させたいの、ブラザー・コンクホル？　これでは、私、兄上がご帰城なさるまで、心配しどおしよ」

「あなたに、儂の不安をふともらしてしまいましたわい。申し訳ございませんでした、〝キャシェルのフィデルマ〟様。儂のとんでもない間違いであるよう、祈っとります」

「では、時が明かしてくれるのを待ちますわ、修道士殿」

「〝時が、全てを顕《あらわ》す〟のです」とコンクホルは、古い諺《ことわざ》を引用して、静かに彼女に同意した。

　コンクホル修道士は別れの挨拶に頭を軽く下げると、やや背を屈め、太いリンボクの杖で身を支えながら、慎重な足取りで胸壁の通路を遠ざかっていった。フィデルマは、突然兆した不安をまだ振り払うことのできぬまま、老人の後ろ姿を見守った。フィデルマは、生まれてから今までの三十年、老修道士コンクホルをずっと知っていた。彼は、フィデルマの誕生の際にも、仕えてくれていた。まるで、古いキャシェルの城に、永遠に住み続けるかに思える老人なのだ。彼女の父ファルバ・フラン・マク・エイドー王はフィデルマが生まれて一年ほどで亡くなったために、彼女自身はほとんど父王のことを覚えていないのだが、そのファルバ王にも、この老人は仕えていた。ファルバ王の没後、次々と王座に昇った三人の縁者たちにも、コンクホルは仕えた。彼らの後を受けて、一年足らず前に、フィデルマの実の兄コルグーがモアン王国の玉座に就いたのだが、老コンクホルは、今この新王に仕えている。そして、コンクホル修道士は、天体を学び諸々の星の地図やその軌道を描くことのできる人々の中でもっとも優れた学者と見做されている占星術師でもあるのだ。

　フィデルマは、この老人をよく知っていた。だから、その予知は軽々しく受け止めてはならないと、承知していた。

彼女は、陰鬱《いんうつ》な空を見上げて、身震いをした。だがすぐに胸壁から下りて、巨大な石灰岩の山頂に鎮座する宮殿の主要部へと向かった。宮殿の幾棟もの建物の間には、いくつもの中庭が設けられていた。彼女が入っていったのは、その中のもっとも広い中庭だった。広い敷地のそこかしこには、もう少し規模の小さな中庭もあり、さらに小さな花壇も見られた。このように互いに繋がり合っている建物や中庭などから成る宮殿の主要部は、堅牢な高い石壁で護られていた。

フィデルマは、石畳の中庭を、王家の礼拝堂の大きな正面入口へと進み始めたが、遊んでいる子供たちの声を耳にして、歩きながら視線を上げた。その頰に、柔らかな微笑が浮かんだ。男の子たちが、礼拝堂の壁を利用して、ロー・クレッス〔円盤投げ〕をしているのだ。これは、コルグーとフィデルマが幼かった頃、コルグーのお気に入りだった遊戯だ。コルグーが、これだけはフィデルマに勝てると知っている遊戯なのだから。重い円盤を高い塀よりさらに高く投げ上げるという、腕の強さがものを言う遊戯[1]で、一番高く抛《ほう》り上げた者が勝者となるのだ。昔の伝説によると、偉大なる英雄クーフランは、あまりにも高く抛り上げたため、円盤は塀を越えて、その先の建物の屋根をも飛び越えてしまった、という。

子供たちの歓声が、わっと湧き起こった。仲間の一人が、円盤をとりわけ見事に抛り上げたのだ。ちょうどその時、彼らの側を厩舎係りの召使いが通りかかり、足を止めて子供たちを叱りつけた。

「〝声を立てぬ口こそ、耳に快い口〟と言うぞ」と馬丁は、人差し指を立てて打ち振りながら、子供たちに言っている。つい先ほど、コンクホル修道士がフィデルマに引用して聞かせた諺とほとんど同じ言い回しである。馬丁は振り向いてフィデルマを認め、彼女に挨拶をした。ふと見ると、彼の後ろに、男の子が二人立っていた。悪童たちは、馬丁の背中に変な顔をしてみせていたが、フィデルマは、それには気がつかないふりをしてやった。

「やれやれ、フィデルマ様、この小僧どもときたら」と初老の馬丁は、溜め息をつきながら、王家の一員であるフィデルマに、うやうやしく話しかけた。実を言えば、キャシェル城の人々は皆、〝シスター・フィデルマ〟よりも、この形で呼びかけるのだ。「まったく、こいつらの叫び声は、この時刻の静けさをつん裂きますわい」

「でも、これは子供たちの遊びですもの、オスローア」と彼女は、真面目に、それに答えた。彼女は、兄の宮殿に仕える人々全員の名を覚えようと努め、常に彼らに名前で呼びかけるのを好んだ。「偉大なギリシャの哲人は、〝子供の遊びは真面目な大人への出発点〟と言っておられますよ。幼い日々に、たっぷり遊ばせておやりなさいな。生真面目な大人になるのは、まだ先でいいのですから」

「とは言え、静けさこそ、もっとも好ましい状態なのでは？」と馬丁は、異を唱えた。

「そうとばかりは言えませんよ。あまりにも静けさが深いと、苦痛にもなります。何事にも節度があるようね。たとえ甘やかな蜂蜜でさえも」

子供たちに微笑みかけながら、フィデルマは向きなおって、王家の礼拝堂の正面扉へと、歩みを進めた。彼女がちょうど石段を登ろうとした時、扉の一つがぱっと開いて、手織りの褐色の法衣をまとった若い修道士が現れた。がっしりとした体格の若者で、豊かな褐色の巻き毛は頭頂部を〝コロナ・スピネア（茨《いばら》の冠）(2)〟型、すなわちローマ・カトリックの聖ペテロ型剃髪《トンスラ》に剃られている。快活な、ほとんど美男と言ってもいいその顔立ちの中に、諧謔味《かいぎゃく》を宿した褐色の瞳が、輝いている。

「まあ、エイダルフ！」とフィデルマは、彼に挨拶を送った。「今、あなたを探そうと、やって来たところなの」

ブリテン島南部に位置するサクソン人王国の(3)一地方、サックスムンド・ハム出身のエイダルフ修道士は、カンタベリーの大司教テオドーレからキャシェルの王への特使として遣わされ、今、ここに滞在しているのだ。彼は挨拶として、愉快そうな渋面を、フィデルマに向けた。

「朝のお勤めでお会いできるかと思っていたのですがねえ」

フィデルマも眉根を寄せ、滅多に見せない悪戯《いたずら》っぽい表情を、彼に向けた。

「おや、咎めていらっしゃるようなお声に聞こえましたけど」

「それはそうでしょ、土曜の朝のお勤めに出るのは、修道女がたの第一の義務のはずですから。アイルランド・カトリックでは、安息日《サバス・ディ》のお勤めを、土曜に行うのでしたよね？」

「そのとおり。でも私は、それより早い早暁《そうぎょう》のミサ、ロードに、ちゃんと出ておりましたよ」とフィデルマは、そっけなくそれに答えた。「曙光《しょこう》が差し初《そ》める前にね。あなたは、まだ眠っておいでだと聞きましたわ」

エイダルフは、うっすらと頬を染めた。

フィデルマはすぐに後悔して、彼の袖に手を伸ばした。

「お伝えしておくべきでしたわ。聖アルバの祝日には、オーガナハト王家では、聖アルバに特別の感謝を捧げるために、ロードに参列する慣習になっているのです。おまけに今日、兄上は、オーラの泉へ赴くために、夜明け前にキャシェルを出発なさらねばなりませんでしたのでね。そういうわけで、私どもは皆、早くから起きだしていたのです」

エイダルフの機嫌はまだ直らないようだが、それでも後戻りするフィデルマと肩を並べて、彼もキャシェルの大集会堂の入口へと、中庭を横切り始めた。

「どうして、この祝日がそのように重要なのです?」と彼は、まだいささか不服げに、フィデルマに問いかけた。「誰もが、聖アルバを称えていますが、正直言って私は、その生涯や業績について、何も知らないのです」

「この国に不案内でいらっしゃる異国の方が聖アルバをご存じなくても、当然ですわ」と彼女は、それに答えた。「あの方は、私どもの守護聖人、このモアン王国の保護者でいらっしゃるの。今日は、その聖者が、私どもモアンの民に、〝アルバの教え〟を高らかにお伝えになった日なのです」

「なるほど」と、彼は頷いた。「なぜこの日が重要な日と見做されているのかは、わかりました。でも、もう少し教えて下さい。どうして彼がモアン王国の守護聖人とされているのか、また〝アルバの教え〟とは、そもそも、どういうものなのかを」

二人は、大集会堂へやって来て、先ず手前の控えの間を通り抜け、広い大広間に入った。朝のこの時間、大広間には、ほとんど誰もいなかった。ただ二、三人の召使いたちが、大きな暖炉の薪を整え、広間の石畳の床を枝箒《えだぼうき》で掃いたり拭いたりと、掃除をしているだけだった。

「聖アルバは、モアンの方です。この王国の北西部に位置するクラン・クリアック族長領の領主クローナーンの館《やかた》で、誕生なさったの」

「では、その族長のご子息だったのですか？」

「いいえ、族長の館の召使い女の息子として、お生まれになったのです。でも彼女は妊娠し、産褥《さんじょく》で亡くなってしまいました。赤子の父親は誰なのかと取り沙汰されたようです。いずれにせよ族長は、ご自分のお気に入りだった召使いが赤子のせいで死んでしまったことに激怒され、生まれた子を絞め殺そうとさえ、なさいました。伝えられている物語によると、結局赤子はクリアック領の外へ運ばれ、やがては死亡するようにと、荒れ野に放置されたのです。でも、一匹の歳をとった牝狼に見つかり、その狼によって育てられた、とのことですわ」

「ははあ、そのような物語、数々聞いていますよ」とエイダルフは、皮肉な相槌を打った。

「ええ、おっしゃるとおりね。私どもが知っているのは、ほんのわずかな知識だけ。つまり、アルバは成人なさると、海の向こうに渡られ、ローマにおいて新しい宗教（キリスト教）に改宗なさいました。やがて〈ローマの司教（ローマ教皇）〉様は、アイルランドの信者がたの司教となるようにと、アルバを故国にお戻しになり、その際に、聖なる職責の象徴として、銀の礫刑像十字架《クルシフィックス》をお授けになられた、ということです。これは、聖パトリックが我がアイルランドの岸辺に足を踏み入れられる以前のことでした。私どもの先祖のエンガス・マク・ナッド・フロイークは、このアイルランドにおいて、キリスト教へと改宗された最初の王でした。エンガスの洗礼式は、まさに〈キャシェルの岩〉の山頂のここで、聖アルバと聖パトリックご両人によって、執り行われたのです。その後で、エンガス王は、キャシェルはこれまでどおりモアン王国の王城の地であると同時に、これよりはモアン王国の大司教の座となる。そしてアルバ大司教はこの王国の羊の群れを統《す》べる最初の羊飼いであると、宣言なさいました」

二人は、麓の町の西の端と、その先に広がる平地や、さらに彼方に連なる南西部の山脈《やまなみ》までも見はるかす、大広間の窓辺に腰を下ろした。エイダルフはぐっと体を伸ばしたが、出かかった欠伸《あくび》は、慌てて呑みこんだ。フィデルマに見つかったら、失礼なと叱られかねない。

だが彼女は、それには全く気づかずに、遠くの渓谷の、かすかに輝いている森林を見つめていた。心の隅に、コンクホル修道士と彼の暗い予言がまだ引っかかっていたのだ。あれは、兄コルグーの身の安全に関わっているのだろうか？　彼が、キャシェルの歴代国王の大敵、オー・フィジエンティの大族長を出迎えるために、オーラ川の浅瀬へと出掛けていることは、誰もが知っている。オー・フィジエンティの大族長は、彼女が知る限り、ごく昔から、彼女の一族の敵であった。今、コルグーは、自分の親衛隊である精鋭戦士団を伴って、そちらへ向かっている。でも本当に、彼の身を脅《おびや》かす危険があるのだろうか？　フィデルマは、エイダルフが自分に何か問いかけていることに、はっと気がついた。

「でも、どうして〝キャシェルのアルバ〟ではなく、〝イムラックのアルバ〟と呼ばれておいでなのです？　それに、〝アルバの教え〟とは、なんなのです？」

　エイダルフは、常にモアン王国に関する情報を、何であれ熱心に知りたがるのだ。

　フィデルマは視線を彼に戻して、自分が上の空であったことを謝るように微笑みかけた。

「キャシェルの歴代の王は、アルバに、私どもモアンの王国での宗教的最高権威をお許しになってきました。ところが北方のウラー王国のオー・ニール王家は、本来、自分たちウラー王国における宗教上の最高権威はアード・マハ(4)ですのに、今や、イムラックの権威をも、自分たちの支配下に置こうとしているのです。もちろん、私どもは、モアン王国においての宗教上の至上権はイムラックに在りとしています。そして、それを固守しようとしています。だからこそ、聖アルバは、私どもにとって、大事な方なのです」

「先ほど、あなたは、モアンの大司教の座はキャシェルだとおっしゃいましたが」とエイダルフは混乱しつつ、その点を指摘した。

「言い伝えによりますと、ご高齢になられたアルバの前に、ある日、天使が現れて、〝イムラック・ユーヴァーまでついてくるがよい。キャシェルからさほど離れた土地ではない。お前は、その地に、自分が甦る場所を見出すであろう〟と、お告げになったそうです。異教時代に、コルク王がキャシェルを王都にお選びになりましたが、それ以前の古代モアン王国の王都はイムラックでしたので、これは象徴的な伝承なのでしょうね。ユーヴァーとは、私どもモアン王国の象徴樹である、聖なるイチイの木イールからとった地名なのですから」

異教の自然物崇拝を容認しかねるエイダルフは、舌をちっちっと鳴らした。キリスト教への改宗者であるエイダルフは、他の改宗者たちと同様、自分が選んだ新たなる信仰に対して、きわめて熱烈な帰依を奉じてしまうのだ。

「アルバはキャシェルを出てイムラックにお移りになり、そこに修道院を創設なさいました」と、フィデルマは続けた。「そこには、古くから伝わる異教の聖なる泉がありましたが、アルバはそれに祝福をお与えになって、それを主《しゅ》のお役に立つ泉へと、お変えになりました。さらにアルバは、異教の聖なるイチイの木をも、祝福されました。修道院が完成しますと、その周りに活気あふれる町が生まれました。こうしてアルバのお仕事が完成しますと、聖なるアルバは天へお戻りになったのでした。アルバの聖遺物は、その墓所のあるイムラックに、今も祀《まつ》られていますわ。伝説によりますと……」

フィデルマは、そう言いさして微笑み、謝るように肩をすくめてみせた。本当のところ、彼女はオーラの泉における兄コルグーの無事を憂《うれ》えて、その不安に胸が痛み続けていた。彼女がこのように語り続けていたのも、実はこの心配をなんとか紛らわそうがための饒舌《じょうぜつ》だったのである。

「どうぞ、先を」と、エイダルフは彼女を促した。彼はいつも、彼女がモアンの民の伝承をいともやすやすと思い出し、太古の神々や英雄たちを彼の目の前にありありと描写してくれるその技倆《ぎりょう》を、大いに楽しんでいるのだ。

フィデルマは、ふたたび渓谷やそこへと向かう道路に、ちらっと視線を向けた。道は、大河ショウル河の畔《ほとり》へ到ると、そのまま川を渡って、その先の渓谷へと延びている。さらに道は続いて、やがてオーラの泉に到着するのだ。道路には、まだ何の動きもない。彼女は注意をエイダルフに向けた。

「褒めそやすべきことではないのですけど、多くのモアンの人々は、今も、驚くほど固く信じているのです。もし我々の許からアルバの聖遺物が盗まれたなら、我々には、王国が敵の手に落ちることを防ぐ手立ては何一つないのだと。太古の伝承では、〝アルバ〟とは、国境《くにざかい》を護る猟犬の名前なの。聖なるアルバのお名前は、神話に出てくるこの猟犬にちなんだものだ、と言う人もいますわ。人々が、自分たちの守護聖人アルバを、この猟犬のようにモアンの国境を常に護って下さる方として崇敬するように、ということなのでしょうね。もしアルバの聖遺物がイムラックから盗み出されるようなことになったら、オーガナハト王家はキャシェルの岩山から転落するでしょう。モアン王国は二つに分裂し、国土のどこにも、平和は見出されますまい」

エイダルフは、この伝承に、強い印象を受けた。

「このようなことを、お国の人々が今なお信じているとは、思いもよりませんでした」彼は、わずかに頭を振りながら、そう感想を述べた。

フィデルマは、顔をしかめた。

「私も、こうした迷信を良しとしてはいませんわ。でも、人々は、それをあまりにも強く信じていますので、このことをあれこれと非難したくはないのです」

彼女は、視線を上げた。遠くの森の外《はず》れに、何か動きがあった。彼女は、一心に目を凝《こ》らした。だがすぐに、幸せそうな安堵の笑みが、面に広がった。

「ご覧なさい、エイダルフ！　ほら、コルグーがやって来ますわ。オー・フィジェンティのご領主と一緒に」

第三章

エイダルフは、窓から覗いてみた。町の外《はず》れと、そこからさらに四マイルほど彼方を流れている川との間に、緑の耕地が広がっていて、その中を通って渓谷のほうへと向かう道路は、中ほどからは、両側を森林に囲まれていた。その森から、騎馬の列が現れたのだ。エイダルフは、それを辛うじて見て取ることができた。彼は、口には出さなかったものの、フィデルマの視力に感嘆して、彼女をちらっと見やった。彼には、彼らが馬に乗っているということだけで、それ以上は、今もまだほとんど見て取れていないというのに。接近しつつあるのは兄の一行だと見極めたフィデルマの視力の鋭さは、とても彼の及ぶところではない。

二人は、隊列がキャシェルの城壁の下に広がる町へと進んでくるのを、一、二分、無言のまま見守っていた。今は、エイダルフにも、モアン王の色彩鮮やかな軍旗や家臣たちの列を見て取ることができた。それ以外に、エイダルフが初めて目にする軍旗もあった。おそらく、オー・フィジェンティの大族長の旗なのだろう。

突然、フィデルマは、エイダルフの腕を摑んで彼を窓から引き離した。

「町へ下りていって、ご一行の到着を拝見しましょうよ、エイダルフ。今日は、モアンにとって、胸の躍る日ですもの」

エイダルフは、突然弾《はじ》けた彼女の興奮に微笑を向けながら、引きずられるままに大広間を出た。

「正直なところ、よく理解できないのです、フィデルマ。どうしてオー・フィジェンティのご領主の到着が、それほど重大事なのです？」彼は、フィデルマに従って宮殿の中庭に入りながら、訊ねてみた。

フィデルマは、彼がついてくるとわかって、摑んでいた腕を放し、歩調も、もう少し修道女らしい生真面目なものに抑えた。

「オー・フィジェンティは、モアン王国の主だったクラン〔大氏族〕の一つで、マーグニャ〔現マグー〕川の西部を領《りょう》しています。彼らの大族長は、キャシェルのオーガナハト王家に貢税を納めることをしばしば拒み、オーガナハト王統の諸王をモアンの王と認めることさえ拒否しているのです。それのみか、オー・フィジェンティの諸族長たちは、自分たちもオーガナハト王家と同じく、オーン・モール(1)を遠祖としていると称して、我々にもモアンの王位に昇る権利があると、主張しているのです」

フィデルマは、足早にエイダルフを案内しながら中庭を横切り、礼拝堂も通り過ぎて、城門へやって来た。当番の衛兵たちが、敬礼をしつつ彼女に微笑みかけた。コルグー王の妹君は、キャシェルの人々に敬愛されているのだ。エイダルフも、彼女と肩を並べて、ゆったりと歩き続けた。そして、ふたたび訊ねてみた。

「彼らの主張は、正当なのですか？」

フィデルマは、面白くなさそうに、口を尖らせた。一族のことになると、エイダルフがこれまでに会ってきたアイルランド貴族たちと全く同じで、ひどく誇り高くなってしまうようだ。そのことを、エイダルフは経験から承知していた。アイルランドの貴族階級は、それぞれ家系学の専門家を雇い、自分がどの家系の何世代目になるのか、また他の氏族との関係はどうなっているのかを、明確かつ正確に記録するのである。〈ブレホン法〉の継承に関する法文は、誰が継承者になり得るかを正確に規定しており、それに従って、一族のデルフィネ〔一族の数世代にもわたる成人構成員〕の会議で、継承者が決定されるのである。したがって、誰はどの家系における何世代目になるのか、また彼らの相互の関係はどうなっているのかということを知っておくのは、きわめて重大な問題になるのだ。

「今日、兄上と共にキャシェルにお越しになるオー・フィジェンティの大族長ドネナッハ殿は、自分はオーン・モールから数えて男系十二代目である、と主張しているのです。オーン・モールは、我がオーガナハト王家の始祖です」

エイダルフは、アイルランドの貴族たちが、自分の地位や自分たちの関係をいともやすやすと把握していることに驚嘆して、頭を振った。その驚きのあまり、フィデルマの言葉に響くかすかな皮肉を、聞き逃してしまった。

「では、ドネナッハ大族長は、あなたの家系の中の下位の分家ということですか？」

「もしも、オー・フィジェンティの家系学の専門家たちが真実を述べているのでしたらね」とフィデルマは、自分の言葉に故意に抑揚を効かせて答えた。「たとえ信頼できるとしても、〝下位〟というのは、王を指名するデルフィネがたが決定を下される際にしか、意味がないことですけど」

エイダルフは、大きく溜め息をついた。

「そうした考え方、まだ私の理解を超えています。我々サクソン人の間では、常に本家の最年長の男児、つまり嫡男《ちゃくなん》が相続者、継承者ですからね。たとえ優れていようが劣っていようが」

フィデルマは、それに批判的であった。

「まさに、そのとおり。良かろうが悪しかろうが、なのね。そして、その嫡男が好ましくない継承者だとわかると、例えば、ひどく捩《ね》じれた心の持ち主だったり、悪政を行う人物だったりすると、あなた方サクソンの間では、彼を殺害してしまうのですね。少なくとも私どもの法制度では、長子だろうと、伯父や叔父であろうと、あるいは弟や従兄弟《いとこ》であろうと、末子であろうと、その地位にもっともふさわしい人物を選びなおしますわ」

「でも、もし悪政を敷く王だとわかった場合、あなた方もやはり、その王を殺害するのでしょう？」とエイダルフは、反撃に出た。

「そのような必要は、ありませんわ。デルフィネが集まって、その王を玉座から降ろし、別の、もっとふさわしい人物を継承者に選びなおせばいいのですから。廃位させられた前王は、法の定めで、何ら危害を受けることなく、王位から去ることができます」

「そのような王は、支持者を率いて叛乱を起こしたりはしませんか？」

「王も、あるいは秘《ひそ》かな支持者がいたとして、その連中も、法律を承知していますよ。そのようなことを企てれば、生涯、王位の簒奪《さんだつ》者と見做されてしまいますわ」

「でも、人間は人間です。そうしたことも、起こるのでは？」

フィデルマは、顔を引き締めた。そして、頷いて同意した。

「そのとおりです。そうしたことも、時々……起こります。だからこそ、今回のオー・フィジエンティとの和平は、非常に大事なの。彼らは、常にキャシェルに叛旗を翻《ひるがえ》そうとしているのですから」

「どうしてです？」

「オー・フィジエンティは、自分たちの主張は正当であると言い張っています。その根拠は、ちょうど今、私たちが話題としていたことなのです。私どもの家系、つまり兄上コルグーや父上ファルバ・フランの家系は、ルイガッハの子コナル・コルクへと連なります。ルイガッハは、アリル・フラン・ベックの子であり、アリル・フラン・ベックは、私どもオーガナハト王家を築かれたオーン・モールの孫に当たられます」

「おっしゃることを、そっくり鵜呑みにしておきましょう」と、エイダルフは笑った。「こうした名前には、すっかりお手上げですのでね」

フィデルマは、忍耐強く、先を続けた。

「一方、オー・フィジェンティ一族は、自分たちはメイン・ムィンカーンの子フィアフー・フィジェンニッドの末裔《まつえい》であると称しています。メイン・ムィンカーンというのは、アリル・フラン・ベックのもう一人の息子で、オーン・モールの曾孫《ひまご》です。もし彼らの家系学者が正しいなら、としてですけど」と彼女は、皮肉な顔になった。「私どもの家系学者は、オー・フィジェンティの系図はキャシェルの王権を主張するために捏造《ねつぞう》されたものだと考えていますわ。でも、今日は、とても喜ばしい日ですもの、私ども、彼らと論争することは、避けるつもりです」

エイダルフは、彼女の解説をなんとか理解しようとした。

「今のお話、理解できたように思います。あなたのご一族とオー・フィジェンティたちとの亀裂は、二人の兄弟、長兄のルイガッハと末弟のメイン・ムィンカーンに始まった、ということですね？」

フィデルマは、同情するように彼に微笑を向けたが、頭は横に振った。

「彼らの家系学者が正しいのであれば、オー・フィジェンティの始祖のメイン・ムィンカーンはアリル・フラン・ベックの長男。私どもの先祖のルイガッハは、アリルの第二子なの」

エイダルフは、諦めたように、両手を上に差し伸ばした。

「あなた方アイルランド人の名前は、ついてゆくのも大変です。でも、あなたのご説明から考えると、オー・フィジェンティは一番年長の息子の末裔であるから、王権に関して、オーガナハト王家よりも強い権利を持っている、ということになると聞こえるのですが」

フィデルマは、彼の理解不足が、歯がゆかった。

「あなたは、王位継承に関する私どもの法律を、すでに十分に把握していらっしゃるべきよ、エイダルフ。ごく単純明快なことなのですもの。私どもの制度は、嫡男を後継者にするという制度ではないことを忘れないで。メイン・ムィンカーンの家系は、一族のデルフィネ方によって、王権の継承者としてふさわしくないと、その時点で、すでに否定されたのですよ」

「私は、まだ十分に理解できていないのです」と、エイダルフは白状した。「しかし、あなたの説明から判断すると、オー・フィジェンティ家は、長子継承制度で言えば、オーガナハト家より上位の人物の末裔ということになりますね。彼らがあなた方キャシェルのご一族の権威を認めたがらないのも、そのせいではないのですか?」

「上位であろうが下位だろうが、あなた方サクソンの長子継承制は、私どもアイルランドの法制度には、存在していないのですよ」とフィデルマは、ふたたび指摘した。「それに、この亀裂からは、すでに十世代の時が経過していますわ。それほど昔のことですので、私どもの家系学者は、前にもちょっと触れましたけど、オー・フィジェンティは、そもそもオーガナハトの家系からは遠く外れていて、すでに別のデイリニャ族の末裔になっていると、主張しています」

エイダルフは、空を見上げてしまった。

「そのデイリニャ一族って、何者なのです？」とエイダルフは、絶望の呻きをもらした。

「ごく古い一族です。千年近く前に、モアン王国をオーガナハト一族と分かち合っていた、とも言われている一族です。ほかにも、コルコ・ロイーグダという氏族がいますけど、この人たちは、デイリニャ族の子孫と自称していますわ」

「やれやれ、私の単純な頭脳は、すでに十分な家系学の知識と、十分すぎるアイルランド名前で、はち切れそうですよ」

フィデルマはくすりと笑い、面《おもて》に悲しげな表情を悪戯《いたずら》っぽく浮かべてみせた。だが、その目は、今もまだ、真剣なままだった。

「でも、エイダルフ、この国の政情全般を把握しておおきになることは、あなたにとって大事なのではありません？　この冬、オー・フィジェンティが引き起こそうとした叛乱に、(2)私たちがどのように巻き込まれたかを、また、それに対決するために兄上がクノック・アーンニャ（アーンニャ、あるいはアイニャの丘。現在のノッカニー）(3)の戦場に軍勢を率いて駆けつけねばならなかったかを、覚えておいでしょ？　まだ九カ月しかたっていません」

「あの事変、覚えていますとも。どうして忘れられますか、あの時私は、謀叛人たちに捕らえられたのですから。でも、オー・フィジェンティの統治者は、戦場で亡くなったのではありませんでしたか？」

「ええ、彼は亡くなりました。今は、彼の従弟《いとこ》ドネナッハが、オー・フィジェンティの大族長となっています。この新しい大族長が最初に行ったのが、条約を結ぶための会談を持ちたいと伝えるために兄上に使者を遣わす、ということだったのです。和平のために話し合いたいから、キャシェルを訪れる、というものでした。過去数世紀の歴史の中で初めて、オー・フィジェンティとキャシェルが和平を論じるのです。だからこそ、今日という日が、とても大事なの」

二人は、キャシェルの城門を出ると、麓《ふもと》へ向かう急な坂道を下り、今度は広い道を辿って、市《いち》の立つ街の縁《へり》をぐるりと回りこみ、市街地の正面に構えられた西門にまで、やって来た。町そのものは、巨大な〈キャシェルの岩〉から、わずか四分の一マイルなのだが。

二人が着いた時には、自分たちの王がオー・フィジェンティ大族長とその随行者たちを伴って町に入ってこられるところを見ようと、人々はすでに集まっていた。フィデルマたちがさらに進んで町の東門までやって来て、広場の片側で待ち受けている人たちの間に自分たちの場所を確保しようとしていた時には、騎乗者たちの長い隊列は、すでに町の西門に差し掛かろうとしていた。七人の騎乗戦士たちが隊列を先導しており、その後ろに、コルグーの国王旗捧持者が続いている。キャシェルのオーガナハト王家の紋章である黄金の〝王家の鹿〟が鮮やかに輝く、青絹の旗である。国王旗に続いて見事に馬を乗りこなしているのは、モアン国王コルグーである。赤みを帯びた髪が艶やかに輝く、長身の男性だ。これまでにも気づいていたことだが、王とその妹の顔立ちはよく似ていると、エイダルフは改めて感じた。フィデルマとコルグーが同じ血を分けていることは、間違えようがないほどはっきりと見て取れる。

次に現れたのは、また別の旗をはためかせている旗手だった。白絹の旗で、中心に神秘的な〝赤い猪〟が描かれている。エイダルフは、オー・フィジェンティの大族長の旗であろうと、推測した。それに続く馬上の人物は、がっしりとした顔立ちの若者だった。顔色は浅黒いが、モアン国王と同じように、やはり美丈夫である。だが、先祖を同じうしていると主張する割には、モアン国王とオー・フィジェンティ大族長の容貌には、血の繋《つな》がりを窺わせるものは、どこにもない。

先導する騎馬隊の後ろには、数人の戦士が続いている。彼らのほとんどは、オーガナハト王家歴代の王の精鋭戦士団、〈黄金の首飾り戦士団《ニーア・ナスク》〉(4)の徽章を身に帯びている。この一隊の先頭を、コルグーよりわずかに若い騎乗の若者が進んでくる。かすかにコルグーに似ているようだが、容貌は彼よりいささか荒削りだ。頭髪も、彼のほうは、黒々としている。ゆったりと馬にまたがってはいるが、いかにも誇り高そうな気配が漂ってくる。その自負心は、彼の装いからも窺える。青く染めた長い毛織りのガウンは、肩のところで、きらきらと光るブローチでもって留められている。太陽の形をした銀のブローチだ。太陽の光輝を表した五本の突起の先端には、小さな赤い石榴石《ガーネット》が嵌《は》めこまれている。

この若者ドンダヴァーンがコルグーのターニシュタ〔次期継承者〕であることは、エイダルフも知っていた。彼は、コルグーとフィデルマの従弟でもある。

一行を迎えて湧きあがった歓声と喝采《かっさい》が、いかに人々が喜んでいるかを、まざまざと示していた。なにしろ、キャシェルの王とオー・フィジェンティの大族長が馬首を並べてやって来るという光景は、いく世紀も続いてきた敵意と流血がついに終結したことを意味しているのだ。モアンの全ての国民《くにたみ》の平和と繁栄の時代の到来なのだ。

コルグー王はゆったりとくつろぎ、歓呼の声に頷きながら馬を進めているが、大族長ドネナッハのほうは、馬上の姿が強張《こわば》っている。かなり、緊張している様子だ。何か不穏な気配がないかを探っているのか、絶えず左右に黒い目を向けている。でも、時折、喜びに沸きたっている人々の歓迎の声に応えて、首から上だけをぎごちなく折って頷いてみせる時には、その顔を微笑がちらっとかすめた。

騎馬の一行は、広場を横切り、キャシェルの王の玉座である岩山の頂の王城へ向かう細い道へと、近づいてきた。オー・フィジェンティのドネナッハさえも、キャシェルの要塞でもあり王城でもあるこの聳《そび》え立つ岩山、〈キャシェルの岩〉を見上げた時には、わずかながら、目を見張った。コルグーのターニシュタ、ドンダヴァーンが砦へ向かう小径へと向きを変えよとの合図に、片手を高く差し上げた。

フィデルマは、兄に挨拶しようと、集まっている人々をかき分けるようにして、その一番前へと進み出た。そのすぐ後ろを、エイダルフも進んだ。

それに気づいて、コルグーの顔に、フィデルマが何かひどく面白がっている時に見せるのとそっくり同じような悪戯っぽい笑みが広がった。

コルグーは、手綱を引き締めて、妹の挨拶に応えようと、つっと身を屈めた。

彼の命を救ったのは、この動作だった。

一本の矢が、奇妙なぶすっという鈍い音を立てて、コルグーの上膊部《じょうはく》に鋭く刺さった。その痛みと衝撃のあまり、彼の口から思わず呻き声がもれた。馬を止めて、身を屈めていなかったら、矢はもっと致命的な部位に射こまれたであろう。

人々は皆仰天し、石と化したかのように動きを止めた。ずいぶん経ったかに感じられたが、ほんの一瞬だったのかもしれない。またもや苦痛の声が響いた。オー・フィジェンティの大族長の大腿部に、別の矢が突き刺さったのだ。彼の体が、大きく揺らいだ。エイダルフは、目の前で彼が前のめりになり、道路の土埃の中に転がり落ちるのを、恐怖に金縛りになったまま、凝視した。大族長が落馬するのを目の当《ま》たりにした衝撃に、群衆も周章狼狽し、混乱状態に陥《おちい》った。

オー・フィジェンティの戦士の一人が、「暗殺だ！」と叫びながら剣を抜き放ち、広場の向こうの数軒の建物へと、馬を突進させた。一瞬遅れて、数人の戦士が彼の後を追った。ほかの戦士たちは落馬した主君のところへ駆けつけ、さらなる攻撃を予期してか、抜き身の剣を手に、大族長の周りを囲んだ。

エイダルフは、コルグーのターニシュタ、ドンダヴァーンが、同じく抜きはらった剣を手に疾走して、オー・フィジェンティの戦士たちに続いたことに気づいた。

フィデルマは、逸早《いちはや》く理性を取り戻した人たちの一人だった。さまざまな思いが、彼女の胸を駆け巡った。二本の矢が、兄上とその客人を狙って放たれたのだ。二本とも、奇跡的に的を逸《いっ》した。明らかに、あのオー・フィジェンティの戦士は、矢が飛んでくるのを目にし、キャシェルの王とオー・フィジェンティの大族長を亡き者にしようと企てた射手が隠れていたと思《おぼ》しき建物を、特定したのだ。でも今は、そのようなことを思いめぐらしている時ではない。とにかく、ターニシュタのドンダヴァーンも、暗殺者追跡に駆けだしていってくれたのだから。

「ドネナッハ大族長殿を診《み》てさし上げて！」とフィデルマは、すでにオー・フィジェンティの親衛隊戦士たちを無理やり押し分けるようにして大族長に近寄ろうとしているエイダルフに、叫びかけた。次いで彼女は、まだ衝撃から完全に立ち直れぬまま、腕に刺さった矢を摑んで、今にも滑り落ちそうになりながらも鞍にまたがっているコルグーを振り向いた。

「お下り下さい、兄上」と彼女は、静かに兄に強いた。「さらなる攻撃の的になっておあげになるおつもりですか？」

フィデルマは手を差し伸べ、彼が馬から下りるのを助けた。彼は、傷の痛みに大きな呻き声を出すまいと必死に我慢しながら、妹の指示に従った。

「ドネナッハの傷は、酷いのか？」とコルグーは、食いしばった歯の間から、問いかけた。まだ、片手は、鋭く痛む血に塗《まみ》れた腕を押さえている。

「エイダルフが、お世話しています。さあ、あの石にお掛けになって。矢をお抜きしますから」

しぶしぶ彼は、フィデルマの言葉に従った。この時には、コルグーの親衛隊長カパともう一人の戦士も、白刃《はくじん》を手に駆けつけてきていたが、すでに、その必要はなかった。町の人々は、あれこれと助言や質問を投げかけながら、自分たちの王をしっかりと取り囲んでいたのだ。だがフィデルマは、もどかしげに手を振って、彼らを後ろへ下がらせた。

彼女は、「ここに、医師殿はおられませんか?」と、皆に問いかけた。傷を調べてみると、鏃《やじり》は思いのほか深く突き刺さっていたのだ。無理に引き抜こうとすれば、筋肉を引きちぎってしまい、傷口をさらに痛めてしまうと、恐れたのだ。

彼女は、仕方なく屈みこみ、躊躇《ためら》いがちに矢柄《やがら》に手をかけた。誰かを遣わしてコンクホル老人を探させ連れてこさせるのでは、時間がかかりすぎる。

「お待ちなさい、フィデルマ」と、人々を押し分けて急ぎ戻ってこようとしているエイダルフの声だった。

フィデルマは、安堵の溜め息をついた。エイダルフが、名高いトゥアム・ブラッカーン(5)の学問所で薬学を修めていることを、フィデルマはよく知っていた。

「ドネナッハ殿の容態は?」という言葉でもって、コルグーはエイダルフを迎えた。コルグーは気を確かに持とうと努めているが、痛みのために、その顔は蒼ざめていた。

「今はただ、ご自身のことに集中なさいませ、兄上」とフィデルマは、彼を抑えた。

コルグーの表情が、引き締まった。

「良き主《あるじ》は、何よりも客人を優先すべきだ」

身を屈めて、鏃が深く刺さっているコルグーの腕を調べていたエイダルフが、「酷い傷です」と、王に答えた。「いえ、ドネナッハ殿のことです。でも、あなたの傷も、決して軽い引っ掻き傷ではありません。オー・フィジェンティの大族長殿を宮殿にお運びするために、担架《たんか》を作るように指示しておきました。宮殿でなら、道端のこの埃の中でよりも、十分に手当てを施すことができるでしょうから。どうやら、矢はドネナッハ殿の大腿部に厄介な角度で食い込んだようです。でも、彼は運が良かった。その点、コルグー王、あなたもご同様です」

「今ここで、この矢を、私の腕から抜いてもらえるか？」とコルグーは、彼を急《せ》きたてた。

エイダルフは、彼の傷口をじっくりと調べてみたが、すぐに、にやりと笑ってみせた。「抜くことは、できます。でも、傷口を痛めてしまいましょう。矢を引き抜くのは、宮殿にお戻りになるまでお待ちになるほうがいいかと思います」

モアン王コルグーは、それを蔑《さげす》むように、鼻を鳴らした。

「私の傷は、大したことはない。それに、これは、オーガナハト王家のコルグーはこの程度の痛みには十分耐えられるということを人々に知らせるためなのだ。どうしても今、この場でそうすることが大事なのだ」

エイダルフは、集まっている人々に向きなおった。「今、炉に火が入っている家はないか？ その中で一番近いのは、誰の家だ？」

「道の向こう側の鍛冶屋の家ですわ、サクソンの修道士様」と、一人の老女が指差してみせながら、彼の問いに答えた。

エイダルフは、「二、三分、お待ち下さい、コルグー王」と王に告げるや、振り向いて、鍛冶屋の仕事場へ向かおうとした。実は、鍛冶屋自身も群衆の一人だった。彼は、外の騒ぎに何事かと出てきていたので、興味津々《しんしん》といった態《てい》でエイダルフを自分の家に案内したが、エイダルフが自分の小刀を取り出すのを見て、目を丸くした。エイダルフは、しばらく石炭の炎に小刀を裏返しながらかざした上で、コルグーの許へ引き返した。

コルグーは、固く歯を食いしばっていた。その額には、汗の玉が浮かんでいた。「できる限り早く、やってくれ、エイダルフ」

サクソン人修道士は短く頷くと、「兄上の腕を押さえていて下さい、フィデルマ」と、静かに彼女に指示を与えた上で、屈みこみ、矢柄を片手で支えながら、小刀の先端を使ってその周囲の筋肉を剥がし、手早く矢を引き抜いた。コルグーは、一度だけ、呻き声を上げた。彼の両肩の緊張が、失神しかけたように、緩んだ。だが彼は、それに耐えた。周りの人々の耳に歯ぎしりが聞こえるほど固く、顎を嚙みしめていた。エイダルフは、誰かが差し出してくれた清潔な亜麻布《リネン》で、コルグーの腕をきつく縛り上げた。

「城へ戻るまでは、これでいいでしょう」エイダルフの声に、満足が聞き取れた。「でも、化膿を防ぐために、薬草で傷の手当てをしなければなりません」そして、フィデルマに向かって付け足した。「幸いなことに、鏃の先端はすっと刺さり、同じようにすっぽりと抜けてくれました」

フィデルマは矢を受け取り、眉をひそめて、それをじっくりと検分した。その上で、矢を自分の腰のベルトに差しはさむと、手を貸そうと、兄に近づいた。

そこへ、顔を紅潮させた若いターニシュタが、人ごみを押し分けて戻ってきた。彼は、今は馬ではなく、徒歩《かち》だった。彼は、フィデルマに支えられて立っているコルグーに、気遣わしげな視線を向けた。

「傷は、酷いのですか?」

「非常に酷い傷です」と、王に代わってエイダルフがそれに答えた。「でも、お命に、障《さわ》りはありません」

ドンダヴァーンは、ゆっくりと息をついた。

「暗殺者たちは、ドネナッハ殿の部下たちによって、成敗《せいばい》されました」

「彼らのことは、私どもが兄上とオー・フィジェンティの大族長殿を城内にお連れしてからでも、対応できます」とフィデルマは、彼に鋭く告げた。「今は、私に手を貸して、兄上を支えて下さい」

エイダルフはその場を離れ、傷を負ったオー・フィジェンティの大族長のための担架が用意されつつあるところへと戻っていった。大族長は、苦しげに横たわっていた。エイダルフは、すでに彼の傷ついた大腿部の上部に、止血帯をきつく巻いていた。エイダルフは、担架を点検すると、オー・フィジェンティの戦士たちに、担架を慎重に担ぎ上げ、自分やコルグー王に付き添う人々の後に従って宮殿へ登ってくるようにと、指示した。

彼らが出発し始めた直後、馬蹄《ばてい》の音と叫び声が聞こえてきた。

ドネナッハの騎馬の親衛隊が、広場を突っ切ってやって来たのだ。何か、ぐったりとしたものを、引きずっていた。手首をロープで隊長の馬の鞍頭《ポメル》に繋がれた男たちであった。

フィデルマはそれに目を留めると、さっと兄コルグーに背を向け、このような蛮行に対する怒りの声を彼らに浴びせようとした。誰であろうと、たとえそれが暗殺者と思われる人間であろうと、このように非道な扱いをしてよいものか！ それが、彼女の怒りを燃え上がらせたのだ。だが、その抗議の声は、騎馬隊の男たちが馬を止めた時、彼女の唇から迸《ほとばし》り出ることにはならなかった。ほんの一瞥《いちべつ》で、二人の男たちがすでに絶命していると、見て取れたのだ。指揮を執っている戦士は、卵形の顔をした、あまりぱっとしない顔立ちの男だった。それが癖なのか、目をぎゅっと細めている。彼はひらりと馬から下り立つと、自分の主君ドネナッハの担架へ歩み寄り、まだ血糊が付いたままの剣で、さっと敬礼をした。

「ご領主、この男どもを、ご覧になられたいだろうと思いましたので」と彼は、しゃがれた声で、主君に告げた。

「我々が、お怪我の手当てをするためにご主君を城へ運ぼうとしているのが、わからないのか?」とエイダルフは、腹立たしげに彼を咎《とが》めた。「この緊急な仕事が終わるまで、我々の邪魔をしないでくれ」

「口を慎め、異国人め」と戦士は、傲慢《ごうまん》に答えた。「俺は今、ご主君に話しかけとるんだ」

少し先で立ち止まっていたコルグーが、ドンダヴァーンに凭《もた》れかかりながら、振り向いた。その顔は、痛みだけでなく、今は困惑も加わって、歪んでいた。

「このコルグーが治めているキャシェルの岩山の山腹で、厚かましくも命令を下せるなどと思うな!」とコルグーは、食いしばった歯の間から、唸るように怒りの言葉を吐き出した。

オー・フィジェンティの戦士は、瞬《まじろ》ぎもしなかった。彼は、意図して、目の前の担架に横たわっているオー・フィジェンティの大族長ドネナッハの痛みを堪《こら》えている蒼白な顔に、ひたすら視線を向け続けていた。

「ご領主、緊急な事態であります」

ドネナッハは、主人役コルグーと同じように苦痛に耐えながら、片肱《ひじ》をついて体を起こした。

「儂《わし》に今すぐ見せたいとは、なんなのだ、ガンガ?」

ガンガと呼ばれた戦士が部下たちに手を振ると、死体の手首のロープを切断していた男が、死体の一つを担架の傍《かたわ》らまで引きずってきた。

「こいつらが、ご領主に矢を射かけた犬どもです。こいつをご覧下さい」

ガンガは、死体の髪を摑んで、ぐいっと上を向かせた。

ドネナッハは担架から身を乗り出した。口の両端が、ぎゅっと歪んでいる。「このような奴、知らぬぞ」と彼は、不機嫌な声で文句をつけた。

「はあ、そうでしょうな、ご領主」と、ガンガは答えた。「だが、こ奴が首につけとる飾りのほうは、きっとおわかりになるはずですぞ」

ドネナッハは、じっくりと死体を見つめた。そして唇をすぼめて、音のない口笛を吹いた。

「コルグー王、一体、これはどういうことですかな?」彼は、死体を見ようと、ドンダヴァーンに助けられながら進み出てきたモアン国王に迫った。

コルグーは、痛みに苛《さいな》まれつつ、死んだ男を覗きこんだ。エイダルフもフィデルマも、コルグーと共に担架の側にやって来た。誰も、この死者を知らなかった。だが、今、関心の的となっている物は、はっきりとわかった。

死者は、キャシェルの王の精鋭戦士団である〈黄金の首飾り戦士団〉の徽章を身に帯びていたのだ。

突然、ドネナッハが、興奮したしわがれ声で喚きたてた。「キャシェルのコルグー王よ、奇妙なもてなしをして下されたものだ。あなたの精鋭戦士団の戦士が、私に矢を射かけたのですぞ。彼らは、私を殺害しようとしたのだ!」

第四章

オー・フィジェンティ大族長の糾弾《きゅうだん》の叫びの後、長い沈黙が続いた。

傷の痛みを顔に表すまいと表情を押し隠すことさえ忘れて立ちつくしている兄のほうへ頭を傾けながら、この不穏な静けさを破ったのは、フィデルマであった。

「ドネナッハ殿、もしコルグーの戦士があなたの殺害を試みたとしますと、彼らは自分の主君コルグー王をも射殺しようとした、ということになります」

ドネナッハの黒い目が、推し測ろうとするかのように、鋭く彼女を見据えた。

主君が口にしていない質問をはっきりと彼女に浴びせたのは、彼の戦士団の指揮官ガンガだった。

「女よ、身分高き方々の面前で発言するとは、一体、何者だ？」

コルグーが、苦痛のせいで緊張した声で、でも穏やかに、それに答えた。「これは、私の妹、フィデルマだ。彼女が発言するのは、当然。妹は、ここにいる誰よりも、そうする権威を持っている。なぜなら、彼女は修道女であるばかりでなく、アイルランドのあらゆる法廷に立つことのできるドーリィー〔弁護士〕なのだ。しかも、アンルー〔上位弁護士〕でもある」

ガンガは、はっと目を見張った。彼も、アンルーの上位にくるのは、キリスト教系の学院であれ、伝統的学問を教える学問所であれ、アイルランドのあらゆる教育機関が授ける資格の中の最高学位オラヴだけであることを知っていた。

ドネナッハのほうは、驚きをあからさまに表しはしなかったものの、かすかにその目を細めた。

「ほほう？　あなたが〝キャシェルのフィデルマ〟殿、フィデルマ修道女殿か？　ご名声は、オー・フィジェンティ全土にも、伝わっておりますぞ」

フィデルマは、彼の穿鑿《せんさく》の目に、皮肉な笑みを返した。

「ええ、オー・フィジェンティのご領地は、一度だけお訪ねしたことがありますわ……お招きを頂きましたのでね……その結果、いささか難儀な目に遭いはいたしましたが」(1)

その件について、ドネナッハはよく承知しているはずだ。フィデルマは、それ以上、説明の労をとることは、控えることにした。

ここでコルグーが言葉をはさみ、元の論議に話題を戻した。「我が妹の言うとおりだ。この事件の背後に私の手が働いているとは、誹謗《ひぼう》も甚だしい！」

エイダルフも、ここで口をはさもうと、意を決した。二人の負傷者の傷が心配だったのだ。

「今は、その件を論ずる時ではありませぬ。お二人とも、感染症を起こす前に、適切な治療を必要としておいでです。この議論は、もっとふさわしい時まで、延期なさって下さい」

コルグーは、周期的に襲ってくる腕の痛みを堪《こら》えようと唇を嚙み、ドネナッハに訊ねた。

「賛成なさるかな、ドネナッハ殿？」

「賛成しましょう」

「この件は、エイダルフ殿がお二方《ふたかた》の治療に当たっておられる間、私が調査の責任を執りましょう」と、フィデルマが決然と彼らに告げた。

ガンガが、不服の色を顔に浮かべて、一歩踏み出した。だが、彼が口を開く前に、ドネナッハが片手を上げて、それを差し止めた。

「お前は、フィデルマ修道女殿のお側に残るがいい、ガンガ」と彼は、隊長に平静に指示を出した。「そして、この件の調査に関して、修道女殿をお助けするのだ」

〝お助けする〟という言葉に、何やら不必要な強調が聞こえたようだ。ガンガは頷いて、一歩、引き下がった。

担架《たんか》の担《にな》い手たちは、主君オー・フィジェンティ大族長を乗せた担架を持ち上げ、ドンダヴァーンに支えられて歩むコルグーの後に従って、キャシェルの王宮へと、険しい坂道を登り始めた。コルグーの側に付き添ったエイダルフも、あれこれと負傷者に気を配りながら、坂を登った。

フィデルマは、慎ましく両手を胸の前に組んで、しばし一行を見送りながら佇《たたず》んでいたが、その瞳には、きらっと輝く炎が宿っていた。彼女をよく知っている人たちなら、これは彼女の感覚が鋭く研ぎ澄まされていることの兆候であるとわかるはずだ。しかし、外から見る限り、彼女の表情はいたって平静であった。

「さて、どうします、ガンガ?」と、彼女は静かな口調で問いかけた。

「どうするか、ですと?」とガンガも、挑むように問い返した。

「この二人の遺体を、私どもの施薬所へ運ばせてはどうでしょう? ここよりましなところへ運んでおけば、私ども後ほど、じっくり検分できるでしょうから」

「どうして、今、調べないのです?」とオー・フィジェンティの戦士は、いささか突っかかるような口調で問い返した。だが、彼女の地位と身分を思い出して、自分の傲岸《ごうがん》な態度は抑えなければならないと、気づいたようだ。

「なぜなら、今は、あなたが、どこで、どのようにして彼らと出会い、どのようなわけで、私どもが彼らにその動機を訊ねることができるよう二人を捕虜として引き連れてくる代わりに、その場で殺害してしまったのかを、あなたに訊ねたいからです」

彼女の声は穏やかで、そこに非難の響きはなかった。それでもガンガは顔を朱に染め、返事を拒もうとした。しかし、肩をすくめて後ろを振り向き、部下の二人に、前へ出るようにと身振りで命じた。

その時、誰かに呼びかけられたような気がしたと思う間もなく、ターニシュタのドンダヴァーンが、速歩《トロット》で馬を走らせながら丘を下りてやって来た。彼は、気遣わしげな顔をしていた。

「コルグー王が、私はこちらにいるほうがもっとお役に立つだろうと、おっしゃったのです」

と彼は説明した。その表情は、コルグーがオー・フィジェンティの戦士たちの中に妹を一人残しておくことに気を揉んでおられる、ということを伝えていた。「隊長カパとエイダルフは、コルグー王に付き添っているものですから」

フィデルマは、その気遣いに感謝して、笑みを返した。「とてもありがたいわ。ちょうどガンガの部下たちが、二人の遺体をコンクホル修道士の施薬所へ運んでいこうとしているのです。この人たちの案内に、あなたの部下を一人、割いて頂けないかしら？」

ドンダヴァーンは、通りかかった戦士の一人を呼びとめた。

「死体を運んでいるこのオー・フィジェンティの戦士たちを、案内しろ……どこへ、でした？」

と彼は、問いかけるように眉を上げて、フィデルマを見た。

「コンクホル修道士の施薬所です。コンクホル修道士に、私の指示を待つようにと、伝えてもらえるかしら？」

戦士は、彼女に敬礼をすると、死体を運んでいるオー・フィジェンティの戦士たちに、ついてくるようにと身振りで伝えた。

「では、コルグー王とオー・フィジェンティ大族長殿が矢を射かけられた地点について、先ず伺いましょう」とフィデルマは、彼らにはっきりと告げた。

ガンガは、何も言わなかった。彼も、ドンダヴァーンと共に、広場へ戻った。キャシェルの住民たちは、まだ立ち去りかねるのか、いくつか群れを作って、それぞれ囁《ささや》き合っていた。オー・フィジェンティの戦士たちに、時々こっそりと視線を向ける者たちもいた。その目に嫌悪の感情が浮かんでいるのを、フィデルマは見て取った。幾世代にもわたる戦火と略奪の過去は、彼女が考えていたほど速やかには、人々の記憶から拭《ぬぐ》い去られはしないようだ。

フィデルマたちは、コルグーとドネナッハが矢傷を負わされた地点へと、やって来た。ガンガが、広場の向こう側に軒を接するように建っている数棟の建物を指差した。

「最初の矢が飛んできた時、それがどこから放たれたのかと、自分は辺りを見まわしたのです。すると、あの建物の屋根の上に、人影が見えました」

彼が指し示した建物は、市《いち》の立つ広場の向こう側、ここから五十メートルほど離れたところに在った。平屋根の建物だった。

「その男が二本目の矢を番《つが》えているのを見て、自分は叫びました。でも、ドネナッハ大族長に警告するには、遅すぎたんですわ」

「わかりました」と答えながら、フィデルマは考えこんだ。「あなたがあの建物目指して馬を走らせたのは、その時だったのですね?」

「そのとおりで。自分の部下が二人、すぐ後ろをついてきました。自分らがあの建物に着いた時、片手に弓を握った射手が一人、屋根から建物の裏側へと飛び降りました。ほかにもう一人いましたよ。そいつのほうは、剣を手にしとりました。それで自分は、奴らがその武器をかざして自分らに向かってくる前に、二人を切り伏せたんですわ」

フィデルマは、ドンダヴァーンへと振り向いた。

「私は、あなたが彼のすぐ後ろに従って駆けだしていったことを、覚えていますわ、従弟《いとこ》のドンダヴァーン殿。今の話は、あなたが見たことと、一致しますか?」

ターニシュタは、肩をすくめた。「まあ、そんなところです」

「正確さを欠く返事だこと」と、フィデルマは静かな声で、彼を評した。

「私が言おうとしたのは、私は射手が仲間と一緒に屋根から飛び降りたのを目撃した、ということです。彼らが武器を振りかざしたかどうかは、見ていません。むしろ、二人は、戦士たちの到着を待っている、といった様子で立っていたようにも見えましたな」

ガンガが、腹立たしげに鼻を鳴らした。

「では、奴らが獲物を確かに仕留められるようにと、自分らは奴らの前に近づいてやった、とでも言われるのですかな?」と、隊長は嘲笑《あざわら》った。

フィデルマは、その件についてはそれ以上は何も言わずに、その建物のほうへと歩きだした。

「あそこで何か見つかるかどうか、調べてみましょう」

ドンダヴァーンは、彼女の言うことを理解しかねて、彼女にちらっと視線を向けた。

「あそこで、何が見つかるとお思いなのです？　暗殺者どもは、すでに二人とも殺されているし、その死体も運び去られていますよ。何をお探しになろうというのです？」

フィデルマは、それに答えてやろうとはしなかった。

ガンガとドングヴァーンが特定した建物は、天井が低く屋根が平らな木造平屋だった。正面に二つ、大きな扉があり、側面にも一つ、小さな扉が見える。厩舎《きゅうしゃ》を思わせる建物だ。キャシェルで生まれ、少女時代までキャシェルで育ったフィデルマは、この建物がその頃、何であったかを思い出そうとしてみた。記憶する限りでは、厩舎ではなかったはず。多分、何かの倉庫、あるいは貯蔵小屋といった建物だったような気がする。

フィデルマは立ち止まり、建物を注意深く観察してみた。扉と窓はしっかり閉じられており、中に人の気配はない。

「ドングヴァーン、この建物が何か、ご存じ？」

ターニシュタは、下唇を引っ張りながら、ちょっと考えてみた。

「確か、サムラダーンという商人の貯蔵庫の一つです。彼は、これを小麦の貯蔵用に使っているのだと思います」

「サムラダーンは、どこにいます？」

彼女の従弟は、興味なさそうに肩をすくめた。

フィデルマは、一方の足をかたかたと踏み鳴らしながら、彼に告げた。

「彼を見つけ出し、私の前に連れてくること。それが、あなたの任務です」

「今、ですか？」とドングヴァーンは、驚いて問い返した。

「今です」とフィデルマは、きっぱりと言いつけた。

キャシェルのターニシュタは、商人を探しにいった。たとえ貴族であろうと、法廷にも立つことのできるドーリィーには、従わなければならないのだ。おまけに、フィデルマは、国王の妹君でもあるのだから。

フィデルマは、木造の建物をじっくりと調べながら、その周囲をぐるっと歩いてみた。側面の小さな扉を試してみると、錠がかかっていた。この扉だけでなく、あらゆる箇所が、しっかりと閉ざされ鍵をかけられているようだ。だが、建物の裏側の壁には、梯子《はしご》が立てかけられたままになっていた。これを使えば、屋根の上に上がれるわけだ。

「自分が暗殺者どもを見たのも、そこでしたわ」と、ガンガが指摘した。

フィデルマは、さっと彼に視線を走らせた。「でも、すでに建物の正面に接近してしまったあなたには、ここは見えないはずですね」

「はあ、見えません。自分が見たのは、弓を握っとる射手のほうです。奴は、屋根の上に立っとりましたが、すぐに裏手のほうに姿を消しました。それで、自分が建物沿いに馬を走らせて裏へ回ると、二人の男が、一人は弓を、もう一人のほうは抜き身の剣を手にして、そこにいたんですわ」

「あなたは、どこで二人を切り伏せたのです？」

ガンガが、片手でその場所を示した。

そこには、血溜まりがいくつか見られた。血は、まだ乾ききってはいなかった。建物の裏側に位置する場所ではあるが、広場から近づきつつある者の目には、見える箇所だ。

フィデルマは梯子を登って、平らな屋根に出た。屋根の正面側の縁《へり》には、木造の小さな欄干《らんかん》が付いていた。その根方に、矢が二本、置かれていた。慌てて取り散らしたのではない。注意深く、置かれたものだ。おそらく、矢継ぎ早に射ることができるようにと、射手自身がそこに置いたのであろう。フィデルマはそれを手に取って、刻印を調べた。それから、腰のベルトにはさんであった矢と、見較べた。エイダルフがコルグーの腕から抜き取り、彼女に渡してくれた矢である。彼女は、口をぐっと引き結んだ。どちらの刻印も、同じだった。彼女には、見覚えがある刻印であった。

一緒に登ってきたガンガが、陰気な顔で彼女を見つめていた。

「何か、見つけられましたか？」

「ただ、矢があっただけです」と、フィデルマは、さっと答えた。

その時、「フィデルマ！」と呼ぶ声が聞こえた。

彼女が欄干から身を乗り出して見下ろしてみると、ドンダヴァーンだった。

「サムラダーンを見つけたのですか？」

「彼は、今日、キャシェルにいないそうです。修道院との物資の取り引きのために、イムラックに行っているとのことです」

「サムラダーンは、多分、ここに住んでいるのではないのでしょうね？」

ドンダヴァーンは片手で指し示しながら、フィデルマの質問に答えてくれた。「彼の住まいは、今立っておいでの屋根の上から、見えますよ。そこの大通り沿いの、六軒目の家です。私はこの男をよく知っていますし、彼から商品を購入することもあります」彼の手は、無意識のうちに肩に留めた銀のブローチに伸びていた。「彼が、この件に関与しているはずはありませんよ」

フィデルマは、大通りに沿って目を走らせ、ターニシュタが教えてくれた家を見つめた。

「何が起こったかを知るために、わざわざその男を問い質《ただ》す必要はありませんぜ」と、ガンガが口をはさんだ。「暗殺者どもは、この平らな屋根は、作戦上、ドネナッハ大族長殿に矢を射かけるのに絶好の地点だと見たんですわ。そして、この建物は倉庫だと知り、梯子を見つけ、屋根に登って、大族長殿の到着を待ち受けとったんですよ」

彼は振り向いて、建物の裏手に広がる土地に目を留めた。

「連中、裏の雑木林に、やすやすと逃げ込むことができたかもしれませんな。そうだ……」と彼は顔を輝かせた。「賭けたっていいですぜ。きっと奴ら、そこに馬を繋《つな》いで、待たせとったんですよ」

彼は自分の推測を実証しようと、そちらに向かおうとした。

「もう少し、お待ちなさい」とフィデルマは、静かな声で、彼に留まるようにと命じた。フィデルマは、この屋根の上と、コルグーとドネナッハが襲撃された地点との距離を、考えていたのだ。彼女の目が、ぎゅっと細く絞られた。

「どうやら、我らの射手について、一つだけ、あなたに教えてあげられますよ、ガンガ」だが、その声は、厳しかった。

ガンガは顔をしかめたが、何も言おうとはしなかった。

「その男、優れた射手ではありませんね」

「どうして、そう言えるんです？」と、オー・フィジェンティの戦士は、気乗りのしない声で、フィデルマに訊ねた。

「なぜなら、この位置とこの距離であれば、二回も続けて的《まと》を外《はず》すことは、あり得ません。一回目は、外れるかもしれません。でも、静止している標的です。二度目は、必ず外しはしません」

そう言うと、彼女は立ち上がり、二本の矢を持って梯子を降り始めた。その後ろに、ガンガも続いた。彼女の従弟は、梯子の下で待っていた。

「馬についてのガンガの推測、聞こえました？」とフィデルマは、先ず彼に訊ねてみた。

「はあ、聞きました」彼の返事は、あまり明快ではなかった。どうやら彼は、ガンガの推測を、大して評価してはいないらしい。

ともかく彼らは、小さな雑木林へ行ってみた。だが、馬など、どこにも繋がれていなかった。「もしかしたら、もう一人、共犯者がいたのかもしれないな」これは、自分の失望を隠そうと、ガンガが思いついた説明であるようだ。「そいつは、仲間がやられたのを見て、馬を引いて逃げ出したんですぜ」

「そうかもしれませんね」とフィデルマは、彼に同意してやった。しかし、雑木林の向こう側を走る道へ目を向けてみたものの、馬だの荷車だのの跡があまりにも夥《おびただ》しく残っているようだ。そこから何らかの結論を引き出すことは、不可能であろう。

ガンガは、馬たちが突然どこからともなく現れてくれないかと期待しているかのように、未練そうな顔をして、突っ立っている。

ドンダヴァーンは、オー・フィジェンティの戦士の推理が外れたことに、秘《ひそ》かに快哉を味わっていたようだが、それを隠そうと、「さて、今度はなんです?」と、フィデルマに問いかけた。

「さて」と、フィデルマは溜め息をもらした。「今度は、コンクホル修道士の施薬所へ行って、あの暗殺者たちの遺体を調べることにしましょうか」

初老の修道士コンクホルは、戸口で彼らを待っていた。フィデルマが、ドンダヴァーンを伴い、後ろにガンガを従えて側までやって来ると、彼は一歩、横に下がった。

「フィデルマ様、おいでになるであろうと、お待ちしておりましたぞ」と彼は、いささか皮肉な渋面を作って、彼女を迎えた。「今日という日は、喜ばしい日とはならぬと、警告しておりましたろうが？」

それを聞き咎《とが》めて、ガンガは鋭い言葉を投げかけた。「どういう意味だ、老いぼれ山羊？このことを、前もって予告しとったというのか？」

ドンダヴァーンが、老修道士の肩を荒々しく摑んでいるガンガの腕に警告の手を伸ばし、鋭い声で、「彼に構うな。彼は老人で、キャシェルの忠実な臣下なのだ」と告げた。

「彼には、このような扱いを受ける謂《い》われはありません」と、フィデルマも言葉を添えた。「彼は、星座に、悪しき兆しを読み取ったのです。それだけのことです」

ガンガは、忌々しげに手を下ろした。わずかに開いた口から「占星術師か！」と嘲《あざけ》りをもらし、その口調に似合った顔で、ふん！と鼻を鳴らした。

老修道士は威厳を見せて、乱れた法衣を整えた。

その彼に、フィデルマは問いかけた。「二体の遺体は、支障なく、こちらへ運ばれてきましたか？」

「儂《わし》は、死者の衣服を脱がせ、台の上に横たえておきました。だが、ご指示どおり、それ以外には、何も手を触れておりません」

「検死が済み、それでも身許がわからないようでしたら、遺体を屍衣《しい》でくるんでやって下さい。でも、そうなると、どこへ葬ってやることになるでしょうね」

「たとえ罪人であろうと、この地上には、死者を埋葬するための地面は必ずありますわい」とコンクホルは、重々しく彼女に答えた。「もっとも、〝ラーヒー・ナ・キーンティー〔嘆きの日日〕(2)〟は、そう長いものとはなりますまいが」

エールの人々の間には、死者の前で何日も泣き悲しむ〝ラーヒー・ナ・キーンティー〟という慣習があり、盛大な葬儀になると、十二昼夜にわたることもあるのだ。

施薬所の中には、幅の広い厚板でできた大型のテーブルが置かれていた。殺害された二人の遺体を、ゆっくり並べられる大きさである。実は、コンクホル修道士は、キャシェル城で、しばしば納棺師の任務を務めるように求められている修道士でもあるのだ。そうした折に、納棺の用意をするコンクホルは、このテーブルを遺体を乗せる台に利用しているのである。遺体は、衣服を脱がされて、台上に並べられていた。ただ、コンクホルは、心遣いを見せて、腰の辺りは亜麻布《リネン》の布で覆ってやっていた。

フィデルマは歩み寄り、両手を胸の前に組んで、遺体の足許近くに立った。何一つ見逃すまいと、その目はわずかに細められていた。

彼女が、いささか暗い関心でもって、先ず最初に見て取ったのは、一人は長身で、痩せ型。もう一人は、髭のない顔の代わりであるかのように背に長く伸びている、ということだった。

人のほうは、たっぷりとした胴まわりをして、背は低く、銀髪になりかけた灰色の巻き毛は、手に余るほど、ふっさりとしている。こうして並べられていると、その違いは滑稽《こっけい》なほどだった。ただ、彼らは二人ながらガンガの剣によって死を迎えた者たちであるという事実が、滑稽さを不気味なものへと一変させていた。

「どちらが射手かしら？」とフィデルマは、そっと訊ねた。

「痩せとるほうですわ」と、ガンガが即座に答えた。「もう一方の奴は、共犯者ですな」

「二人が携えていた武器は、どこです？」

すぐさま、弓一張り、数本の矢が入った箙《えびら》一つ、剣一振りを取り出したのは、コンクホルだった。

「遺体を運んできた戦士たちが、これらの武器も持ってきました」と、老人は説明した。

フィデルマは、老人に武器をそこに置くようにと身振りで指示して、「すぐに、調べてみましょう」と言いかけた。

「ちょっと、待った！」とガンガが、完全に彼女を無視して、「箙は、こっちに持ってこい」と老人に命じた。

コンクホル修道士は、ちらっとフィデルマへ視線を向けたが、彼女はガンガに逆らおうとはしなかった。ガンガが倉庫の屋根の上で何に気づいたかを、彼女は悟っていた。彼は、必ずや、その発見を人々に見せつけるはずだ。彼のその行動を、今、少々遅らせてみても、大して役には立つまい。老薬師《くすし》は、箙をガンガに渡した。ガンガは、その中から無造作に一本、矢を引き出し、じっと見守っている彼らに、それを突きつけた。

「キャシェルのターニシュタ殿、この矢はどこの物だと思われますかな？」と彼は、素知らぬ顔で、ドンダヴァーンにそう問いかけた。

ドンダヴァーンは、それを受け取り、注意深く観察した。

「あなたには、よくわかっているのでしょう、ガンガ？」とフィデルマは、逆に問いかけた。彼女は、こうした事態に展開するであろうことを、十分に予期していた。

「自分が、ですか？」

ドンダヴァーンが、困惑したように、彼に答えた。

「この矢は、我々の従弟、〝クノック・アーンニャのオーガナハト〟殿の領民の物のようだが」

「いかにも」とガンガは、ふーっと大きく息をついた。「この暗殺者の箙の中の矢に矧《は》がれているのは、皆、クノック・アーンニャの矢矧師《やはぎし》が用いる矢羽根ですわ」

「それに、どのような意味があるのでしょう？」と彼女は、何食わぬ顔で、戦士に向きなおった。「いずれにせよ——矢など、いともやすやすと手に入れることができますものね」彼女はそう言うと、自分のマルスピウム（携帯用の小型鞄）から小型のナイフを取り出した。「このナイフは、ローマ製です。ローマへ巡礼に出掛けた時に、彼の地で買《か》いもとめた物です。このナイフを持っているから、私はローマ人である、ということにはなりませんものね」

ガンガは、悔しげに顔を紅潮させながら、矢を乱暴に箙に戻した。

「賢《さか》しらぶるのは、およしなされ、コルグー王の妹御殿。この矢の出処《でどころ》は、歴然としとります。自分は、このことを、我らの大族長殿に報告しますぞ。そのことを、心に留め置かれることですな」

ドンダヴァーンは、従姉《いとこ》に対するこの粗暴な無礼に、顔をさっと朱に染めた。

「フィデルマ殿は、ここにおけるただ一人のドーリィー殿だ、ガンガ。報告をされるのは、ドーリィー殿の任務だぞ」とターニシュタは、ガンガに厳しい言葉を叩きつけた。

ガンガは、ただ歯を剝きだして、冷笑を返した。

フィデルマは、ガンガにはそれ以上取り合わず、箙を手に取って、それを調べ始めた。矢に刻された印以外に、百一本の矢からこの矢を識別するような特徴は、何もなかった。彼女は、老コンクホルに、次には弓を見たいと、身振りで伝えた。なかなか優れた職人技《わざ》で作られた弓だった。だが、この弓を誰の物と特定する特徴は、何もなかった。次に、フィデルマは、剣に向かった。粗末な造りの剣だった。柄《つか》と刀身の継ぎ目の周りには錆が出ているし、刃も、研がれていない。柄には、牙を剝きだした動物の口という、奇妙な意匠の装飾が施されていた。彼女は、この種の剣を前に見たことがあった。クライデブ・デットと呼ばれるもので、彼女の知る限り、エールの一部の地方でしか、このような装飾を施された柄は造られていないはずだ。フィデルマは、それがどこであったか、思い出そうとした。だが、まだ思い出せないでいた。

「さあ、ガンガ」とフィデルマは、やっと彼に声をかけた。「私ども、武器は十分調べました。こうした私どもの調査ぶりに、満足しましたか？」

「ああ、これまでの過程で、我々、矢がどこの物であるかを、はっきりさせることができましたからな――ああ、満足しましたとも！」

その時、扉をさっと開けて、エイダルフが施薬所に入ってきた。だが、無作法を詫びて、扉口で立ち止まった。

「あなたが遺体を検分なさると聞きましたので」と彼は、少し息をはずませながら、フィデルマに告げた。急いで駆けてきたらしい。

フィデルマは、気遣わしげに彼を振り向いた。「兄上は……それにドネナッハ殿は、いかがです？」

「安らいでおいでです。後二、三日は、痛みや不快感が残るでしょうが、もう危険状態は脱しておられます。どうぞ、ご心配なく。傷の手当ては済みました。今は、信頼できる手で、看護されておいでです」

フィデルマは、緊張を解き、微笑んだ。「ちょうど良いところに来て下さいましたわ、エイダルフ。私は、あなたの観察眼を、必要としていますの」

ガンガが、不機嫌に唸った。そして、「こんな異国人の出る幕ではありませんぜ」と、異を唱えた。

「この〝異国人〟は――」とフィデルマは、この単語に意図した強調を響かせて、それに答えた。「この方は、兄コルグー王の客人であり、薬学をトゥアム・ブラッカーンの学問所で修められた方です。あなたのご主君が危機を脱することがおできになったのも、おそらく、この方の医療の手際のお蔭でしょう。それに、この二人の遺体の検分に当たって、私どもには、この方の専門家の目が必要です」

ガンガは、歯をぐっと嚙みしめて不同意を表明しながらも、それ以上、異を唱えることは控えた。

「さあ、ここに来て、目に留まったことを、私に教えて下さい、エイダルフ殿」とフィデルマは、彼を誘《いざな》った。

エイダルフは、テーブルに近寄った。「二人の男。一人は長身……」と彼は、注意深く遺体の一つの上に屈みこみ、慎重に調べ始めた。「長身の男のほうは、一撃でもって殺されています。見たところ、剣は心臓に達しています」

ガンガが、嘲るように笑いだした。「もう、すでに言いましたろうが。それをやってのけたのは、この自分だと」

エイダルフは、彼を無視した。「第二の男は、短身。三回の攻撃によって死亡。その時、男は殺害者に背を向けていた。首を、むごたらしく切られている。肩甲骨の下から突き刺された傷は、私の見るところ、致命傷とは思われない。だが、頭蓋骨の後頭部は、打ち砕かれている。おそらく、剣の柄によってだろう。この男は、走って逃げようとしていたところを、切りつけられたものと思われる。襲撃者は、男より上に位置していた。多分、馬上の人物だったのであろう」

フィデルマは、全てを見通すような視線を、オー・フィジェンティの戦士に向けた。沈黙は、告発であった。ガンガは、身を守ろうとするかのように、ぐいと顎を突き出した。

「すでに暗殺者は、人に危害を加えることのできない状態になっとるんですから、それで十分でさ。我らの敵がどういう死に方をしたかなど、問題にする必要はないでしょうが」

「あなたは、この男が剣をかざして襲いかかってきたかのように述べておりましたね?」とフィデルマは、静かに問いかけた。

「初めの段階で、です」とガンガは、ぴしりと答えた。「だが、この男、自分が射手を斃《たお》したのを見るや、くるっと背を向けて走りだしたのですわ」

「その時、彼を捕らえることはできなかったのですか?」と、フィデルマの声が鋭くなった。「あなたは、殺さざるを得なかった、と言うのですか?　この男は、この襲撃事件に関して、きわめて貴重な情報を我々に提供することができたかもしれないというのに」

ガンガは、足を踏み替えた。「戦闘の最中、そんな考えが頭に入ってきますかね?　奴は、脅威をもって、我々を脅《おびや》かした。自分は、その脅威を取り除いたんですわ」

「脅威？」とフィデルマは、それを静かに繰り返した。「この死者は、初老の男のように見えます。年齢からも、肥満体の体軀からも、あなたのような若者の敵ではありません。あなたなら、いとも簡単に、男の武器を取り上げることができたはずです。とにかく、私は、このことを、しっかり覚えておきましょう、〝オー・フィジェンティのガンガ〟。ドーリィーが質問する時、彼らが求めるのは、真実です。自分の行為を正当化せんがための虚偽ではありません」

ガンガは、挑みかかるようにフィデルマを睨み返した。しかし、何も反論しようとはしなかった。

フィデルマが注意を死者たちに戻して見ると、エイダルフが、背の低いほうの遺体の頭部に、身を屈めていた。その面《おもて》には、驚きの色が広がっていた。

「どうしました？」と、彼女は訊ねた。

しかし彼は、それには答えず、ただ無言で彼女をテーブルの側に呼び寄せた。

ガンガとドンダヴァーンも好奇心をそそられて、その後ろに続いた。

エイダルフは、彼らに死者の頭頂がはっきり見えるようにと、その頭部を少し持ち上げた。ガンガに剣の柄で打ち砕かれたその後頭部には、夥しい血が、今は乾いて、こびりついていた。

フィデルマの目が、はっと見張られた。

「それがどうしたってんです？」と、ガンガが聞きたがった。「自分には、この手で負わせてやった傷しか、見えませんぜ。これは自分の仕業だと、はっきり認めとるんです。それが、何フィデルマが、ごく静かな声で、彼に答えた。「ブラザー・エイダルフが何を指摘しておいでなのか、あなたにも見えましょう、ガンガ？　この男の頭頂の髪と、頭頂を取り巻く髪は、伸び方が違っています。見てのとおり、頭頂を囲んでいる髪の毛は、濃い巻き毛ですが、頭頂はほんの半インチほどの長さで、円形に生えています」

それでもまだガンガは、それが何を意味しているのか、わかりかねていた。

ドンダヴァーンが、先ず気づいた。「この男は、最近まで、聖職にあった、ということですか？」

「なんだって？」とガンガが、仰天した。そして、自分が見落とした事実を確かめようと、覗きこんだ。

「ローマ・カトリックを奉じる者の〝コロナ・スピネア（茨《いばら》の冠）〟型の剃髪《トンスラ》です」と、同じ剃髪を頭に頂いているエイダルフが、説明を加えた。

「あんた、この男は異国人だって、言っとるんか？」とガンガは、エイダルフに返事を求めた。

フィデルマは、一瞬、目を閉じた。だがすぐに、「この五王国には、〈聖ヨハネ型剃髪〉(3)をやめて〈聖ペテロ型剃髪〉を頂くことを選ばれた修道士は、大勢いらっしゃいます」と、ガンガに説明した。「この剃髪は、彼が修道士である……であったという事実を、我々に教えてくれるだけです」

「この男は、ほぼ二週間前まで、この剃髪を頂いていたということも、教えてくれます。髪がこのくらい伸びるには、その程度の日数がかかりますから」と、エイダルフは付け加えた。

「二週間？」と、フィデルマは問い返した。

エイダルフは、しっかりと頷いた。

彼が注意深く遺体を覗きこみながら検分を続けている間、彼らは後ろに引き下がって、待った。やがて彼は、死者の左前膊部《ぜんはくぶ》を指差した。「皆さん、この奇妙な刺青《いれずみ》をご覧になったこと、おありですか？」

彼らは、身を乗り出して屈みこみ、それをじっくりと見つめた。

「何だか、鳥のようだが」とドンダヴァーンが呟いた。

「クラヴァーンです」と、フィデルマがそれを確認した。

「なんですって？」と、エイダルフが眉を寄せた。

「鷹の一種です」と、フィデルマが彼に説明した。

「ふーん、こんなの、見たことないですな」とガンガは、はっきりと否定した。

「そうでしょうね」と、フィデルマは頷いた。「北の地方へ旅したことがないのであれば、目にすることがなかったでしょうね」

「で、フィデルマ殿は、きっと行かれたこと、おありなんでしょうな？」と、戦士は嘲った。

「ええ、ノーサンブリア王国のオズウィー王が招聘《しょうへい》なさったキリスト教公会議《シノド》(4)に出席する途中、ウラー王国とダール・リアダ王国[5]を通過しましたが、そこで目にしました」

「ああ、そうだ！」とエイダルフが、自分も思い出せたことにすっかり気をよくして、言葉を続けた。「今、思い出しました。ラテン語で、ブテオと呼ばれている鳥です。ノスリ（ワシタカ科の鳥）のことです。でも、修道士が前膊部に彫るにしては、奇妙な鳥ですね」

彼は、とりわけ手や足に注意しながら、さらに検分を続けた。

「この男、修道士が兵士になったのでも、兵士が修道士になっていたのでも、ありませんね」と、彼は意見を述べた。「手も足も柔らかで、全く肥厚していませんから。ほれ、右手を見てご覧なさい、フィデルマ。特に、第一指（人差し指）と第二指（中指）の間を」

フィデルマは、手を伸ばして、死者の弛緩した冷たい手を取ってみた。ほとんど骨がないのではないかと思えるほど、しなやかな手だ。それに触れた途端、彼女は激しい嫌悪感に襲われ、思わず体が震えそうになり、それを必死に抑えようと努めた。

彼女は、死者の手を放す前に、眉をつっと上げて、素早くエイダルフを見上げた。

「今度は、なんです？」自分には理解できない二人のやり取りに気分を悪くして、ガンガが説明を急《せ》かした。

「二本の指に、インクの染《し》みが付いているのだ」とエイダルフが、彼に説明してやった。「つまり、我らの元修道士殿は、書記僧《スクリプトル》だったのです。それが暗殺者になるとは、奇妙な男ですね」

ガンガは、喧嘩腰で、それに答えた。「そりゃあ、こいつは射手ではないほうだからでさ。

もう一人の、射手のほうは、キャシェルの王の精鋭戦士団の徽章を身につけていて、そいつの武器である矢は、コルグー王の従弟殿が治めとるクノック・アーンニャ領の職人の手になるものだった」

フィデルマは、このガンガの主張は聞き流しておいた。「では、私ども、今度は射手のほうに移りましょう。この男について、どういうことを教えて頂けます、エイダルフ殿?」

エイダルフは、しばらく長身の男の死体を調べていたが、やがて背を伸ばし、彼らに向かって話し始めた。

「この男の筋肉は、よく発達していますね。手も、よく使われている。しかし、手入れをされている手です。農夫や労働者のような、荒っぽい力仕事はしてません。足の筋肉は、しっかりしていますし、体はよく日焼けしてます。ただ、二箇所、古傷があります。ほれ、ここです。一つは左の肋骨の近くに、もう一つは左の上膊部です。この男は、戦場で戦ったことがあるのです。さらに言えば、彼は職業的な射手でもあります」

この説明を聞いて、ガンガが弾《はじ》けるように嘲笑いを炸裂させた。「こいつは射手だと、自分が言ったのを聞いていたんだろう、サクソン。まるで魔術師かなんぞのように、あんたの力をひけらかすんじゃないぜ」

エイダルフは、それに毫《ごう》も動じなかった。「私はただ、私が見て取ったことを報告しただけだ」

フィデルマが、静かな笑みを面に浮かべて、言葉をはさんだ。「多分、ガンガのために、説明してお上げになるほうが、よさそうね。彼は、あなたの理にかなった推察がわかっていないようですから」

「ここに、来たまえ」と彼は、オー・フィジェンティの戦士に合図をした。「先ず、この男が弓を握る左手を見るといい。ほれ、指が肥厚している。だが、それは、右手には見られない。彼の左手は、絶えずがっしりとしたものを、つまり弓を握っていたのだ。次に、右手を見てみよう。第一指と親指の指先に、小さな肥厚が見られる。この指は、常に弦に番《つが》えた矢を摑んでいたのだ。今度は、左上膊部の内側へ視線を向けてみなさい。そこに、いくつか、火傷《やけど》の痕のような古い傷があるだろう？ 弓の弦がぶれて、肌を傷めた痕だ。射手が矢継ぎ早に矢を放つ時に、時々、正確に発射できないことがある。そういう時にできる傷だ」

ガンガは、なるべく感心したと聞こえないように努めながら、「なるほどな、サクソン」と、エイダルフに告げた。「あんたの魔術が理屈にかなっているということは、認めますわ。だが、そんな理屈なしに、自分は、こいつは射手だと言えますぜ。こいつが我が大族長殿を殺害しようとした後で、自分はこいつを討ったのだが、その時、こいつは手に弓を握っとりましたからな」

「こいつは、モアン国王コルグーをも、殺害しようとしたのだぞ」と、ドンダヴァーンが付け加えた。「お前は、いつもそのことを無視している」

「暗殺者どもの服装に、話を戻しましょうぜ」と、ガンガが苛々《いらいら》と促した。「〈黄金の首飾り《ニーア・ナスク》〉の徽章について、説明して頂こうではないか。これは、あなたの従兄《いとこ》コルグー王の精鋭戦士団の徽章でしたな?」

老修道士コンクホルは、彼らが検分しやすいようにと、別のテーブルの上に、武器と共に、彼らの衣類も並べていた。

フィデルマは、金の鎖に吊るした十字架を手に取った。キャシェルのオーガナハト王家の歴代の王たちに仕えた、古い歴史を持った戦士団の者たちが、シンボルとして身につけている十字架である。だが、これを彼らの中の誰の物であるかを特定できる印は、付いていない。モアン王国のために尽くしたフィデルマの貢献に対して、コルグー王は、感謝の印として、妹にも、戦士団の十字架を授けていた[6]。今も、彼女はそれを首に吊るしている。この射手が身につけていた十字架は、それによく似ていた。

「ドンダヴァーン殿、あなたは兄コルグー王の数代前の国王のご子息として、お父上に親しく接しておいででした。ですから、歴代の王の親衛隊戦士がたのことを、よく知っておいでです。この長身の射手の遺体が誰であるか、おわかりになりますか?」

「いいえ」と、彼女の従弟は、はっきりと言い切った。「我が国の国王精鋭戦士団の中に、この男を見かけたことはありませんね、フィデルマ殿」

フィデルマは、次いで、徽章を彼に差し出した。「この男が身に帯びていたこの徽章のほうは、どうかしら？　前に、見たことがおありですか？」

「〈黄金の首飾り戦士団〉の戦士は皆、同じ徽章を付けていますよ。あなたもこの徽章を付けておいでになるのだから、そのことは、よくご存じのはずです。しかし、一つ一つを、これは誰の徽章だと見分けることは、不可能です」

ガンガが、不信感をあらわにして、口をはさんだ。「そりゃあ、あなたなら、そう言われるでしょうな。自分たちの国王精鋭戦士団の一人が暗殺者だとは、認めたくないでしょうからな」

ドンダヴァーンが激昂《げっこう》して、さっと振り向き、今にも抜刀するかの勢いで、片手を剣の柄にかけた。だが、フィデルマは手を上げて、それを制した。

「お止めなさい！　いいですか、ガンガ、この男は、あなたが信じようが信じまいが、〈黄金の首飾り戦士団〉の一員と、特定されてはおりません。私は、この男に見覚えはないし、私の従弟も同じです。このことを、私ども二人は、厳粛に誓います」

「まあ、そういうふうに言われるだろうとは、思っとりましたよ」彼の言葉から、猜疑《さいぎ》の色はいっこうに消え失せてはいなかった。

「この十字架は、君を惑わすために、身につけられていたのかもしれないな」と、エイダルフは示唆してみた。

ガンガは、無礼にも、それを嘲笑した。「この暗殺者は、わざとこの十字架を身につけて、わざと己《おのれ》をこのガンガに殺害させた。それも、これを発見させて、我々の判断を誤らせるためだった、と言うんですかい？」と彼は、エイダルフを嘲った。

サクソンの友の顔に、悔しそうな表情が浮かぶのを見て、フィデルマは彼を庇《かば》うことにした。

「暗殺者は、我々が発見しそうな場所にこれを落としておいて、逃走する予定だった。ところが、その前に殺されてしまった、ということも、考えられますね。〝わざと自分を殺害させた〟と考える必要は、ありますまい」と、彼女は示唆してみせた。もっとも、そういう可能性はなかろうと思っていたので、注意を逸らすために、急いで衣服の山の検分に取りかかることにした。

「粗末な衣類ですね。これでは、身許を明かす手掛かりにはなりません。このような衣服、どこにだってありますもの。革の財布が、二個。中には、それぞれ、貨幣が何枚か。何《いず》れも、小額貨幣です。我らの暗殺者たち、貧乏だったようね。それに……」

フィデルマは、初老の小肥りの男の所有物だとコンクホル修道士に教えられた財布に、指を走らせた。だが、何かを探り当てたかのように、指を止めた。彼女は、ゆっくりと、それを引き出した。

長い鎖の先に付いた、三インチほどの磔刑像十字架《クルシフィックス》だった。だが、十字架本体も鎖も、見事な細工のきらめく銀である。十字架の四本の腕には、それぞれ一個ずつ、宝石が嵌《は》めこまれていた。十字架の中心は、さらに大きな宝石で飾られている。いずれも、エメラルドだ。これが、アイルランドの細工師の手になった十字架でないことは、容易に見て取れた。アイルランドの銀細工師が用いる意匠より、もっと単純なデザインである。

フィデルマの肩越しに、エイダルフも、それをじっと見つめた。

「修道院の平修道士が身につける十字架では、ありませんね」と彼は、フィデルマに話しかけた。

「普通の司祭の十字架でも、ありませんわ。少なくとも、司教かそれ以上の高位聖職者の物でしょう」と、フィデルマは、畏怖の念をもって、そう判断した。「おそらく、司教様の十字架より、もっと貴重な十字架ですわ」

第五章

コルグーは、長い手足を大きな暖炉の火のほうへ伸ばして、彫刻を施した背凭《もた》れの高い椅子に、ゆったりと坐っていた。右腕は、白い亜麻布《リネン》でくるまれているものの、フィデルマが最後に見た時より、ずっと具合は良さそうだ。

「傷はいかが、兄上様?」とフィデルマは、後に続くエイダルフと共に彼の私室に入っていきながら、挨拶の声をかけた。

「もう、全く痛まない。我らのサクソンの友の見事な治療のお蔭だな」とコルグーは、微笑みながら、それに答えた。だが、まだ少し顔色は蒼ざめているようだ。コルグーは、自分と向かい合った椅子にかけるようにと、フィデルマたちに身振りで勧めながら、エイダルフに問いかけた。「ドネナッハの傷は、どうかな?」

「傷は、ほぼ肉の部分だけです」とエイダルフは、それに答えた。「矢は、ドネナッハ殿の大腿部に刺さったのですが、筋肉を痛めてはいません。多分、一、二日は不快感が残るでしょうが、それだけです」

「少なくとも、痣《あざ》にはならないようだな」とコルグーは、上機嫌で、くすりと笑った。

「ええ、痣にはなりません」とエイダルフは受けあったが、やや訝《いぶか》しげな声である。「どうして、それを気になさるのです？」

「お前は、我が一族の中の法律家だ、フィデルマ」とコルグーは、笑みを浮かべた。「我らの友人に、お前から説明するがいい」

　フィデルマは、エイダルフのほうへ少し向きなおった。

「アイルランドの古代法は、王は完全な肉体(1)を備えた者でなければならぬと、定めておりましてね。身体の不自由や障害が一切ない者、ということになっていたのです」

「王は、在位中に傷を受けると、本当に王位から逐《お》われるのですか？」とエイダルフは、驚いてしまった。

「私が知っている例は、コンガル・ケイハだけですけれど。彼はウラー王国の王で、一時期、大王位にも就いていたのですが、蜂に刺されて視力を失ってしまいました。そのため、タラの大王の玉座から退位させられてしまいましたわ」とフィデルマは、エイダルフに説明した。

「でも、自分の領土であるウラー王国の王位には、戦場で斃《たお》れるまで、ずっと就いていた」とコルグーが、それに付け加えた。

「それ、いつ頃の話なのです？」とエイダルフは、好奇心をそそられて、そう訊ねてみた。

「この王は、マグ・ラーの戦場で戦死したのだが、あれはちょうどフィデルマが生まれた年だったな」とコルグーは、笑いながら答えた。「さてと、何を発見したのかな、フィデルマ？

ドネナッハと私を襲ったのは何者だったか、わかったのか？」

フィデルマの顔が、真剣になった。そして両手をそっと膝において、しばらくそのまま坐り続けた。

やがて、「状況は、思わしくありません」と、口を開いた。そう言うと、言葉を続ける前に、彼女はふたたび短い沈黙をはさんだ。「このキャシェルで、暗殺が企てられました。私どもの法律は、暗殺をドゥインヘイドと呼び、きわめて由々しい犯罪と考えて、普通の殺人の二倍の科料を科しております」

「普通の二倍も？」と驚いて、エイダルフは思わず質問をはさんだ。

「殺人という非道なる罪を犯した場合、あなたはもうご存じでしょうが、我々の法では、加害者は社会的権利を失うと共に、被害者の遺族に法の定める額の賠償(2)を払うという、懲罰が科せられます。でも、このドゥインヘイド——これは〝人間に対する秘《ひそ》かな犯罪〟という語義を持つ単語で、暗殺のことですが——この場合、普通の殺人より、さらに重大なる犯罪と見做されているのです」

コルグーは、先を急ぎ気味に、身を乗り出した。「我々は、〝暗殺〟という犯罪の性質については、十分に承知しているよ、フィデルマ。それより、今、状況はよろしくないと言ったが、どうしてそう思う？　犯人は、もう死んだのだ——〝オー・フィジェンティのガンガ〟の手にかかって。あとはただ、暗殺者は何者だったのか、ほかにもこれに関わっていた者たちがいたのかどうかを、見つければよいだけではないか」

フィデルマは、深い吐息をつき、首を横に振った。「ご存じのことですが、二人のうちの一人は、〈黄金の首飾り戦士団《ニーア・ナスク》〉の徽章を、すなわちキャシェルの王に仕える貴族たちから成る精鋭戦士団の徽章を、身に帯びておりました」

コルグーは、もどかしげに片手を上げた。「そのとおりだ。で、それが誰の物か、突きとめることはできたのか？　私には、あの男は見覚えがなかったぞ。おそらく、ドンダヴァーンも、そうだろう。戦士団の隊長にも、コンクホルの施薬所へ行って死体を改めてくるようにと告げておいたのだが、彼の返事も、あの男は知らぬというものだった。ということは、あの死者は我々の精鋭戦士団の一員ではなかった、ということだ」

「あの男が何者か見極めることができる者は誰もいなかったことは、事実です」と、フィデルマは溜め息をついた。「でも、彼が用いた矢は、クノック・アーンニャのオーガナハト家の領地で作られた物でした。それを示す特徴を、はっきり備えた矢だったのです」

コルグーの面《おもて》が翳《かげ》った。「お前は、暗殺者はクノック・アーンニャの族長である我々の従弟《いとこ》フィングィンに仕える者たちだと、言っているのか？」

「いいえ、暗殺者の一人が携えていた矢には、クノック・アーンニャの矢によく刻まれているのと同じ印が、刻まれていました。ですから、暗殺者の矢は、クノック・アーンニャの職人によって作られた物だ、と申し上げているだけです。エイダルフと私は、遺体を入念に調べました。〈黄金の首飾り〉の徽章と矢以外に、あの男の身許を示す物は、何一つありませんでした。法律家は、これだけの状況証拠があれば、この男をクノック・アーンニャの人間と断じるに十分だと、判断することでしょう。ガンガは、これはオー・フィジェンティの大族長をおびき出して殺害しようというキャシェル側の企みだと、すでに、主張しております」

「馬鹿な！」とコルグーは、怒りをあらわにした。「まさか、本気ではあるまいな。私自身、その暗殺者の矢で傷ついているのだぞ」

「おっしゃるとおりですわ。でも、ガンガは、そのことさえも自分たちに都合よく捻《ね》じ曲げて、兄上の傷は重傷ではないのだ、などと……」

「重傷ですとも！」とエイダルフが、口をはさんだ。「オー・フィジェンティの大族長よりも酷い傷です」

「でも、兄上の傷は見せかけ《デコイ》だったのだとしゃべりまわっているガンガの口を噤《つぐ》ませるほどには、深い傷ではないのです。兄上の傷は、襲撃はお二人に向けられたものだったと見せかけるためのデコイなのだ。本当の狙いはオー・フィジェンティの大族長殿だったのだ、と言っているのです。ガンガは、もし自分があのように迅速に行動を起こしていなかったなら、暗殺者たちは次の矢を射て、さっと姿を消していたはずだ。そうされていたら、我々オー・フィジェンティの民には、暗殺者がキャシェル側の人間だったと知る術《すべ》はなかっただろう、と言っています」

「そんな途方もない話、聞いたこともない」と言いながら、コルグーは上体を椅子の背に凭せかけた。緊張と怒りのあまり、彼は無意識のうちに身を乗り出していたため、腕の痛みが脈打つように戻ってきたのだ。だが、彼の面に浮かんだ怒りは、すぐに暗い憂慮《ゆうりょ》へと変わった。「どう考える、フィデルマ？　お前は、こうしたことに経験を積んでいる。我々、どうすれば、ガンガの誤った糾弾《きゅうだん》を退けることができるだろう？」

「もしガンガが、暗殺者はキャシェルの禄を食《は》む者たちだという彼の告発を実証することができたなら、兄上は暗殺に関して法的な責任があるとされ、莫大な賠償金をお払いにならねばなりません。兄上は、それによって、この王国を失われることになりましょう。ガンガは、自分はモアン王の戦士団の徽章と矢の出処《でどころ》という証拠を持っている、と言っております。私どもは、自分で、それらが証拠にはならないと立証しなければなりません。つまり、私どもは、ガンガの主張を無効とするだけの反対証拠を手に入れなければならないのです」

長い沈黙が続いた。

「もし私に責任ありと判定されれば、わかっているだろう、キャシェルはオー・フィジェンティとの和平を二度と望めないだろうよ」年若い王は、溜め息をついた。「是非とも、私を助けてくれ、フィデルマ。我々、どうやって彼らの主張を論破すればいいのだ？」

「ガンガの告発を誤てる糾弾だと否定するためには、否定できるだけの反証を見つけるほか、ありません」とフィデルマは、繰り返した。「私どもは、先ずは、あの暗殺者たちが何者であるかを証《あか》す証拠を、見つけ出さねばなりません。あの射手は、〈黄金の首飾り戦士団〉の徽章を身に帯びる権利を、本当に持っていたのでしょうか？　非常に厄介なことになりかねないのに、あの射手はどうして徽章を付けていたのでしょう？　彼らは、身許が判明する前にこっそり逃げ去ろうと考えていたのだとガンガは主張していますが、もしそうであるのなら、射手はどうして屋上に二本の矢をわざわざ揃えておいてから逃げ出したのでしょう？　矢から、隠そうとしている身許が容易にわかってしまいますのに」

「慌てて、置き忘れてしまったのでは？」とエイダルフは、思い切って言ってみた。「覚えておいででしょう、矢を射かけた直後に、彼は馬に乗ったガンガがまっしぐらに広場を横切って、突進してくるのを見たに違いありません。そこで、屋根から逃げ出してしまったのです」

フィデルマは、いささか嘆かわしげな顔で、彼を見やった。「あの男は、あなたがおっしゃったとおり、弓術の専門家です。決して、そのようにうろたえたりしませんわ。むしろ、自分の武具は大事に抱えていたはずです。あの二本の矢は、私たちに発見させるために、彼がわざと置いていったのではないのかしら」そう言いながら、彼女はふっと別の考えを思いついた。

「でも、専門家であるのなら、あの射手、どうして的に命中させなかったのでしょう？」

落ち着かないままにフィデルマは立ち上がり、

「兄上は、急に馬を止め、身を屈めて、私に声をかけて下さろうとなさった。そうなさらなかったら、お亡くなりになっていたはずですね。でも、わからないのは、ドネナッハ殿はじっとしていらしたのに、どうして射手は、二本目の矢を失敗したのか、という点です」

「いくら熟達の専門家だろうと、時にはそういうこともあるのでは？」と、エイダルフは言ってみた。

コルグーが、フィデルマのほうへ、熱心に体を傾けた。

「お前は、この事件の背後にはオー・フィジェンティの手が働いていると、言おうとしているのかな？　今回のキャシェル糾弾は、この先も戦いを挑み続けようとするオー・フィジェンティの画策だ、ということか？」

だが、エイダルフが王に指摘した。「オー・フィジェンティをお責めになる前に、暗殺者たちを斃したのはガンガだったことを、お忘れになりませんように。ガンガも、自分の国の人間を、それも何らかの陰謀のために今後も自分の手足になってくれるかもしれない人間を殺害するとは、とても考えられません」

「私が申し上げようとしていますのは、結論を下す前に、私どもには、調べてみなければならないことが多々ある、ということです」と、フィデルマは二人に告げた。「私どもは、もう一人の暗殺者が元修道士だったことに気づきました。かつては、〈聖ペテロ型〉に髪を剃っていたのです。でも、この二週間ぶんほど、髪は伸びておりました。それだけではなく、彼の手には、インクの染《し》みが付いていました。これは、彼が書記僧《スクリプトル》であったことを、物語っています。そして、最後に、彼はこのような物を持っておりました……」

フィデルマは、装飾を施された銀の磔刑像十字架《クルシフィックス》を取り出し、兄王に掲げてみせた。

コルグーはそれを受け取ると、眉を寄せながら、それを入念に調べた。

「見事な細工だな、フィデルマ。きわめて高価な品だ。この国で作られた物ではあるまい。意匠が違っているから」彼は、そう言いながら、急に顔をしかめた。「だが、確かに私は、これを目にしたことがある。でも、どこでだったろう?」

フィデルマは、興味をそそられた。「思い出して下さい、兄上。そして、かつてはキリストに仕える修道士であった者が、どうしてこのように高価な品を携えて暗殺者となったのかも、お考えになってみて下さい」

コルグーは、妹の顔を、しげしげと見つめた。

「お前は、この事件には何か隠された意図が潜《ひそ》んでいる、と考えているのか?」

「はい、そうです。ここには、何か良からぬことが隠れております。でも、今私どもが手にしている情報だけでそれを解決することは、容易ではありませんわ」

その時、ノックの音が響いて、コルグーの許しを得ることなく、扉がさっと開いた。入ってきたのは、ドンダヴァーンだった。彼はコルグーの許可を待とうとはせず、すぐに話し始めた。その顔は、いかにも憂鬱《ゆううつ》そうであった。

「オー・フィジェンティの大族長が、あなたの謁見を求めています。彼の親衛隊の隊長ガンガが、大族長に、彼に対する暗殺計画にキャシェルは何らかの形で手を汚しているのだと、吹きこんだのです」

コルグーは、ごく表現豊かな罵詈《ばり》の言葉を口にした。「待たしておけないのか？　我々はまだ、この件をどう扱うべきか、結論に達してはいないのだ」

ドンダヴァーンは、首を振った。「今、彼と話したのですが、彼はすでに大広間へやって来ていて、待っているのです。あまりにも険悪な様子でしたので、敢えてその非礼を譴責《けんせき》はせずにおきました」

王宮の儀礼の定めによれば、たとえそれが高位の貴族であろうと、城の主《あるじ》である王が公的訪問者や来客を迎える大広間には、王の招きがあるまで入室はできないことになっている。謁見を望む者は、王の招きがあるまでは、大広間の控えの間で待たなければならないのだ。

コルグー王は、腕に負担をかけないように注意しながら、ゆっくりと立ち上がった。気持ちが立ち騒いでいたため、つい負傷した賓客への礼儀を忘れていたのだ。

「では、我々は大広間へ行き、オー・フィジェンティの大族長が何を要求しているのかを聞くほうが良さそうだ」とコルグーは、諦めたように、二人に告げた。「さあ、行くとしよう。エイダルフ、君も来てくれ。そのがっしりとしたサクソンの腕に、頼らなければならないようだ」

彼らが大広間に入った時、オー・フィジェンティの大族長は、すでに椅子に坐っていた。額に汗が滲《にじ》み出ている。落ち着かない態度だ。たとえ筋肉に刺さっただけであろうと、矢傷はかなり彼にこたえているようだ。彼の後ろには、陰気な苦い顔をしたガンガが控えている。ほかには、王座の後ろに立っている、コルグーの親衛隊の隊長カパがいるだけだ。

ドネナッハが立ち上がろうとしたが、形式にあまりこだわらないコルグーは、手を振って彼をふたたび椅子に坐らせ、自分も腕を庇《かば》いつつ、王の定めの座についた。フィデルマはその左手に、ターニシュタ〔次期継承者〕のドンダヴァーンは右手の椅子に、それぞれ腰を下ろした。エイダルフも、カパの隣りに、自分の立つ位置を定めた。

「さて、ドネナッハ殿、どのように貴殿のお役に立てばよろしいかな?」

「私は、あなたの客として、この地を訪れました、コルグー王」とドネナッハは口を切った。「我らオー・フィジェンティの人間とキャシェルのオーガナハト家の間に、末永く続く平和を築きたいと、望んでのことでありました」

彼は、ここで、わずかに間《ま》を置いた。コルグーは、礼儀正しく続きを待った。今のは、単なる前置きであるから、彼のほうから言うべきことはなかった。

「私に対する襲撃に関して……」とドネナッハは、口ごもったが、すぐに「我々二人に対する襲撃に関して」と、言いなおした。「……いくつかの疑問が生じましてな」

「それらは、私どもが今、緊急事態として答えを求めようと努めている問題でもあると、どうかご得心下さい」と、フィデルマが静かに言葉をはさんだ。

「そうお答えになると、思っておりましたわい」とドネナッハが、鋭くフィデルマを制した。

「しかし、私は、ここにいるこのガンガから、あることを聞かされて、ひどく動顚《どうてん》しましたぞ。ガンガが切り伏せた暗殺者どもは、クノック・アーンニャ族長領の者たちだというではないか。そこは、あなた方の従弟、フィングィン殿が治めておいでの領地だ。つまりは、あなたが責任を負うておいでの国土です、コルグー王。私も、自分で二人の暗殺者のうちの一人の死体を検分しましたが、その男は、あなたの精鋭戦士団の徽章を、身につけておりましたぞ」

「あなたは、もちろん、〝フロンティ・ヌルラ・フィデス（外見に惑わされること勿《なか》れ）〟という格言を、ご存じでいらっしゃいましょう?」と、フィデルマが彼に話しかけた。

ドネナッハは、フィデルマに苦い顔を向けた。

「私に、何を言おうとしておられるのかな?」と彼は、冷笑した。

「〝見かけに信頼を置く勿れ〟です。誰かの服に徽章を留めることなど、誰かの衣をまとうのと同じように、いたって容易なことですわ。ですから、衣であれ徽章であれ、その人物は何者であるかを、決して告げてはくれません。それが告げてくれるのは、〝この人物は、誰々である〟と、我々に信じ込ませようとしている人間がいる、ということだけかもしれませんよ」と、フィデルマは、静かに彼に応じた。

ドネナッハの目が、細められた。彼はフィデルマに、「その抗弁が何を意味しているのかは、兄上コルグー王に説明して頂くことにしては、いかがかな?」と告げた。

「抗弁という言葉は、告発があったことを暗示する」と、コルグーは穏やかに、彼を窘《たしな》めた。「我々は、互いに糾弾の礫《つぶて》を投げつけることに専念すべきではない。お互い、真実を見出すことに、専念すべきであろう」

ドネナッハは、無頓着に、片手を振った。「ということは、コルグー王には、私に説明なさらねばならぬことがおありだ、とお認めになるわけですな?」

「ガンガに殺された二人のうちの一人がキャシェルの徽章を付けていたことは、我々も認める」とコルグー王は、言葉に気をつけながら、慎重に彼に答えた。「しかし、そのことは、彼が私に仕えた戦士であるということにはならぬ。すでに妹が貴殿に述べたように、人々の目を晦《くら》ますために、その男の着衣に何かを留めることは、至極簡単なことだ」

急にドネナッハが不安げな顔になり、ちらっとガンガに、目を走らせた。

だがガンガは、「その細工は、オー・フィジェンティを滅ぼそうとするキャシェル側の仕業なのかもしれませんぞ」と、自分の推測を主張し続けた。

これを聞いて、ドンダヴァーンが怒りを爆発させた。彼は椅子からさっと立ち上がると、いつもなら剣の鞘が吊り下げられているはずの腰へ、手を走らせた。だが、剣を佩《は》いたまま王の大広間に入ることは、法によって厳しく禁じられている。腰に、剣はなかった。

彼は、代わりに、叫んだ。「これはキャシェルに対する侮辱だ! オー・フィジェンティに、今の言葉を取り消させてやる!」

ガンガも、主君を庇って、その前に立った。彼もまた、手を、そこにはない剣へと伸ばした。

コルグーが、片手を上げて、自分のターニシュタを止めた。

「落ち着け、ドングヴァーン」とコルグーは、彼に命じた。「ドネナッハ殿、貴殿も、部下に下がるよう、お命じなされ。このキャシェル城に滞在なさる間、いかなる危害も貴殿に及ぶことはない。そのことは、聖なる十字架にかけて、お誓いしますぞ」

ドングヴァーンは、椅子に深く坐りなおして、その背に身を委《ゆだ》ねた。一方、ガンガのほうも、主君がちらっと手で合図をするや、すぐ彼の椅子の後ろに引き下がり、ふたたび直立の姿勢に戻った。

氷のような沈黙が、部屋を満たした。

コルグーの視線は、一瞬もオー・フィジェンティの大族長の顔から離れなかった。そして彼は、口を開いた。「貴殿は言っておられる、ここで起こった暗殺未遂事件は、オー・フィジェンティを滅ぼそうがためのキャシェルの企みではないと、はっきり否定しきれないと。私のほうも、同様だ。この事件は、私の命を狙うオー・フィジェンティの陰謀ではないと、私に言い切れるだろうか?」コルグーは、平静な声で、オー・フィジェンティの大族長に語りかけた。

「私の陰謀ですと? ここ、キャシェルにおいてですかな? 私は、暗殺者の矢によって、あわや殺されるところだったのですぞ」ドネナッハの声は、苛立ちを募らせ始めた。

だがコルグーは、「互いに糾弾の礫を投げつけ合うよりも、我々は力を合わせて、彼ら二人の身許を洗い出すべきではあるまいか?」コルグーは、自分の賓客に対する苛立ちを抑えこもうと努めながら、ふたたび、先ほどの説得を繰り返した。
ドネナッハが、嘲《あざけ》りの哄笑を炸裂《さくれつ》させた。

その時、フィデルマがさっと立ち上がり、二人のちょうど中ほどへと歩み寄って、二人に両の掌《てのひら》を差し伸べた。これは、象徴的な身振りであった。

これによって、この場に静寂が訪れた。なぜなら、ドーリィー〔弁護士〕は、この仕草でもって、王にさえ、沈黙を求めることができるのである。

「今、ここで、議論が戦わされております」と、フィデルマが口を切った。「しかしながら、論者《ろんしゃ》がたはお二人とも、それぞれの事件を論理的な、かつ深く洞察された論理で討論なさるだけの、十分なる事実を欠いておいでです。したがって、この事件は、第三者である調停者の前に提出すべきでありましょう。その調停のための法廷で、我々は、この地で何が起こったのかという謎を明らかにし、この犯行に責任あるのは誰であるかを、指摘すべきです。この提案に、ご同意頂けますでしょうか?」

彼女は、先ずドネナッハに視線を向けた。

オー・フィジェンティの大族長は、唇を薄い一線へと引き結んで、彼女をきっと見据えた。だが、すぐに緊張を解き、肩をすくめた。

「私の望みは、事実が審《つまび》らかにされることだけですわ」

フィデルマは兄コルグーに向きなおり、問いかけるように眉をつっと上げた。

「この件を、調停に付すことに、私も賛成する。それは、どのような形で行われるのかな?」

『ブレハ・クローリゲ』(3)という法典が、法廷の会期その他について、言及しております」とフィデルマは、兄に答えた。「この調停は、三人のブレホン〔裁判官〕が担当されることになりましょう。キャシェルとオー・フィジェンティから、お一人ずつ。それに、モアン王国の外からのブレホンがお一人です。私は、このブレホンは、何の先入観もなしに裁判官席にお就き頂けるほど離れた地として、ラーハン王国からお招きするのがよろしいのではと、考えております。三人のブレホン方には、法が定めておりますとおり、九日以内にこちらにお集まり頂くことになりましょう。判明しております事実は、全てブレホン方の前に積み上げられ、私どもは皆、お三人の裁定を待つのです」

ドネナッハはガンガに視線を向けたが、すぐにフィデルマに向きなおり、疑わしげな表情で、じっとフィデルマを見つめ、「あなたはキャシェル側のブレホンを務められるおつもりですかな、フィデルマ殿?」と、嘲るような言葉を彼女に浴びせかけた。「あなたは、コルグー王の妹御だ。コルグー王を裁く裁判官席に、あなたが加わることは、できませんぞ」

「もし、私の法の視点が偏るのではないかと暗に仄《ほの》めかしておいでなのでしたら、そのようなご心配は無用と、はっきり申し上げておきます。でも、私は、キャシェル側の裁判官を務めることはいたしません。キャシェルには、私より遙かに適任のブレホンが、大勢おいでになりますから。私は、キャシェル側のブレホンとしては、ダール殿のご列席をお願いして頂ければと、考えております。しかし私は、王のお許しが頂けますなら、キャシェルのために証拠を集めたりするドーリィーとして、この件に関わらせて頂きたいと、思っております。ドネナッハ殿、あなたも、オー・フィジェンティの主張を支えるための証拠集めなどをして下さるドーリィーを、自由に任命なさることがおできですが、私の立場も、それと同じです」

オー・フィジェンティの大族長は、考えこんだ。明らかに、どこかに罠が隠されてはいないかと、疑っているらしい。

やがて彼は、口を開いた。「では、九日後に。ちょうど、聖マタイの祝日ですな。私は、自分の弁護人を、オー・フィジェンティから呼び寄せるとしましょう。コルグー王、あなたも、妹御をご自分の弁護人に任命なさりたければ、どうぞ」

コルグーは、ちらっとフィデルマに微笑みかけた。「私は、妹が今言っていたようにするつもりだ。妹が、キャシェル側の弁護人だ」

「では、そのように」とドネナッハは、それに同意した。だが、考えこみながら、言葉を継いだ。「しかし、モアン国外からのブレホンとして、ラーハン王国のどのブレホンを招聘《しょうへい》なさるおつもりですかな?」

「誰か、心当たりがおありかな?」と、コルグーは問い返した。

「ブレホンのラモン殿は、いかがです？　〃ファールナ(4)のラモン〃殿です」と彼は、コルグーに即座に答えた。

　コルグーは、その人物を知らなかった。「お前は、このラモンというブレホンを知っているかな、フィデルマ？」と、コルグーはフィデルマに問いかけた。

「はい、彼の名声は、耳にしています。我々の第三の裁判官、そして首席裁判官として、この方をお招きすることに、私は賛成いたします」

　ドネナッハは、ガンガに助けられながら、椅子から立ち上がった。

「それは、結構。我々側の裁判官として、私はブレホンのファハトナを任命しよう。彼は、すでにキャシェルに来ておるのです。私の随行者として、キャシェルへの旅を共にしてきましたのでな。我々の弁護人としては、ドーリィーのソラムを任命するつもりですわ。彼を迎えに、人を遣わさねばならないな。我々の主張を陳述するために彼がキャシェルに到着したら、我々、きわめて充実した共同作業を行うことになりそうですな」

「確かに、そうなるだろうな」コルグーは、冷淡に、そう応じた。「我々の共同調査によって、この事件の奥深くに潜む真相が必ずや明らかにされるであろうと、期待なさるがよい。我々は、書記たちに命じて、調停のための法廷を開催するに必要な公式文書を作らせるつもりだ。我々はそれに署名し、全員が確実にその日に集まるよう、手配しなければならぬ」

オー・フィジェンティの大族長たちが大広間から立ち去ると、コルグーは椅子の背に寄りかかった。心労の深い翳が、その面に広がっていた。「お前も指摘していたように、証拠はキャシェルに不利なようだな」

ドンダヴァーンも、頭を振った。「まずい展開です、従兄殿《いとこどの》」

フィデルマは、仄かな笑みを面に浮かべた。「私の弁護人としての力量を、危ぶんでいらっしゃるのでしょうか？」

「お前の力量を、ではないとも、フィデルマ」と、コルグーは急いで妹に告げた。「しかし、弁護人は、普通、入手できた証拠によって、その力量を揮《ふる》うことができるのだろうからね。お前は、知っているのか、オー・フィジェンティの弁護人を……そのう、なんという名だったかな？」

「ソラムです。私も、名前は聞き及んでいます。有能だと言われている、ドーリィーです。ただ、気分が不安定な人物のようです」

「どのように、キャシェルを護って下さるおつもりです？」と、ドンダヴァーンが彼女に訊ねた。

「キャシェルがドネナッハの暗殺を企てたのでないことは、わかっています。となりますと、それ以外に三つ、可能性が残ります」

「たった三つですか？」とドンダヴァーンは、憂鬱そうに問いを重ねた。

「意味を十分に持った三つです。第一の可能性は、あの暗殺は、オー・フィジェンティがキャシェルに対して目論んだ陰謀だというものです。第二は、暗殺は、過去の流血と確執の歴史から生じたものだ、という可能性です。つまり、暗殺者たち自身が、コルグー王とドネナッハ大族長に対して復讐を試みた、というものです。第三は、キャシェルとオー・フィジェンティの間で今進められようとしている和平の動きを潰すために暗殺という手段を利用した、という見方です」

「この三つの可能性の中で、どれに一番注目しているのかな、フィデルマ?」と、コルグーが訊ねた。

「私は、客観的に考えてみて、第一の可能性はないと思います」

「この暗殺を試みた者たちの背後には、オー・フィジェンティの手が働いている、という可能性はないと言うのか? どうしてだ? ドネナッハも襲撃されているからか?」とコルグーは、妹に訊ねた。

「私はドネナッハに嫌悪感を抱いてはおりますが、それにもかかわらず、そう思うのです。なぜなら、彼は、調停という私の提案を、すんなり受け入れましたし、第三者裁判官として、ブレホンの〝ファールナのラモン〟殿をすぐに名指ししました。私は、ラモン殿のことも、その名声も存じ上げております。公正な方で、賄賂《わいろ》を受け取る方ではありません。これがもし陰謀であったのなら、ドネナッハは彼らに有利に事を運んでくれる裁判官を好んだであろうと、私には思えるのです。なにしろ、多くがこの国外からの第三の裁判官の判定にかかっているのですから」

コルグーは、ドンダヴァーンを振り向いた。「調停のための法廷開催に必要な公式文書を、調えてくれ。私が、ドネナッハ大族長と共に、それに署名するから。その後、我々は、〝ファールナのラモン〟に使者を遣わさねばならないな。〝オー・フィジェンティのソラム〟にもだ」

ドンダヴァーンが任務を果たすために出ていくと、コルグーは、気遣わしげにフィデルマに向きなおった。「私はまだ、この進め方が気になるのだよ、フィデルマ。オー・フィジェンティの告発を論破する責任は、やはり我々にのしかかっているのだからな」

フィデルマは、兄に気休めは言ってやらなかった。「では、兄上様、私は、あなたのドーリィーとして、告発を論破する何らかの事実を見つける仕事に取りかかります」

「しかし、証拠は全て、ここに出ているぞ。それとも、暗殺者を甦らせてくれる妖術師を見つけてくれるのかな？」

こうした冗談に慣れていないエイダルフは、慌てて胸に十字を切った。コルグーもフィデルマも、そうした彼に、全く注意を払いはしなかった。

「いいえ、兄上様、私どもにとって唯一の、本当の手掛かりが見つかるであろう場所へと、私はこれから出掛けるつもりです」

彼女の兄は、眉をひそめた。「どこへ行くつもりだ？」

「私どもの従弟、〝クノック・アーンニャのフィングィン〟殿のご領地へです。ほかに、どこがありましょう？　おそらく、あの矢を作った職人を見つけることができると思います。それが見つからなくても、きっと、あの射手の身許はわかると思います」

「わずか九日しか、ないのだよ」

「わかっていますわ」と、フィデルマはそれを認めた。

コルグーの顔が、急に明るくなった。

「クノック・アーンニャに程近いイムラックに、セグディー修道院長の大修道院がある。そこのもてなしに与《あずか》るがいい。彼は、宗教美術の専門家でもある。この磔刑像十字架について、何か情報を提供してくれるかもしれないぞ。私は、これに、確かに見覚えがある。でも、それがどこであったか、どうしても思い出せない」

フィデルマは、セグディー院長に訊ねることを、すでに考えていた。しかし、そのことには触れず、ただ微笑して、頷いてみせた。

「でも、矢のほうは、見本として一本だけ持っていきますが、この十字架は携えていくわけにはゆきません。これは、ドネナッハの弁護人にお見せする証拠品として、キャシェルから持ち出すわけにはゆきませんので。その代わり、コンクホル修道士に頼んで、私のために、これのスケッチを描いてもらうことにしますわ。あの人は、とても上手な下絵画家ですから」

「良い思いつきだ。この混乱の果てに、小さな希望の灯が現れた、という気がしてきた」とコルグーは、明るい声を上げた。「イムラックへは、いつ出発する?」

「コンクホル老人がスケッチを用意してくれ次第に。おそらく、今から一時間以内に出掛けられます」

その時、エイダルフが、遠慮がちに、咳払いをした。

フィデルマは、笑いをそっと隠した。「もちろん、ブラザー・エイダルフ殿に、ご一緒にイムラックに行って頂きたいと、私は願っております。エイダルフ殿のほうに、何もお差支えがないといいのですけど」

コルグーは、彼に向きなおった。「君を、口説き落とせるだろうかな……?」と彼は、最後まで言わずに、彼に問いかけた。

「私にできる限りのご助力を、させて頂きます」とエイダルフは、ごく真剣な面持ちで、協力を申し出た。

「では、そういうことで」とコルグーは、ちらっとフィデルマに微笑みかけた。「旅路を急ぐために、私の厩舎《きゅうしゃ》から最上の駿馬を好きに選んで、イムラックに向かうがいい」

「イムラックまで、どの位あるのですか?」とエイダルフは、心細そうに、フィデルマに訊ねた。はたして、長い騎馬の旅が自分にできるかどうか、不安になったらしい。

「ほぼ二十一マイルです。でも、坦々とした道ですわ。今日の夕刻には、到着しますよ」と告げて、彼女はエイダルフを安心させてやった。

「では、ブラザー・コンクホルが十字架のスケッチを仕上げ次第、出発するがいい」とコルグーは、負傷していないほうの手を伸ばして妹の手を取り、真剣に注意を与えた。

「言うまでもなかろうが、気をつけるのだよ、フィデルマ。王たちの命を狙うことに躊躇《ちゅうちょ》しなかった連中は、王の妹の命を奪うことにも、躊躇《ためら》うことはあるまい。今は、不穏な時世なのだ！」

第六章

　フィデルマがターニシュタ〔次期継承者〕のドンダヴァーンに出会ったのは、イムラックへ騎馬で赴くための馬の手配をしようと、厩舎《きゅうしゃ》へ向かっていた時だった。普通、司教や修道院長より下位の聖職者には、馬に乗っての旅は許されていない。しかしフィデルマは、国王の妹というだけでなく、ドーリィー〔弁護士〕という身分も持っている修道女なのである。紙の束を抱えたモアン王国のターニシュタは、中庭を横切ってやって来た。

　彼は、にやりと笑って、それを掲げてみせた。「国王ご下命の公式文書ですよ」と、彼はフィデルマに説明した。「私には、これ、紙の無駄遣いとしか思えませんがね」

　東方で発明された紙が渡来してから、まだ二、三世紀であり、ごく高価でもあるので、エールの王たちで、これをわざわざ輸入しようとする者は少なかった。普通、上質の上質皮紙《ヴェラム》のほうが、地位《ステイタス》の象徴として、好まれていた。

　だがフィデルマは、「私には、無駄だとは思えませんわ、従弟《いとこ》のドンダヴァーン殿」と、真剣に彼に答えた。

「これに目を通されますか？　あなたは、私より、法律家魂をお持ちですから」

「あなたは、やがては王位を継がれる方ですもの。全て、見事に調っているに違いありませんわ。それに、私は、すぐに出発しなければなりません。真実を見つけ出すのに、わずかな猶予しか、ありませんから」

「時間は、十分ですよ」とドンダヴァーンは、従姉《いとこ》を励ました。「私は、あなたをよく知っていますからね。あなたは、砂を篩《ふるい》にかけて、ご自分が求める一粒の麦を見つけ出すという、大変な才能をお持ちです」

「それは、あなたの買い被《かぶ》りですわ」

ドンダヴァーンは、彼女より二つ年下だった。しかし、幼い頃、彼らとコルグーは、よく一緒に遊んだものだった。そうした幼年期は、フィデルマがさらなる教育を受けるためにキャシェルを離れた日まで、続いていた。

だがその後、フィデルマは、去年キャシェルに戻ってくるまで、この幼馴染《おさななじみ》とほんの数回会っただけだった。彼女が故郷に帰ってきた時には、兄コルグーはすでにモアンの王となっており、この従弟も王位のターニシュタとなっていた。フィデルマは、彼がもの静かな人柄で、兄コルグーの良心的な支えとなっていることを、知っていた。彼は今、この文書を軽くあしらってみせはしたが、彼も優れた法律家の精神を持っていることを、フィデルマはよく承知している。彼が起草した公式文書なら、もちろん、その文言《もんごん》の隅々に至るまで、何ら瑕瑾《かきん》のない出来映えであるに違いない。

だが彼は、急に辺りを見まわして、自分たちの周りに誰もいないことを確かめた。その上で、突然、フィデルマに低い声で、囁《ささや》いた。「時々、あなたの兄上はご自分の地位を真剣に考えていらっしゃらない、という気がするのです」

「どういうふうに？」

「コルグー王は、周りの人々の言葉を、あまりにも簡単に信じてしまわれます。十分に問い質《ただ》すこともなさらずに。ご自分が高潔だもので、他の人も皆、高潔なのだと思い込んでおられるのです。あまりにも人を信じてしまわれる。今回のオー・フィジェンティとの問題も、そうです。コルグー王は、ドネナッハをすぐに信用してしまわれました」

「おや？」とフィデルマは、興味をそそられた。「あなたは、彼らを信用していらっしゃらないの？」

「私は、そう簡単に信用するわけにはゆかないのです。コルグー王は、あまりにもあっさりと信用されましたが、これがコルグー王を暗殺しようとするドネナッハの企みであったとしたら、どうなります？　あなたの兄上とキャシェルを護るために、誰かがそれに備えている必要があるのです」

フィデルマも、秘《ひそ》かに、そのような懸念を抱いていた。それに、考えてみれば、オー・フィジェンティがキャシェルの王権を奪おうとしたのは、わずか九カ月足らず前のことではないか。あの時のクノック・アーンニャの戦場で流された夥《おびただ》しい血は、まだ乾いていない。それだのに、彼らのこの心境の変化は、どうだろう。両国間の和平を樹立しようとする彼らの熱意も、あまりにも唐突ではないか。フィデルマも、従弟の懸念を、分かち合うことができた。

「あなたがターニシュタとして身近に付いていて下さるのですもの、兄上は安全ですわ、ドンダヴァーン」とフィデルマは、彼を励ました。

ドンダヴァーンは、まだ憂慮《ゆうりょ》を拭《ぬぐ》いさってはいないようだ。彼は、「あなたに戦士の一隊を付けさせて頂きたいのですが」と、切りだした。

だがフィデルマは、「そのことは、すでに兄上にお断りしましたわ」と、きっぱりと告げた。「ですから、あなたにも、お断りします。エイダルフと私は、これまでに、もっと危険な旅を幾度も経験しております」

ドンダヴァーンは、なおも眉を曇らせていたが、すぐにその顔を笑顔へと変えた。「ええ、むろん、おっしゃるとおりです。我らのサクソンの友は、危険にあって、あなたの良き支えとなってくれますね。彼は、初めてこの国を訪れて以来、キャシェルのために大いに尽くしてくれています。ただし、彼は戦士ではありません。あなたに素早い助けが必要な時、彼は迅速には動けません」

フィデルマは、エイダルフを弁護しなければと思わず感じた自分に気づいて、頰を染めた。それと同時に、自分のこの反応にも、戸惑った。

「エイダルフは、いい人ですよ。〝脚の遅い猟犬も、いろいろ長所を持っている〟と言いますわ」と彼女は、古い諺《ことわざ》を一言、付け加えた。

「そのとおりです。でも、あのオー・フィジェンティのガンガという男には、気をつけて下さい。私は、あの男、嫌いですね。何か信用できないところがあります」

「そう感じるのは、あなただけではありませんわ」とフィデルマは、彼に微笑みかけた。「ご心配なく。十分、気をつけます」

「我々の従弟、〝グノック・アーンニャのフィングィン〟殿に会われたら、私からのご挨拶を、お伝え下さい」

「お伝えしますわ」とフィデルマは、厩舎に向かいながらそう答えたが、ふと振り返った。

「あの商人、サムラダーンは、イムラックの修道院とも取り引きをしている、とおっしゃっていましたね？」

ドンダヴァーンは、眉を寄せた。

「ええ、彼はあそこと、よく商売をしています。でも、暗殺者どもは、たまたま彼の倉庫の屋根の上を利用しただけです。彼がこの件に関わっているはずはありませんよ」

「先ほども、そう言っておいででしたね。あなたも、彼と取り引きをなさったことがおありなのかしら？」

「ええ、あります。銀製品をいくつか、彼から購入したことがあります」と言いながら、彼は銀のブローチに触れた。「でも、なぜです？」

「あの商人のこと、今まで知りませんでしたのでね。この町の人なのかしら？」

「ここに、もう何年も住んでいますよ。正確には、いつからかは、知りませんが。どこからやって来たかも、知りません」

「大したことでは、ありません。あなたのおっしゃるとおり、この件に関わってはいないのでしょう。もう、行かなければ。では、九日後に、皆で、ここに集まりましょう」

ドンダヴァーンは、笑顔となって、書類の束を差し上げてみせた。

「あなたがお戻りになるまで、兄上をしっかりお護りしていますよ。お約束します。では、道中、恙《つつが》なく。ご無事な帰還を、祈っています」


少し前まで頭上にずっしりと広がっていた雲は、少しずつちぎれ始めていた。今では、遙か高くに物憂げに漂い、真っ青な空を背景に草を喰《は》む羊の群れの綿毛のように、ふんわりと浮かんでいる。時折差す午後の日差しが、野面《のづら》をほんのりと温めていた。まだ弱い風が吹いているものの、空気は心地よい。風も、全く気にはならない。

フィデルマとエイダルフは、キャシェルの西四マイルのショウル河の分岐点に差しかかった。急流の中ほどに小さな島があり、そこへ渡る木橋が架かっている。小島の中央には、ごく小さな砦が築かれているが、これは、戦時にあって侵入しようとする敵の軍勢からキャシェルを護るための備えであった。だが、すでに久しく、オーガナハト家の王城キャシェルを脅《おびや》かすほど間近に迫る敵軍は、いなくなっているので、今は使われていない。木橋の両側には、堤沿いに、森林が広がっている。この橋を渡って延びる道路は、エイダルフの知る限り、キャシェルから西へ向かう唯一のもので、橋を渡った対岸で、北と南へ向かう道路と交差する。

フィデルマは、兄コルグーの厩舎から借り出した白馬に乗って橋を渡りかけたが、エイダルフの鼻の先で、急に馬を止めた。エイダルフは訝《いぶか》りながら、自分の栗毛の若駒の手綱を引き、彼女に訊ねた。

「どうか、しましたか？」

フィデルマは、砦の中のざわめきに気づいたのだ。すぐに、向こうの橋詰《はしづめ》の辺りに、引き絞った弓を手にした二人の射手の姿が現れた。矢は、すでに番《つが》えられ、フィデルマたちに向けられていた。さらに、後ろ脚で立ち上がった猪の紋章の付いた楯《たて》を抱え、右手に剣を無造作に構えた第三の戦士が進み出てきて、二人の射手の間に立った。二人の狙いが標的から逸れないようにと、慎重に計算した動きだった。

彼らを見つめて、フィデルマの目許がぎゅっと引き締まった。

「用心して、エイダルフ」と、彼女は静かに、指示を与えた。「あの戦士たち、オー・フィジエンティの紋章を付けているようです」

彼女は、彼らに向かって、二、三歩、馬を進めた。

「止まれ！」と、中央の戦士が、剣を振り上げて叫んだ。「それ以上、近づくな！」

「キャシェル王の宮殿のすぐ膝許で、橋を渡るなとは、誰の命令です？」と彼女は、苛立《いらだ》たしげに詰問した。

戦士は、不愉快な哄笑を響かせた。「誰にも、ここを通らせたくないと望んでなさるお方の命令でさ、修道女殿」と嘲笑《ちょうしょう》的な返事が、即座に返ってきた。

「私がドーリィーであることを、知ってのことか？　また、お前には、私の行動を妨げる権利はないことも、よく考えるがよい」と彼女は、苛々と、男に向かって呼びかけた。

戦士の態度は、変わらなかった。「あんたがどなた様かは、よう知ってまさあ、コルグー王の妹殿。それから、お仲間のサクソンの犬っころのことも、知ってますぜ」

「それを知っているのなら、オー・フィジェンティの戦士よ、お前は私に道を空けねばならないということも、弁《わきま》えているはずです。お前には、モアン王国のどの公道をも、塞ぐ権威はない」

戦士は、後ろの二人を指し示した。「こいつらが、自分に権威を与えてくれてまさあ」

「では、お前にこの命令を下したのは、誰です？」

「自分の上官のガンガでさ。ドネナッハ大族長の親衛隊の隊長の。キャシェルで調停のための法廷が開催される時まで、誰にもこの橋を渡らせるな。これが、上官からの命令でしてな。それも、これ以上オー・フィジェンティの大族長殿に対する危害が企てられることのないように、という配慮ですわ」

フィデルマの目が、心持ち大きく見張られた。彼女は、素早く思いをめぐらせた。では、ガンガは、私がイムラックへ赴くのを阻止するために、この警備兵を配置したのか。ここで川を渡るのが、イムラックへ行く最短の道だ。その橋が閉鎖されている。ガンガは、どうやって私がイムラックへ出掛けることを知ったのか？　彼は、どうしてそれを阻止せねばならぬと考えたのだろう？　私が見つけるかもしれない何を、ガンガは恐れたのか？

「この橋は、修道女殿には、塞がれとるんでさ」戦士は、それ以上の説明をしようとはしなかった。「さあ、キャシェルに戻られるんですな」

「兄コルグー王の親衛隊の戦士たちがすぐに到着して、この要塞を取り払ってしまいましょう」と彼女は言い返した。

戦士は、前方、後方を見渡すふりを、ご丁寧にも身振りで演じてみせて、「おや、自分には、お兄上の親衛隊など、全然見えませんがなあ」と、嘲笑《あざわら》った。

フィデルマは、射手とその隊長をじっくり見て取ると同時に、砦の中に、さらに十二、三人、オー・フィジェンティの戦士が占拠しているらしいことにも気づいていた。ここでこれ以上彼らと争ってみても、何にもなるまい。

フィデルマは、橋の上で馬首を回《めぐ》らせ、エイダルフのところまで引き返した。蹄《ひづめ》の音が、太鼓のように橋板に響いた。

「ついてきて下さい」と、彼女は静かに彼に指示した。「私とあのオー・フィジェンティの戦士との間で交わされた問答、聴き取れました？」

エイダルフは、質問することなくその指示に従いながら、聴き取ったと、彼女に答えた。二人の射手は、弦に矢を番え、今にもそれを放たんばかりに強く弓を引き絞っている。フィデルマたちは、その狙いの先に背中をもろに曝《さら》しているのだ。エイダルフは、背中の神経がちりちりと緊張するのを感じずにはいられなかった。

「今の妨害は、暗殺がオー・フィジェンティ側の企みであったことを、はっきり物語っているようですね」彼らが射手の射程から外《はず》れると、エイダルフはそっとフィデルマに囁いた。「我我が証拠を探しにクノック・アーンニャへ出掛けるのを、ガンガは何としても阻止しようと躍起になっているらしい。これこそ、彼らが暗殺未遂事件に関わっていたことを示す証《あか》しであり、我々が必要とする証拠です」

「それが、私を困惑させているのです。ガンガには、危険を察知したキャシェルの騎馬隊が彼らを掃討するために駆けつけてくるのは時間の問題だと、わかっていたはずです。ですから、橋の封鎖というこの行為は、結局、事件を目論んだのは自分たちであったと、オー・フィジェンティの有罪を認めさせる結果になるというのに、どうしてこのようなことをしたのか、よくわからないのです」

「とにかく、彼らは、一つだけ成功しましたよ。我々は、今夜、イムラックに到着することを阻止されてしまいました。四マイルの道をふたたび辿って、キャシェルに引き返すしか、ありませんね」

「私たち、今夜、イムラックに到着できますとも」とフィデルマは、きっぱりと答えた。確信ありげな返事だった。「この先の、道路が弓なりになっているところを過ぎると、もう橋の兵士たちの視野から外れます。道路の右手に、南へ向かう脇道がありますから、そちらへ曲がりましょう」

「南へ？　さっきの橋が、この川に架かる唯一の橋で、ここ数マイル、ほかには橋はないのだと思っていましたが？」

フィデルマは、くすっと笑った。「そのとおり」

「では、一体……？」

「さあ、早く。ほれ、そこに脇道が見えてきました」

それを道路と呼ぶのは、いささか大仰であるようだ。馬一頭が通るにも、両側に茂る藪や木立をかすめなければならないほどの、ほんの小径にすぎないのだから。でも、小径は、勇敢にも、川岸に沿って茂る鬱蒼《うっそう》とした森林の中へと、突き進んで延びている。「一体、なんなのです、今度は？」とエイダルフは、若駒を励まして緑の森を進みながら、前を行くフィデルマに呼びかけた。

「この小径は、川沿いの森林を、南へと向かっています。それを半マイルほど行くと、急に開《ひら》けて、沼沢地に出ますわ。私が先導しますね。私たち、そこからは馬を下りて、手綱を引きながら、葦の茂みや湿地の間を縫って、歩いていかねばなりませんから。そこから、さらに半マイルほど進むと、川を渡ることのできる浅瀬に出ます。ほとんど人に知られていない浅瀬で、アー八・アサル〔ロバの浅瀬〕と呼ばれている場所です。ちょっと油断ならない渡渉になりますけど、そこで川を渡りましょう。私たちの旅路、それほど滞《とどこお》ってはいませんわ」

「それ、最善の策なのですか？」とエイダルフは、急流の滾《たぎ》りたつ流れを思いやって、呻き声を上げた。これまでに幾度となく危険に身を曝してきたエイダルフではあるが、彼は自ら求めて危険に飛び込む類《たぐい》の男ではない。サクソンの諺に、〝危険と喜びは、同じ幹から生ずる〟というのがあるが、彼はそのようなことは、全く信奉していない。だがある時、彼はルクレティウス(1)の著書の中に、自分の哲学を見つけた。〝凪に大海原の波が逆巻く時、陸の上の安全な場所から他人の危難を眺めることの、なんと楽しいことか〟だそうである。

「幼い頃、よくロバの浅瀬で、川を渡って遊びましたわ。十分に注意しさえすれば、危険でもなんでもありません」とフィデルマは、エイダルフに保証してやった。「もし気を紛らわせたいのでしたら、私たちがイムラックに行くことをガンガはどうやって知り得たのかという問題でも、お考えになったら？」

エイダルフは、顔をしかめた。そのことを、今まで考えたこともなかった。

「我々が兄上のコルグー王と話し合っていたのを、立ち聞きしたのではありませんか？　それとも、老修道士コンクホルに磔刑像十字架《クルシフィックス》をスケッチして欲しいと頼んでいたのを、小耳にはさんだのかも。あるいは、我々が馬に鞍を置いているのを見て、なかなか鋭く推測したのではありませんか？」

フィデルマは、それはあり得ないと退けるように、舌をちっちっと鳴らした。

「この疑問に関して、あなたはいっこうに助けになって下さらないわ」とフィデルマは、彼を詰《なじ》った。「今の解釈、いずれも、私が出した疑問を、言い換えただけではありませんか。私が欲しいのは、それについての回答ですのに。ただ、あなたの今の最後の質問には、私、否定形でお答えできますよ。なぜなら、ガンガは、たとえ厩舎での様子から私たちのイムラック行きを推測したにしても、あの橋で私たちを待ち受けるよう、部下を配置する時間はなかったはずでしょ？　万一、前もって兵士を配置してあったとしても、私たちがそちらに行くと警告するために伝令を遣わす時間は、なかったはずです。つまり、ガンガは、私たちの出発前に、すでにその情報を得ていたわけで、あなたのおっしゃるように厩舎で推測したのではありませんわ」

「そうなると、あなたの質問に答えられるのは、妖術師だけだ」とエイダルフは、不平がましく、ぶつぶつと呟いた。密に茂り合った小枝や絡《から》みつく茨《いばら》をかき分けての森の中の旅路にうんざりしていたせいもあるし、行く手に待ち受けている急流の渡渉を考えて不安を覚えていたからでもある。「あなたのご友人の妖術師、老コンクホルに相談なさったらどうです？」

フィデルマは、口を尖らせた。「どうして、あの老人を妖術師とおっしゃるの？」

エイダルフは、茨に踝《くるぶし》を引っ掻かれて、呻き声をもらしながら、「なぜなら、彼、星を見て占いをするではありませんか？　そんな異教の業《わざ》を操りながら、どうしてキリスト教の僧だと言えるのですかねえ」

「その二つは、相容れないものかしら？」とフィデルマは、考えこんだ。

エイダルフは、自分が苛立ちを募らせていることに気づいてはいたものの、彼女への反論を続けた。「当然です。それとも、両者は相反するものではないと、おっしゃるのですか？」

「星の地図を作り、そうした星や星座の意味するものを読み取るのは、私どもエールの国に古代から伝わってきた伝統的な学問なのです」

「新しい教え（キリスト教）は、そのような異教の伝統を退けようとしてきたのです。異教的な伝統は、今では、禁じられています。『イザヤ書』(2)は、告げているではありませんか、

〝かの天《てん》をうらなふもの星をみるもの新月をうらなふ者もし能《あた》はば
いざたちて汝《なんぢ》をきたらんとする事よりまぬかれしむることをせよ
彼らは藁《わら》のごとくなりて火にやかれん
おのれの身をほのほの勢力《いきほひ》よりすくひいだすこと能《あた》はず
その火は身をあたたむべき炭火《すみび》にあらず又《また》その前にすわるべき火にもあらず
汝《なんぢ》がつとめて行ひたる事は終《つひ》にかくのごとくならん

汝《なんぢ》のわかきときより汝《なんぢ》とうりかひしたる者
おのおのその所にさすらひゆきて
一人《ひとり》だになんぢを救ふものなかるべし〟

と」

フィデルマは、そっと微笑んだ。彼が神学的な議論を始めると、フィデルマはいつも、このような態度をとりがちなのだ。同じキリスト教徒とはいえ、エイダルフが新しいローマの教え（ローマ・カトリック）を固く信奉しているのに対し、フィデルマのほうは、自分の文化の伝統の中に生きつつ、ケルト・カトリックの教えに従うキリスト教徒であるので、二人の信仰の在り方は、しばしばぶつかってしまうのだった。

「あなたは、カトリックの教えではなく、古いユダヤ教の経典から引用していらっしゃるわ」と、フィデルマは指摘した。

「でも、そのユダヤ教の中から、我らの主イエスは、救世主《メシア》としてこの世に出現なされたのです」とエイダルフは、憤然と言い返した。

「ええ、そのとおり。イエスは、救い主として、神を理解する新しい道をお示しになるために、この世にお生まれになったのでした。ところで、エイダルフ、イエス・キリストのご生誕の折、最初にエルサレムにやって来たのは誰であったと、『マタイ伝』は記していましたっけ？」

「誰って?」とエイダルフは、彼女が何を言おうとしているのか掴みかねて、頭を横に振った。

「東方の占星学者たちでしたよ。彼らは、天空に繰り広げられる天体図からイエスのご生誕を読み取って、救い主にお目にかかろうと、エルサレムにやって来たのでしたわ。その際、ヘロデ王も、キリスト生誕の知識を自分にも教えよと、占星学者たちを説得しようとしていましたね。ベツレヘムに最初に到着したのは、この占星学者たちでした。彼らは救い主に拝礼し、黄金と乳香と没薬《もつやく》を捧げました。もし占星学者たちが神の呪いを受けていたのでしたら、この地上で誰よりも早く救世主に歓迎のご挨拶をすることを、どうして神は彼らにお許しになったでしょう?」

エイダルフは、苛立ちに顔を赤らめた。フィデルマと異なる説をエイダルフが主張しようとすると、フィデルマは必ず、見事な反論で彼を論破してしまうのだ。

「でも、『申命記』[3]は、はっきり記していますよ」とエイダルフは、なおも頑固に主張し続けた。「〝汝目を上げて天を望み、日月星辰など凡ての天の衆群を観《み》、誘はれてこれを拝み、之《これ》に事《つか》ふる勿《なか》れ〟と」

「〝……是《これ》は汝の神ヱホバが、一天下《いってんか》の萬国の人々に分ち給ひし者なり〟」とフィデルマは、彼の引用の続きを、はっきりと付け加えた。「きっと、『申命記』全文を引用なさるおつもりだったのでしょうね、エイダルフ?私が今引用したところも、無視はなさらずに。いずれにせよ、占星学者は、太陽や月や諸々の星を、崇拝したり額《ぬか》ずいたりはしませんわ。導きを提供してくれるものとして、利用しているのです。我々の占星学者は、〝我々には、自分の顔立ちや髪の色を変えることができないと同様に、天体の軌道を変更することはできない〟と、言っています。それでも私たちは、与えられたものでもって自分の好むことをやれる、という自由なる意思を持っていますわ」

エイダルフは、深く溜め息をついた。彼は、すでに、この議論に辟易《へきえき》としていた。そして、今や、こんな議論を仕掛けるのではなかったと思っていた。フィデルマと議論を戦わすと、常に彼女のほうが勝ってしまうのだ。彼女は、時には〈悪魔の代弁者〉手法で、つまり討論を深めるために、わざと反対意見をぶつけてくるというやり方で、エイダルフとの論争を楽しんできた。

「これは、主《しゅ》の御教えに反することで……」と彼は、言いかけた。

だがフィデルマは、それをさえぎった。

「聖書の中に、キリスト教を信じる者は古代の科学に関心を持ってはならぬと禁じている箇所が一箇所でもあるのでしたら、それを示して下さいな。ただし、曖昧《あいまい》な文章ではなく、はっきりと述べられている箇所を」

「『エレミア記』だ！」エイダルフが、突然思い出して、それに答えた。

「〝イスラエルの家《いへ》よヱホバの汝《なんぢ》らに語給《いひたま》ふ言《ことば》をきけ

ヱホバかくいひ給《たま》ふ
汝《なんぢ》ら異邦人《ことくにびと》の途《みち》に效《なら》ふ勿《なか》れ
異邦人《ことくにびと》は天にあらはるる徵《しるし》を懼《おそ》るるとも
汝《なんぢ》らはこれを懼《おそ》るる勿《なか》れ(4)〟

メシアが地上にお生まれになる前に、イスラエルの民が何をしていたかは、彼ら自身の問題ですし、確かに私どもは、エレミアから見れば、異教徒です。でも、エレミアさえも、少なくとも、天体に星座なるものが存在していることは、認めているわけですわ。もっとも、私どもは、彼が言うように、星座を畏れてはおりません。私どもは、それを解釈し理解しようとしているのです。それに、もし天空に星座があるのなら、それを設けたのは、誰でしょう？ 神以外の何者かの手によって創造された、とおっしゃるの？ それは、神への冒瀆《ぼうとく》ではありませんか？」

エイダルフは、口惜しさのあまり、顔を真っ赤に染めた。自分は今にも怒りを爆発させてしまう、と感じた。だが、そうはしなかった。代わりに彼は、突然、くすくすと笑いだしていた。「法律家相手に議論して勝てると思ったとは、私もなんと愚かしい！」と彼は、情けないとばかりに、首を振ってみせた。

フィデルマは、一瞬、戸惑ったものの、自分もすぐに彼の上機嫌に加わりながら、「〝カステイガット・リデンド・モレス〟」と、お気に入りのラテン語の引用句の一つを、穏やかな口調で、エイダルフに進呈した。「〝笑いをもって、旧習を正す〟ということにしましょう」

突然、彼らは、森の外れに来ていた。目の前には、広く葦原が広がっている。騎乗の彼らが森林から現れると、数羽の小鳥が一かたまりになって舞い上がった。彼らは一団となったまま、危険の源を見極めようと、葦原の上を低くかすめて飛びまわっていたが、程なく、丈の高いリード・グラス（葦の一種）の茂みの中へと戻っていった。羽毛状の暗紫色の花を付けている、鋭い縁の葉を持った、沼地の植物である。

「あの鳥たち、ヒゲガラ（リードリング）よ」とフィデルマは、エイダルフに告げたが、さして必要ではない説明だ。「私たちの馬が、驚かしてしまったようね」

エイダルフは、川の激しい瀬音に気がついた。近くを流れているらしい。

彼はフィデルマに、「橋で出会ったあの兵士たちに、私たちの姿、見えているのでしょうか？」と訊ねてみた。小さな小径は葦原の中を大きくうねりながら川へ向かって延びているのだが、高さ十フィートもあるリード・グラスの茂みだけでなく、もっと低い植物が広がっている中を進まなければならない箇所もかなりあることに、気づいたのである。しかも、川の土手沿いの一帯にやって来ると、辺りには、カナリー・グラスなど、かなり背の低い雑多な植物が生えているにすぎなかった。

フィデルマは、エイダルフを先導しようと、自分の牝馬をそっと前進させながら、彼に注意した。「私のすぐ後ろをついてきて下さいな。そして、細い小径から離れないようになさってね。この草地は、一見しっかりしているように見えますけど、その実、湿地なのです。その中に吸い込まれ、泥濘《ぬかるみ》の底に沈んでしまうこともありますから」

エイダルフは、周りを見まわしてみた。戦慄《せんりつ》が、抑えようもなく、体を走った。

彼の血の気の引いた顔を見て、フィデルマはいささか困惑を覚えた。「さあ、元気を出して。何事にも、危険やその可能性は付き物よ」彼女は明るい声でそう忠告すると、十分な確信をもって馬を進め始めた。風にそよいで波打つ背の高い葦原は、山脈《やまなみ》の輪郭を背景に、荒涼とした、劇的な一幅の絵画をなしていた。その中を、フィデルマは、道を選びつつ進み始めた。沼沢地は、さまざまな植物の混生地であることに、エイダルフは気づいた。これまで、彼は、湿地には葦原が坦々と広がっているのだと思っていたが、実際は、菅草、灯心草、花の時期がすでに過ぎているブラッシュ(イグサ属の一種)などが、混ざり合って生えていた。こうした混成の茂みが、褐色から黄色にかけてのさまざまな色彩を見せている周囲の風景の中に、独特の緑を点じていた。

その風景の中で、時々、ヒゲガラが小さな群れで、茂みに設けた巣から舞い上がった。このごく小さな鳥は、黒い模様のある雄でさえも、すっかり周囲に溶け込んで、なかなか見つけにくい。

エイダルフは、迸《ほとばし》る川の瀬音が、次第に気になってきた。川は、いくつもの浅瀬を連ねながら流れているらしい。彼がずっと耳にしてきた水音は、流れの中ほどの岩や障害物にぶつかりながら、川底の石の上を走り流れる川音だったのだ。

フィデルマは、湿地の中の小径に注意深く馬を進めた。エイダルフには、鞍の上に坐っているにもかかわらず、自分の若駒の蹄の下で、湿地の表面が、上下に浮動するのを感じることができた。彼は、若駒が躓《つまず》いて、自分を小径の両側に潜《ひそ》む暗い泥濘の中に抛《ほう》りだしたりしないようにと、ひたすら祈るしかなかった。この若駒は、フィデルマが選んでくれたものだった。彼女は、馬に関しても、なかなかの目利《めき》きなのだ。彼女がこの馬をエイダルフに選んだのは、ただ若駒だというだけでなく、兄コルグーの厩舎の中で、一番従順な馬だったからで、エイダルフが、ごく優れた馬乗りとは言えないことを、彼女は承知しているのだ。

二人は、葦が波打つ湿原を横切って、青々と緑に覆われた川の堤へと、やって来た。そこの芝草は、まだ所々、ふわりとした感触を残していた。堤に立つ二人の目の前に広がるのは、川幅広やかな大河ショウルの流れだった。だが、急流だ。川は、黄色い泡をさらに掻き立てながら、あちこちで水面から突出している岩の上や周りを、騒がしく流れ下っている。エイダルフは、不安な思いで、それを見つめた。

「どの位の深さなのです？」

フィデルマは、元気づけるように、微笑みかけた。「水は、あなたの馬の胸の辺りまでです。馬を導こうとはせず、手綱を緩めて、自由に歩かせておやりなさい。あなたが乗っておいでの小型の馬は、鋭い感覚を持っています。自分が進む道をきちんと心得て、川を渡っていくはずです。私が、また先に立ちますね」

もう、それ以上は何も言わずに、彼女は馬をゆっくりと川瀬に進めた。馬は、初めのうち、神経質になって、首を振り、白目を剝いた。だがすぐに、慎重に足を踏み出し、前へ進み始めた。一、二度、躓きかけたが、すぐに均衡を取り戻し、すでに川幅の半ばに差しかかっていた。泡立つ水は、馬の胸部にまで達しており、フィデルマの膝の辺りで渦巻いている。

フィデルマは鞍の上からエイダルフを振り返り、馬を進めるようにと、手招きをした。

エイダルフは、荒々しく渦巻く水を凝視した。不安のあまり、金縛りになったかのように、身じろぎ一つできなかった。フィデルマが急《せ》きたてるように手を振って、渡り始めよと促しているのはわかっていた。だが、両手が震える。このように、辺り一面に渦巻いている激流を渡渉するなど、とてもできない。でも、フィデルマの目が、じっと自分に注がれている。自分が臆病者であると見破られることのほうが、もっと辛い。

第七章

祈りの言葉を低く呟きつつ、エイダルフは栗毛の若駒を水の中へと進めようとした。だが、緊張のあまり、馬を急《せ》かしすぎてしまった。若駒の後ろ脚が、泥濘《ぬかるみ》の中で滑った。ああ、抛《ほう》りだされる！　エイダルフは、必死に馬にしがみついた。若駒は荒い鼻息を立てて喘いだが、なんとかくずれた姿勢を立てなおし、しっかりした岩に足場を見つけてくれた。エイダルフは手綱を緩めて全てを馬に委《ゆだ》ね、自分はただ鞍に目を閉じたまま坐って、今自分は安全に川を渡っているところだと、想像することにした。

時々、栗毛は固い足場を求めて足掻《あが》き、鞍上の彼を揺さぶった。その度に、氷のような川の水が、彼の下肢を膝の上まで襲うのであった。突然、逆巻く荒々しい波が、ざぶりと、彼の腰の高さまで被《かぶ》さってきた。彼は驚いて喘ぎ声をもらし、鞍頭《ポメル》にしがみついた。だが、馬は水面の上に、体をもたげてくれた。エイダルフは、思いきって目を開いた。もう、対岸に数ヤードのところまで来ていた。フィデルマは、すでに堤の上に上がり、やや身を乗り出すように鞍上に坐って、彼を待っていた。

エイダルフの馬は、さっと全身に力を漲《みなぎ》らせて堤をよじ登り、フィデルマの側に近づいた。

エイダルフも、身を前に傾け、馬の首を軽く叩いて感謝してやるほどには、良き騎手であった。

「主《しゅ》よ、感謝いたします」彼は、ほっとして感謝の祈りを唱えた。

その彼にフィデルマは、「できる限り、先を急ぐほうが良さそうですよ」と忠告した。「イムラックへの到着は、早ければ早いほど、いいでしょうから」

「ちょっと休んで、体を乾かしては？私は、腰のところまで、ずぶ濡れなのですが」と、彼はそれに抗議した。

「そんなこと、気になさらないで大丈夫。どうせ私たち、もう一度、水の中を歩くのですから。この川よりも細いフィガータ川を渡ることになるの。それに、もしオー・フィジェンティたちが、この辺り第一の渡り場であるオーラの泉にも兵士たちを配置していたら、私たち、またも厄介事に遭遇するかもしれませんもの」

エイダルフは、大きな呻き声をもらした。

「オーラの泉、ここから、どの位なのです？」

「七マイル足らずかしら。すぐに着きますわ」

フィデルマは馬首を回《めぐ》らせて、周辺を取り囲んでいる森へと向かった。真っ直ぐ西へ延びる道である。フィデルマは、エイダルフがついてきているか確かめもしないで、肩越しに彼に告げた。「この小径は、ここから道幅が広くなりますから、私たち、しばらくは駈歩《キャンター》で進めます」

彼女が馬の胴を靴の踵《かかと》で軽く蹴ると、力強い牝の白馬は、それに応えてさっと飛び出した。馬があまりにも懸命に駆けるもので、フィデルマは、もっと安定したキャンターで走らせるために、手綱を短く構えなおさなければならないほどだった。

エイダルフは、上下に揺れながら、フィデルマのすぐ後ろに付き従った。彼のほうは、すっかり水を吸った法衣のせいで、これまでに味わったことのないほど、惨《みじ》めで不快な気分を味わっていた。


まるで永遠に着かないのかと思うほど時間を費やして、二人はやっと、ちょっとした高台に着いた。道は、ここから、もう一本の広い川のほうへと、下ってゆく。この川は、西から東へ向かって流れてきて、ここで、急に南へと、ほとんど直角に曲がるのだ。その曲がり角の付近に、川の堤に沿って、何軒かの人家が見えていた。

「あれが、オーラの泉です」とフィデルマが、満足したように笑みを浮かべた。「ここが、対岸へ渡る浅瀬なの。イムラックは、さらに数マイル先です。私たち、しばらくは、川の南側の堤を進むことができそうね。ガンガの兵士たちの姿、見えませんもの」

エイダルフは、意気阻喪《そそう》の態《てい》で、鼻をくすんと鳴らした。「あそこに、人家がありますよ。

それに、煙も立ちのぼっている。あそこで一休みして、服を乾かしては？」

フィデルマは、空を見上げた。「ゆっくりしては、いられませんわ。日が暮れる前に、イムラックに着かねばなりませんもの。でも、オー・フィジェンティの兵士がうろついていないのであれば、この浅瀬を渡った先に居酒屋があるようですから、あそこで、法衣を着替えるなり乾かすなり、おできになると思いますわ」

それ以上、手間取ることはしないで、フィデルマは先に立って馬を進め、川の両側に数軒ずつ建っている人家のほうへと、堤の傾斜を下り始めた。ここで浅瀬を渡るのだが、ありがたいことに、先ほどのショウル河の渡りほど、危険でも渦巻いてもいなかった。

堤の上には、少年が二人、釣り糸を垂れていた。フィデルマは、ちょうど生きのいい茶色の鱒《ます》を誇らしげに釣り上げた少年のほうへ、近寄っていった。

「見事な獲物ね」彼女は馬を止めて、称賛の声を少年にかけた。

十一歳には、まだなっていないらしい少年は、〝なんてことないさ〟というように、笑ってみせた。「俺、もっとすごいの、釣ったことあるよ、尼僧様」と彼は、法衣に敬意を表して、フィデルマに答えた。

「きっと、そうでしょうね」と彼女は少年に応じて、さらに話しかけた。「教えてくれる、あなたはここに住んでいるの？」

「そうさ。ほかに、どこがあるってのさ？」と彼は、世慣れたふりをして、そう答えた。

「あなたの村に、他所《よそ》から来た人、いるかしら？」

「ゆうべ、他所者たちが来たよ。オー・フィジェンティの人たちだって、祖父《じい》ちゃんが言ってた。そこの領主様とお供のご家来衆だってさ。でも、今朝、キャシェルの偉い王様が会いに来て、みんな、出てったよ」

「では、今は、村に他所者は一人もいないの？」

「いないよ。みんな、キャシェルに行っちまったもん」

「いろいろ教えてくれて、ありがとう。とても助かったわ」

フィデルマは馬の向きをくるっと向けなおして、エイダルフに出発しようと合図をしながら、ふたたび川辺へと向かった。フィガータ川を横切ってみると、水はやっと馬のフェトロック（球節）を濡らす程度の水深だった。向こう岸に着いてみると、居酒屋を探すのに、苦労する必要はなかった。浅瀬を渡ったすぐのところに、居酒屋兼旅籠《はたご》は建っていた。扉の上で、看板が風に揺れていた。

エイダルフは、ありがたやとばかりに馬から滑り下り、手綱を駒繋《つな》ぎの柱に引っかけ、早速鞍掛け鞄《サドル・バッグ》を取り下ろした。きっと、何かもっと温かい衣服に着替える時間はあるだろう。

すぐに旅籠の扉が開いて、初老の男が現れた。

「ようこそと、ご挨拶申し上げますぞ、旅のお方たち。心よりの……」その目がフィデルマを捉えるや、男の言葉が、一瞬、途絶えた。そして微笑がその面《おもて》にさっと広がった。老人は急いで近づいて、馬から下り立とうとするフィデルマを助け、彼女の手綱を引き受けた。

「またお目にかかれるとは、なんと嬉しいことか、姫様。なんとまあ、ほんの今朝方でしたわ、お兄上様もこちらにお見えになりましてな……」

「ええ、オー・フィジェンティのドネナッハ殿をお迎えにね」とフィデルマも、老人が誰であるかに気づいて、彼の言葉を引き継いだ。「そのこと、知っていますよ、懐かしいオーナ。ずいぶん、お久しぶりねえ」

フィデルマが、自分の名前を覚えていてくれたとは。老人は、嬉しげに、顔を輝かせた。

「最後にお目にかかったのは、〈選択の年齢〉におなりになった時でした。十二年か、それ以上も前のことですわい」

「本当に、久しく会っていないのね、オーナ」

「まこと、お久しぶりで。それでも、儂《わし》の名前を覚えていて下さった」

「あなたは、私ども一族に、本当に忠実に尽くして下さったのですもの、オーナ。かつて、キャシェルの精鋭戦士団の隊長であったオーナの名前を覚えていないとしたら、オーガナハト王家の一員として、落第ですわ。あなたが戦士団から引退して、街道筋に居酒屋を営むことになさったと、聞いていました。でも、それがここであるとは、びっくりしました」

「姫様と……」と彼は、急に言葉を切って、エイダルフに視線を向け、一瞥《いちべつ》で彼の衣服と〈ローマ型剃髪《トンスラ》〉を見て取った。「姫様も、このサクソンのお連れ様も、どうか儂の歓待をお受け下され」

「私は、体を拭いて、服を着替える必要があります」エイダルフの声は、ほとんど哀願調だった。

「おや、馬から落ちて、川に投げ出されなさったのですかな?」と、オーナは訊ねた。

「いや、そんなことはない」とエイダルフは答えて、それ以上は説明しようとしなかった。

「中では、炉に火が燃えておりますぞ」とオーナは彼に勧めた。「さあ、お二人とも、どうぞ、お入り下され」宿の主《あるじ》は、扉を押し開いて、一歩横に身を寄せ、彼らを通した。

「残念ながら、長居はできないの。すっかり暮れてしまう前に、イムラックに着かなくてはならないのです」とフィデルマは、エイダルフに続いて中へ入りながら、オーナに告げた。

エイダルフのほうは、丸太の山を貪欲に貪《むさぼ》りつくそうとして燃え上がっている炎を目指してまっしぐらに、炉の前へと向かっていた。

「食事ぐらいは、なされましょうな?」

エイダルフは、もちろんと答えたかったのに、フィデルマはきっぱりと首を横に振ってしまった。「時間がないの。私たち、飲み物を頂いて体を温めるぐらいは、休めますけど。それに、エイダルフ修道士殿が濡れた法衣をお着替えになる位でしたら。その後、すぐ出掛けます」

オーナの顔に、はっきりと落胆の色が浮かんだ。

フィデルマは片手を伸ばして、主の腕に軽く手をかけた。「きっと、すぐに、ここへ戻ってこられますわ。その時には、あなたのもてなしを、十分に味わわせて頂けると思います。でも、今回は、ただのお楽しみではなく、この国の安寧《あんねい》に関わる緊急事態なのです」

オーナは、若い頃から壮年期まで、キャシェルの王の親衛隊戦士として、ずっと仕えてきた男であった。「もし王国が危機に曝《さら》されとるのでしたら、姫様、儂がどうお役に立てるのか、おっしゃって下され」

彼女は、濡れそぼった法衣から湯気を立ちのぼらせて炉の火の前に立っているエイダルフのほうへ、視線を向けた。

「エイダルフ修道士殿が着替えをなさる部屋があるかしら？」

オーナは、広い酒場の向こう側に見える扉を指差して、エイダルフに告げた。

「あっちでさあ、修道士殿。濡れた法衣は、こっちに持っておいでなされ。儂が火にかざして、乾かしときますから」

フィデルマは、「ごめんなさいね。でも、時間が問題なのです」と老人に、自分の強引な態度を弁解した。

エイダルフが鞍掛け鞄を抱えて奥に姿を消し、オーナが二つのマグにコルマ〔安価なタイプの蜂蜜酒〕を注いでくれると、フィデルマも炉の前の椅子に腰を下ろして、自分の法衣の裾を乾かし始めた。

そして、老人に問いかけた。「オー・フィジェンティたちは、兄上を待っている間、どのように振舞っていました？」

オーナは、眉をひそめた。「どのように？」

「ええ、彼らは、感じよく振舞っていたか、それとも荒々しく無作法だったか。どうでした？」

「みんな、まともに振舞っとったと思いますが。どうして、そんなことをお訊ねになるんで？」

「仲間同士で、何か不穏な感じを見せて、ひそひそ囁《ささや》き合ってはいなかったかしら？　陰謀を企んでいるような気配は、感じませんでした？」

宿の主は、フィデルマに強いコルマのマグの一つを手渡しながら、首を横に振った。

フィデルマは、ほかのことを考えこんでいる様子で、コルマを啜《すす》りながら、さらに質問を続けた。「それで、ドネナッハ殿の家来たちは皆、彼と共にキャシェルへ向かったのですね。彼ら、ほかの人たちに会わなかったかしら？」

「儂の見る限り、誰とも。一体、どういうことなんで？」

「兄上とドネナッハ大族長殿がキャシェルに着かれた直後に、お二人を狙って、暗殺が企てられたのです」

老人は、ひどく驚いた。その顔に、さっと不安が広がった。「王様は……王様の傷は、深手《ふかで》なんで？」

「傷は、肉の部分だけで済みました」と彼女は、老人を安心させた。「酷い傷ではありますけど、すぐに治るでしょう。でも、オー・フィジェンティの戦士の中には、兄上も傷を負われたにもかかわらず、これはキャシェルの裏切りだ、この襲撃の背後には、兄上の手が働いているのだ、と言う者もいるのです」

そこへ、乾いた法衣に着替えたエイダルフが、濡れた法衣を抱えて現れた。

居酒屋の主は、心ここにあらずといった様子でそれを受け取り、炉の火の前に渡した棒に、それを広げた。そして、コルマを注いでおいた、もう一つのマグをエイダルフに手渡しながら、「すぐに、乾きまさあ」と告げて、フィデルマに向きなおった。「そんな不埒《ふらち》なことを考えるなんて、オー・フィジェンティの奴ら、頭がおかしいに違いない……それ、奴らの策略の一部なんじゃないですか」

エイダルフは、一気にコルマを飲みほし……その途端、強烈な飲み物に噎《む》せて、咳きこみ始めた。

オーナは、気の毒そうな苦笑いを、彼に向けた。「儂のコルマは、水のようにがぶ飲みしてはいかんのですよ、サクソン」と、彼はエイダルフを窘《たしな》めた。「口直しに、水が欲しいんじゃないですかな?」

エイダルフは、まだ軽く喘ぎながら、頷いてみせた。

オーナは、マグに水差しの水を注いでやった。エイダルフは、大きく喘ぎながら、すぐさま、それを飲みほした。

フィデルマは、連れのそうした様子には目もくれずに、深く考えこんでいるかのように炉の炎に見入りながら坐り続けていたが、やがて目を上げて、老人を見上げた。

「オーナ、何も変わったことは目にしなかったし、奇妙なこともなかった、と言っていましたね。それ、確かなのね？」

「確かですわ、姫様。儂の言葉、信じなすって大丈夫です」と、かつての戦士は、彼女に受けあった。「ドネナッハ大族長とそのご家来衆は、昨夜、ここに到着されましてな、オー・フィジェンティの大族長殿と側近がたは、この居酒屋にお泊りになって、ほかの戦士たちは川堤に沿った原っぱで、野営しとりました。みんな、行儀よくしてましたよ。そして今朝、兄上様が到着なさって、全員、キャシェルに向かって出発されました。儂が知っとりますのは、それだけですわ」

「何者かに跡をつけられている気配など、なかったのかしら？　長身の射手とか、背が低くて丸々とした小肥りの男とか？」

オーナは、大きく頭を横に振った。「そんな連中、誰も見ませんでしたぞ」

「わかったわ、オーナ。でも、これから二、三日の間、よく気をつけて見張ってて下さいね。私には、どうしてもオー・フィジェンティが信用できないの」

「もし見かけたら、どうすりゃいいんで？」

「カパを知っています？」

オーナは、おかしそうに、にやりと笑った。「あの若いのを仕込んだのは、この儂でさ。あいつ、国王の精鋭戦士団に入ってきた時には、ほんの小僧っ子でしたわい。戦争のことなんぞ、これっぽちも……」

フィデルマは、彼の回想を、そっとさえぎった。「あなたのお弟子さんは、今では、かつてのあなたと同じように、国王精鋭戦士団の隊長ですよ、オーナ。もしオー・フィジェンティ側について何か摑んだら、キャシェルのカパにその情報を届けて欲しいの。わかって？」

オーナは、意気込んで頷いた。「そうしますとも、姫様。ほかに何か、儂にできること、ありませんかな？」

オーナは後ろを振り向いて、小さな樽から酒をエイダルフのマグに注いだ。そして、ふたたび二人に向きなおったが、その時、何か思い出したかのように、顔をしかめた。

「オーナ、何か、おかしなことでも？」フィデルマは、彼の表情に、すぐさま気がついた。

初老の亭主は、小鼻の横を擦《こす》った。「何か、思い出しそうなんですわ。背の高い男って、言っておられましたな？　射手で、連れのほうは背の低い男、でしたな？」

フィデルマは、熱心に身を乗り出した。「二人を見かけたのですか？　あの二人が連れだっていたら、見逃すはず、ないでしょうね。二人が並んでいるところは、ひどく目立つはずですから」

「その二人、見ましたぞ」と、居酒屋の主オーナの返事は、今度は確信に満ちた声だった。

フィデルマの顔が、晴れやかになった。「二人を、見たのね？　でも、初めに訊ねた時、彼らは来なかった、と言っていたようだけれど」

オーナは、頭を振った。「そりゃあ、この二十四時間に、オー・フィジェンティと一緒にここに来た二人連れ、というふうな言い方、なさったからですわ。儂がその二人組を見かけたのは、一週間も前でしたからな」

「一週間も前？」とエイダルフが、失望したように問い返した。「それだったら、我々が探している二人組の悪党たちではないな」

だがフィデルマは、「その男たちの様子、教えてもらえないかしら？」と、さらにオーナに問い続けた。

オーナは、それが記憶を助けてくれるかのように、しきりに左手で顎を擦りながら、フィデルマに答えた。「小肥りで背の低いほうは、この修道士殿みたいでしたな」と、彼が親指でぐいっと指差したのは、エイダルフだった。

エイダルフは、唖然として、口を閉じることさえ、忘れたようだ。次いで、さっと怒りの色が、驚きの表情に取って代わった。「どういう意味だ？　私が背が低く太っている、というのか？　どうして……」

フィデルマは、もどかしげに片手を上げて、彼を黙らせた。「私のお連れは、背が低くもないし、太ってもいないのですから、あなたの今の言葉は、謎ですよ。どういうわけで、エイダルフ修道士殿が、今、あなたが言及している人と似ているのかしら？」

オーナは、顔をしかめた。「儂は、このサクソンの体格や顔立ちなどが、あの男に似とるって言っとるんじゃありませんぞ。そうじゃなくて、あの男は修道士だった。だが、アイルランドの修道士がたの剃髪とは違って、このお連れさんと同じような髪の剃り方をしてた、と言っとるんでさ。その男の一番目立つ特徴は、この剃髪《トンスラ》でしたよ」

フィデルマは、ぎゅっと目を細めた。

「その男は、私の連れのこの方と同じような頭頂の剃り方をしていた、と言うのですか？」

「そう言っとりましょうが？」とオーナは、不服そうに言い返した。「どうしてその剃髪が気になって、奇妙だなって思ったかっていうと、髪がきれいに剃ってなくて、まるで髪を伸ばそうとしとるみたいだったからですわ」

「その背の低い男について、ほかに何か教えてもらえること、ないかしら？」

「背は低くって、腹のあたりはたっぷりしとりましたなあ。ほかには、髪は灰色で、巻き毛だったってことぐらいですわ。そうだ、中年でしたよ。修道士の法衣じゃなかったが、でもやっぱし、修道士って感じだった」

エイダルフは、フィデルマをちらっと見やり、「我々の暗殺者たちのようですね」と告げた。そして、亭主に向きなおって、問いかけた。「もう一人のほうは、どうだったかな？」

オーナは、一瞬、考えた。「もう一人のほうは、確か、金髪だった。髪は、背中まで長く伸ばしとったような気がしますわ。縁無し帽を被って、革の上着《ジャーキン》（丈の短い、男性用の上着）だった。箙《えびら》と弓を携えとりましたな。そんなことから、この男、弓を引く技を生業《なりわい》にしとるんだなって、思ったもんです」

フィデルマは、満足の吐息をもらした。「大体、わかったと思います。この二人は、一週間前にこの居酒屋に来た、と言っていましたね？」

「儂の覚えとるとこでは、そうでしたな。もう一つだけ、この二人を覚えとったのは、二人の体格が、あんまり違っとったからでした。このことは、今、姫様も指摘なさっとりましたな」

「二人がどこから来て、どこへ行ったかは、思い出せないのね？」

「思い出せませんなあ」

失望の色が、エイダルフの面に広がった。「つまり、すでに知っていること以上には、何もわからないということですね」

フィデルマも、失望して、口をすぼめた。

突然、扉が開いて、フィデルマが釣りのことでおしゃべりをした男の子が、入ってきた。

オーナは、男の子に合図をした。「儂の孫の、このアダグが、もっとお役に立つかもしれませんわ。儂が二人の馬の世話をしている間、この坊主が、二人をもてなしとりましたから」

フィデルマが少年に声をかける前に、オーナがアダグに告げた。「アダグ、覚えとるだろ、一週間前に、ここへやって来た、あの二人組を？　お前、おかしがっとったじゃないか？」

少年は、机の上に釣り上げた魚と魚籠《びく》を置きながら、フィデルマとエイダルフを、おずおずと見やった。だが、何も答えようとはしなかった。

「どうした、アダグ、何も怖がること、ないぞ。お前、覚えとるだろ、ほれ、一人はのっぽで、痩せっぽっち。もう一人は、ちびで、でぶ。二人が一緒だと、すごくおかしいって、あんなに面白がっとったろうが？」

少年は、しぶしぶ頷いた。

「その二人について、なんでもいいから、教えてくれないかしら、アダグ？」とフィデルマも、促した。「そうした見た目以外に、何か、ない？」

「一人は太ってて、もう一人は射手だってことだけだよ」

「そうね。そのことは、私たちも知っているの。ほかには、何かない？」

アダグは、関心なさそうに、肩をすくめた。「ほかには、何もないよ。俺、祖父ちゃんが二人の馬の世話をしてる間に、お客の世話をしただけだもん」

「では、二人は、馬に乗ってやって来たんだ」と、エイダルフは得意そうに指摘した。そして、フィデルマに向かって、話しかけた。「珍しいですね、修道士が馬で旅をするとは」

少年が、不思議そうに、彼を見つめた。「どうしてさ？　修道士さんだって、修道女さんだって、馬に乗って旅してきたのに」

「それはね……」とエイダルフが説明しかけた時、少年の祖父のほうが、口をはさんだ。

「そのうち、わかるようになるさ。例えば、身分の高いお坊様や尼様なんかは、聖職者は馬に乗っての旅をしてはならんという、普通の規則に縛られることはないのさ。後で、もっとよく説明してやろう。今は、修道女様のお訊ねに、お答えしな」

アダグは、肩をすくめて、答えた。「二人で酒を飲んでた時、肥ったほうが射手に革の財布を渡してたよ。それだけさ」

「ほかには、何もない？」

「ああ、後は、肥ったほうは他所者だってことだけだよ」

「異国の人だったの？」

「違うよ。エールの人さ。でも、南の人じゃないと思うな。訛りがあったもの。でも、射手のほうは、南の男さ。そのことは、俺にもわかったよ。でも、お坊さんのほうは、そうじゃなかった」

「二人が何を話していたか、聞こえなかった？」

少年は、首を横に振った。

「二人が、どちらのほうからやって来たのか、誰か、見た人いなかったかしら？」

「誰も、いませんな。でも、肥ったほうが先にやって来ましたぜ」と、オーナが口を添えた。

「あら、一緒に到着したのではなかったの？」

「はあ、違いまさあ」と、オーナは答えた。「今、はっきり思い出しましたわ。先にやって来たのは、肥ったほうでしたわ。彼の馬の面倒を見なけりゃならんのに、ここには儂と孫のアダグしかいないもんで、儂は馬の世話をしに外へ出てって、この坊主が、食事をお出ししたんだった。そして、射手のほうもやって来ましたが、儂はその時、厩舎《きゅうしゃ》の中にいたもんで、どっちのほうからやって来たかは、見とらんのです」

「二人の馬については、何か聞かせてくれること、ないかしら？」とフィデルマは、さらに問いかけた。

オーナは首を横に振ったが、はっと、その目が輝いた。「射手の馬には、傷跡がありましたな。ありゃ、軍馬だ。栗毛だった。もう盛りの時は過ぎとった。古傷がいくつか、残っとりました。鞍橋《くらぼね》も、軍馬のものだった。鞍には、予備の箙を付けてましたわ。ほかの武器は皆、身につけるか、手に持っとった。そうだ、肥った男の馬は、良い状態だった。鞍やそのほかの馬具類も、なかなか良いものでしたな。商人などが乗るような馬だった。だが、儂に思い出すことができるのは、これで全部ですわい」

フィデルマは立ち上がり、マルスピウム（携帯用の小型鞄）から貨幣を一枚取り出し、オーナに渡した。

そして、「あなたの法衣も、もう乾いているはずですわね、エイダルフ？」と、はっきり彼に言い渡した。

オーナが彼女に礼を述べている間に、エイダルフは乾いた法衣を炉の前の横木から取り上げ、それを畳んで自分の鞍鞄に納めた。

「では、この二人の他所者がまたやって来ないかを、見張っとればいいんですな、姫様？」と彼は、確認した。「カパに報告せねばならんのは、この二人のことなんですな？」

だが、フィデルマは、苦い笑顔を彼に向けた。「もし、この二人を見かけることがあれば、カパよりも神父様に連絡するほうが、よさそうよ、オーナ。実は、二人とも、今朝、兄上とオー・フィジェンティの大族長殿を暗殺しようとした直後に、殺されたのです」

彼女は、片手を上げて老人に別れを告げ、エイダルフの先に立って、扉へ向かった。鞍の上から振り返ってみると、オーナと彼の孫息子が戸口に立って、彼女たちを見守っていた。

「十分に、気をつけてね！」彼女はそう呼びかけて、旅籠の庭から馬を進め、イムラックへの道を辿り始めた。

しばらくの間、二人は無言で馬を歩ませた。川の南側堤に沿った、イムラックへ向かう道だ。日は、少しずつ傾き始めていた。だが、彼らの左手には、木々に覆われたシュリーヴナムックの長い尾根が、まだ明るさを留める南の空を背景に、くっきりと輪郭を際立たせていたし、行く手には、沈みゆく落日の最後の一欠片《かけら》が、西の地平線の上で、まだ躊躇《ためら》いを見せていた。道は、オーラの泉周辺の低地に続く高台を突っ切って、ほぼ直線状に坦々と延びている。二人の北方には、数マイル離れて、別の丘陵群の尾根が望まれた。フィデルマは、エイダルフに、それがシュリーヴ・フェリム山嶺《さんれい》(1)であると、説明した。荒々しく、人を寄せ付けないような地帯だ。その向こう側は、もう、オー・フィジェンティの領国になるのだ。

この行程のほとんどを、二人は言葉を交わすことなく、進み続けた。フィデルマが眉根を寄せて考えごとに耽《ふけ》っていることに、エイダルフは気づいていたからだ。こういう時には、彼女の思考を妨げないほうがいいと、彼は承知していた。フィデルマは、二人が今手に入れた情報を、胸の中であれこれと検討しているに違いない。

八マイルほど来たところで、突然、フィデルマは面を上げた。周りの様子に、今、気づいたらしい。

「おや、もうすぐです。もう、着いたも同然よ」と彼女は、満足げにエイダルフに告げた。

ついに彼らは、森を抜けて、開《ひら》けた丘陵地へとやって来た。エイダルフも、その先に見える大きな石垣に囲まれた広大な建物が聖アルバの大修道院であると、教えてもらう必要はなかった。修道院は、前面に広がる小さなイムラックの町を威圧するかのように、その上方に聳《そび》えていた。もっとも、修道院の壁と、主だった建物が建っている町の中心地区との間には、少し距離があった。修道院や町の周りは、放牧用の草地に取り囲まれていた。さらにその外側を、イチイの林が縁取っている。エイダルフは、この風景を、好ましげに目におさめた。ただ、このイチイは、アイルランドの固有種のようだ。同じ針状葉でも、独特の丸みを帯びていて、彼が故国サクソンの地で馴染《なじ》んでいたイチイとは、少し違っていた。喬木とまではゆかなくとも、かなりの高木で、樹冠はこんもりと丸く、中には、数本の幹から生えだした枝を奇妙に絡《から》ませ合っている老木もある。

「ほれ、イムラックです。正式には、イムラック・ユーヴァーです」とフィデルマが、安堵の吐息をもらした。「これは、〝イチイの木の国境《くにざかい》〟という意味の地名で、私の従弟の〝グノック・アーンニャのフィングィン〟殿の領地です」

町は、静かだった。キャシェルより遙かに小さく、これを〝町〟と呼ぶことさえ、いささか大仰に思える。しかし、ここが大修道院と、それに付随する教会のお蔭で、活気ある市《いち》も立つ、繁栄している門前町であることを、フィデルマは知っていた。でも今は、町には人の気配はない。夕食の時刻なのだろうか。晩禱《ヴェスパー》の時刻は、すでに過ぎていた。

市の立つ広場は、修道院正門の手前に広がっていた。広場の向こう側に、人家が見える。それが、イムラックの町だった。広場の手前側にも二、三棟、建物が建っている。そうした建物によって、ごく簡単に区切られているだけなので、この空間を広場と称するのは、いささか大袈裟で、正確さを欠きそうだ。ともかく、その広場の中央に、イチイの巨木が一本、生えていた。優に、樹高七十フィートはあろうか。褐色の幹と、絡み合って茂る丸みを帯びた緑の針状葉から成る、厳《おごそ》かな彫像と表現したくなるような大木だ。この大木は、大修道院の高い灰色の石壁をさえ、圧していた。

「ほう、なんと荘厳な大木だろう！」とエイダルフは、イチイの前で馬を止め、じっと見上げながら、嘆声をもらした。

フィデルマは、鞍の上から振り返って、連れに微笑みかけた。「どうして、そうおっしゃるの、エイダルフ？　この木が何であるか、おわかりになったの？」

「おわかりに？　いえ、私はただ、この木の大きさと古さに、感銘を受けただけですが」

「これこそ、オーガナハト王家の象徴《トーテム》である聖なるイチイの老木です。お忘れかしら、キャシェルで、このこと、お話ししましたでしょ？」

「ああ、トーテムか！　それって、異教徒の愚かしい迷信です」

「〝磔刑の十字架〟だって、トーテムですわ。アイルランドでは、それぞれの氏族《クラン》、それぞれの家が、自分たちの〝生命の樹〟を持っているのです。この木は、私どもオーガナハト王家の神聖木なの。オーガナハトの王が玉座を継承する時、新王は、必ずここへ来て、このイチイの巨木の下で、王の誓いを立てることになっているのです」

「この木、おそらく、何世紀もの樹齢なのでしょうね」

「二千年以上ですわ、エイダルフ」とフィデルマは誇らしげに、彼に告げた。「ミリャ(2)の息子エベル・フィン(3)によって植えられたと、伝えられています。私たちオーガナハト王家は、このエベルの末裔《まつえい》なのです」

夜陰が、さらに迫っていた。遠くから、狼の咆哮《ほうこう》と、夜間、解き放たれるのを待ちかねて、くーん、くーんとねだっている番犬の鳴き声が、聞こえてきた。それに促されるように、二人は大修道院の正門へと進んだ。

フィデルマは駒を止め、手を伸ばして、門の脇に下がっている鐘の鎖を引いた。中のほうで、鐘が鋭く鳴った。

門の脇の覗き窓の鉄格子の後ろで、板戸が音を立てて開き、声が、問いかけてきた。「このような時刻に、修道院の鐘を鳴らすのは、どなたかな?」

「〝キャシェルのフィデルマ〟が、ご開門を求めております」

ほとんど即座に、扉の背後に、ざわめきが起こった。小さな板戸がぴしりと閉められた。金属が擦《こす》れる音が聞こえた。閂《かんぬき》が引き抜かれたようだ。大修道院正門の高い大扉が、ゆっくりと内へ向かって押し開かれた。

フィデルマとエイダルフが進もうとするよりも早く、長身、銀髪の人物が、二人に向かって転《まろ》ばんばかりに、駆け寄ってきた。

エイダルフも、前に二、三回、セグディー大修道院長に会ったことがあった。キャシェルで会った時、セグディーは、すっくと背の高い、威厳に満ちた高僧だった。もの静かな、厳かな風格をそなえた人物だった。ところが、二人を迎えようと駆け寄ってきたのは、髪も乱れ気も動顚《どうてん》した老人だった。いつもの平静な、鷹を思わせる容貌が、今は憔悴《しょうすい》しきっていた。彼は、フィデルマの鞍に取り縋り、あたかも寺院で癒しを求める信徒のように、彼女を見上げていた。

「主よ、感謝申し上げまする！　あなたは、我々の祈りへの、神よりのお応えだ、フィデルマ殿！　あなたが、ここへ来て下さったとは！　主よ、ありがとうございます！」

第八章

修道士エイダルフは、イムラックの大修道院の院長私室で、燃え上がる炉の炎を前にして、満足そうに椅子にゆったりと身を伸ばしていた。だが、まだ体が痛くて、いささか気分はよろしくないようだ。もともと、大旅行など、好きではないのだ。それなのに、キャシェルからこちらへの旅程は、比較的短距離であるとは言え、決して楽なものではなかった。今彼は、セグディー院長が出してくれた赤いマルド・ワイン（砂糖や香料を入れて温めた葡萄酒）のゴブレット（脚付き酒杯）を、うまそうに啜《すす》っているところである。マルド・ワインの香りが、実に香《かぐわ》しい。修道院のために、この葡萄酒を仕入れたのが誰であれ、なかなかの目利《めき》きであるようだ。

フィデルマは、大きな石の暖炉をはさんで、彼の向かい側に坐っていた。彼女は、エイダルフと違って、マルド・ワインには触れることなく、両手を膝において、やや前に身を傾ける姿勢で坐っていた。ゴブレットは、傍《かたわ》らの小机に置かれたままだ。彼女は、深く思いに耽《ふけ》っているかのように、炉の中で躍る丸太の炎を見つめている。一方、初老の院長のほうは、二人の間の、ちょうど炉の正面の辺りに坐っていた。

「儂《わし》は、奇跡を祈っておったのです、フィデルマ殿。そして、その時、修道院の正門に、あなたがお着きになったというではないか！」

フィデルマは、はっともの思いから引き戻された。

「ご心労、お察しいたしますわ、セグディー院長様」と彼女は、やっと口を開いた。エイダルフと共に、セグディー院長から、聖アルバの聖遺物とその管理僧モホタが消え失せたという話を聞かされてから、初めてのことだった。彼女は、その聖遺物を見たことはなかったが、その意味は、当然、よく知っている。「でも、私が先ず取りかからねばならない仕事は、キャシェルで企てられた暗殺未遂事件の黒幕を見つけ出す、という任務です。この任務に与えられている日限は、わずか九日間なのです」

セグディー院長の顔が、驚愕に歪んだ。フィデルマは、彼にキャシェルの事件について説明した。セグディー修道院長と王妹フィデルマの間には、形式ばった作法は不要であった。セグディーは、彼女の父の在位時代、公的な聖職者として、王に仕えていた。だから、彼はフィデルマを、生まれてすぐから知っているのだ。

「そのように、おっしゃっておられましたな。しかし、フィデルマ殿、儂同様、あなたもよくご存じのはずだ、聖アルバの聖遺物の消失は、モアン王国の全ての人々を恐怖に突き落とす大事であることを。それが失われるということは、モアン王国の滅亡を意味する。しかも、この災厄を好機とばかりに我々に襲いかからんとする敵は、一カ国だけではないのですぞ」

「その敵たちは、すでに兄上コルグー王とオー・フィジェンティの大族長殿の暗殺を試みました。私は、キャシェルの件を解決しましたらすぐに、こちらの聖遺物消失事件に取り組むと、お約束します、セグディー院長様。私は、おそらく多くの人たちより、もっと明確に、聖アルバの聖遺物が意味するものを、承知しておりますから」

エイダルフがゴブレットを机に置いて身を乗り出したのは、この時であった。

「この二つの出来事は、関連しているとは、考えられませんか？」と彼は、考えこみながら、そう問いかけた。

フィデルマは、一瞬驚いて、彼に視線を向けた。

エイダルフは、これまでにも時折、ほかの人たちが見逃しているきわめて明白なことを指摘してみせるという才能を、発揮してきた。

「聖遺物の消失と兄上の暗殺計画の間に、関連が……？」彼女の唇の端がぐっと下がり、厳しい顔となった。彼女は、考えてみた。モアンの人々は皆、聖アルバの聖遺物は王国の安寧《あんねい》を護ってくれる楯《たて》であると、固く信じているのだ。その消失は、恐慌と落胆を引き起こすに違いない。あの暗殺未遂事件は、単なる偶然だったのだろうか？「関連しているかもしれませんね」と、彼女はエイダルフの指摘に同意した。「王国を崩壊させるには、先ず、人々の意気を阻喪《そそう》させておいて、次いで国王を暗殺するというのは、もっとも有効なやり方でしょうから」

「それに、暗殺者の一人が元修道士であったことも、お忘れなく」とエイダルフは、彼女の注意を喚起した。「彼は、この聖遺物の消失がどういう効果をあげるかを、承知していたのかもしれませんよ」

セグディー修道院長は、仰天した。彼は、この事実を、今初めて耳にしたのだ。

「なんと、主《しゅ》の御教えを奉ずる同朋《どうほう》が、国王に武具を向けたと言われるのか？　そのようなことがあろうか！　法衣をまとう者が、人を殺《あや》める武器を手に……絶対、考えられぬ！」院長は、言葉を失った。

エイダルフは、冷静な態度で、彼に答えた。「そのようなことは、これまでにも、ありました」

「モアン王国においては、決してなかった」と、院長は言い張った。「その悪魔の息子は、何者だったのじゃ？」

「その者がモアン王国の民でなかったことは、確かでしょう。オーラの泉の傍らに建つ旅籠《はたご》の少年は、その者の言葉には北方の訛りがあった、と言っておりました」

エイダルフも、彼女の推察を支持した。「我々、その男は北からやって来たのだと、断じていいでしょう。彼の左腕の前膊部《ぜんぱく》には、鳥の図案の奇妙な刺青《いれずみ》が彫られていました。それは、アイルランド国土の北東の海岸部でのみ見うけられる鳥です。南部のモアン王国では知られていない鳥であることは、はっきりしています。あの元修道士は、モアンの民ではなかったのです」

突然、セグディー院長は、椅子に坐ったまま、身を凍りつかせた。その面《おもて》から、さっと血の気が引いた。それに代わって、奇妙な、引きつったような表情が院長の顔に広がった。彼は、恐怖に近い顔でフィデルマを見つめ、からからに乾いた咽喉《のど》で、幾度か、何事かを話そうとした。だがそれは、声にならなかった。

「今、暗殺者は左前膊部に鳥の刺青をしていたと、言われましたな？ 北の国の訛りがあった、とも？」

フィデルマは、何が彼を動揺させたのかわからぬまま、そのとおりだと、彼にはっきりと告げた。

「その暗殺者は、どのような外見をしておったか、教えて下され」と院長は、奇妙に緊張した声で、フィデルマに問いかけた。

「肉付きのいい顔で、背は低く、小肥りの男でしたわ。髪は、たっぷりとした灰色の巻き毛でした。おそらく、二十の二倍に、さらに十歳を加えたほどの年輩で、小肥り気味の体型の男です。刺青は、左前膊部に施されていました。図案の鳥は、鷹の一種でした……ノスリと呼ばれる種類の鳥です」

セグディー院長が、突然両手で頭を抱え呻きながら、前のめりに卒倒しかけた。

フィデルマは立ち上がり、くずおれた老人のほうへ、躊躇《ためら》うような足取りで、近寄った。

「どうなさったのです？ お加減、お悪いのですか？」

やがて院長は、落ち着きを取り戻した。

「今、描写なさった男は、モホタ修道士ですわ。聖遺物の管理を担当しておりました。この修道院から消え失せた修道士です」

かなり長い沈黙が続いた。

「それ、確かですか？」今の描写はきわめてはっきりしていた。だから、ばかげた質問だとは感じつつも、エイダルフは、そう訊ねずにいられなかった。これほど似ている人間が、二人いるとは、とても考えられないではないか。

セグディー院長は、両の肺腑から、ほとんど荒々しい唸り声のような吐息をもらした。「モホタ修道士は、もともとは、ウラー王国のクラン・ブラシル（ブラシル氏族領）の人間でしてな」と、彼は語り始めた。

「ブラシルは、ウラー王国の小族長領の一つです」とフィデルマは、エイダルフのために、そっと説明を付け加えてやった。

「モホタ修道士は、今言われたのと同じ刺青、ごく珍しい意匠の刺青を左前膊部に施しておりました」

フィデルマは、事態について思いめぐらせながら、束の間、沈黙を続けた。

ややあって、彼女は口を開いた。「これで、私たちの謎は、ますます深まってしまいましたわ、院長様」彼女は、訝《いぶか》しげな顔をしている二人の様子には構わずに、言葉を続けた。「院長様が最後にモホタ修道士にお会いになったのは、いつだったのでしょう？」

「昨夜の晩禱《ヴェスパー》の折でしたわ」

ヴェスパーは、教会の聖務日課の中の第六時禱、すなわち、夕べの空に宵の明星《ヴェスパー》が輝く時に、修道士たちによって唱えられる祈りである。

「モホタ修道士は、修道院の外へ、よく出掛けておりましたか？」とフィデルマは、質問を続けた。

セグディー院長は、首を横に振った。「儂の知る限り、十年前に、書記僧《スクリプトル》としてこの修道院に入って以来、モホタ修道士は、ほとんど修道院の外へ出ることはありませんでしたな」

エイダルフは、眉をつっと上げて、フィデルマに意味ありげに視線を走らせながら、素早く院長に問いかけた。「今、彼は書記僧だったと、おっしゃいましたね？」

院長は、頷いた。「モホタ修道士は、我々の『イムラック年代記』編纂《へんさん》の仕事のために、この修道院へ入り、その後、聖遺物管理の任務に就いたのじゃ」

「この聖遺物の価値と、それが意味することを考えれば、異国の人間をその任務にお就けになるのは、奇妙に思えますが」とエイダルフは、続けた。

「モホタ修道士は、信仰篤く、生真面目な僧で、修道院における義務を十二分に果たしておった。特定の信条や主義に傾くことなく、この修道院のために、また自分で選んだ第二の母国のために、ひたすら献身しておったのだ」

「今までは」と、エイダルフは静かに指摘した。

「モホタ修道士は、我々の修道院で、十年も、暮らしておったのですぞ。そのうちの何年かは、聖遺物をお護りする管理僧としてじゃ。修道士殿は、モホタが聖遺物を盗み、その上で今朝、我らのコルグー王を殺害せんとキャシェルに駆けつけた、と主張なさるのか？　そのようなことは、絶対にあり得ぬ」

エイダルフは、院長に答えた。「ノスリの刺青に至るまで院長殿が告げられたような風体の男が、もしもモホタなのでしたら、彼は今、キャシェルに横たわっております。暗殺未遂の現場から逃走しようとして、殺されたのです」と、エイダルフは答えた。

セグディー院長は、苦悶の中で、肩を落とした。「しかし、モホタの乱雑に荒らされた部屋とそこに残された血痕を、なんと説明なさる？　我らの執事マダガン修道士と儂は、それを見た瞬間、モホタ修道士は、聖遺物を盗んだ何者かによって襲われ傷を負わされたのだ、と考えたのですぞ」

フィデルマは、考えこんでいるようだった。「それは、私どもがこれから解き明かさねばならない謎です。とにかく、これで、キャシェルで死亡した暗殺者の一人の名前は、判明したようですね」

エイダルフが、「しかし、これまで以上に大きな謎になってしまいましたよ」と、吐息をもらした。「もし、このモホタ修道士が聖遺物を盗み、それから――」

フィデルマは彼を抑えておいて、腰に吊るした自分の小さなマルスピウム（携帯用の小型鞄）から一枚の紙を取り出し、院長にそれを示そうとした。「これがなんであるか、見て頂きたいのです、院長様」その紙には、彼女がコンクホル修道士に頼んだ磔刑像十字架《クルシフィックス》の素描が描かれていた。彼女は、院長に見えるようにと、その紙を広げた。

セグディー院長は、興奮の色を面に浮かべて、近寄ってきた。

院長は、それを見つめ、彼女に説明を求めた。「これは、一体、どういうことです?」

「これがなんであるか、おわかりになるのですね?」とフィデルマは、逆に返事を求めた。

「むろん、わかりますとも」

「では、私どもに、これがなんであるかを、お教え下さい」

「聖アルバの聖遺物の一つですわ。聖アルバは、ローマにおいて〈ローマの司教（ローマ・カトリックの教皇）〉によって司教への叙任をお受けになった、と伝説は伝えています。さらに、時の〈ローマの司教〉、〝ギリシャ人ゾシムス〟(1)教皇は、聖アルバに、コンスタンティノープル随一の名工の手になるこの磔刑像十字架もお授けになったと、伝説は語っておりますわい。五個の大きなエメラルドで飾られた、銀の磔刑像十字架だ。誰が、この絵を描いたのです? そして、何のために?」

フィデルマは、丁寧に絵を畳み、ふたたび自分のマルスピウムに納めてから、セグディーに答えた。「これは、オー・フィジェンティの親衛隊の隊長ガンガによって切り捨てられた小肥りの暗殺者の遺体から見つかった十字架を、写したものです」

エイダルフが、満足そうに、太腿をぴしりと叩いた。「さてと、これで謎が解けた。こちらの修道院のモホタ修道士は聖遺物を盗み、その後、コルグー王とドネナッハ大族長を殺害しようと、キャシェルに向かった、ということですね」

「磔刑像十字架は、安全なのですかな?」とセグディーが、一番の気懸りについて、知りたがった。

「調停のための法廷における証拠品として、大事にキャシェルに保管されております」

このフィデルマの返事に、セグディー院長は、深く吐息をついた。「では、少なくとも、聖遺物の一つは、安全なのか。しかし、ほかの聖遺物は? あなた方は、そちらもすでに発見なさったのですかな?」

「いいえ」

「では、ほかの聖遺物は、どこだろう?」絶望に喘ぐセグディー院長の声は、ほとんど泣き声となっていた。

「私どもは、それを、これから見つけることになります」とフィデルマは、きっぱりと、院長に告げた。そして、ゴブレットの葡萄酒を飲みほし、決然と立ち上がった。「私に、モホタ修道士の個室を見せて下さいませ。今朝、お調べになってから、何一つお触れになってはおられますまいね」

院長は、首を横に振った。「全て、我々が発見した時のままにしてありますわ」そう答えながら、彼も立ち上がった。「しかし、儂は、いまだに衝撃に打ちひしがれております。モホタ修道士のような人間が、そのような行為にはしるとは、どういうことだろう？　あれほどもの静かな男だったのに。自分のために必要であることさえ、発言しようとはしなかった男なのに」

「〝いと深き川は、いと密《ひそ》やかに流れゆく〟」とエイダルフは、セグディーに、ラテン語の詩句でもって応えた。

フィデルマは、眉間《みけん》に、皺《しわ》を刻んだ。「おそらく、そういうことかもしれません」と、彼女は、それをゲール語で言い変えながら、エイダルフに同感の意を表した。「〝いと深き川は、いと密《ひそ》やかに流れる〟ものなのかもしれませんね。でも、普通、何らかの痕跡を残しているはずです。それを、見つけなければ。院長様、どうぞ、私どもを、モホタ修道士の部屋へご案内下さい」

セグディー院長はランプを取り上げ、二人の先に立って、院長室を出た。三人が回廊《クロイスター》を進んでいると、遠くから、かすかな音が聞こえてきた。

院長は、エイダルフが立ち止まり、それに耳を傾けているのを見て、「修道士たちが、〝グラス・ケトゥル〟を歌っておるのですわ」と、説明してくれた。

歌の詩句は、エイダルフには聞き覚えのないものだった。

「修道士たちが、聖歌隊を組んで、歌っておるのだ。〝グラス・ケトゥル〟とは、〝調和せる、心地よき歌声〟という意味でな。このイムラックの修道院では、聖歌を、ローマ・カトリックの古典的形式ではなく、我々の近しき輩《ともがら》とも言うべき、ゴールの民の形式でもって、歌っておるのですわい」

歌声は、この回廊の辺りで反響し合って、不思議な音響効果をあげているようだ。修道士たちの詠唱は、回廊の先の礼拝堂から聞こえてくるような気がする。今では、その歌詞も、鮮明に聞き取れる。

フィデルマは、エイダルフに「私どもは、二つの言葉、ラテン語とゲール語（アイルランド語）を組み合わせた形で、つまり、二つの言語を調和させた形で、主に嘆願するのです」と説明しながら、瞑想に耽っているような口調で、この聖歌を彼に唱えて聞かせた。なるほど、ラテン語の聖歌の第三行目だけが、ゲール語だった。

「〝王の中の王よ、
あの大洪水の日に、
ノアとその輩《ともがら》を、
護り給《たも》うた王よ……〟」

「このような形式の聖歌を聞くのは、初めてです」とエイダルフは、彼女に告げた。「ラテン語とゲール語が一つの聖歌の中で混ざり合っているなんて、かなり珍しいですね」

「これは、コーキー（現コーク）（モアン王国南部の海岸沿いの、古くから開けていた町）の朗読者、コルマーン・モクー・クルーサフが作った聖歌の一つでな。コルマーンは、我々が〈黄色疫病〉[2]の猛威に曝《さら》された、あの恐ろしい時代が始まる二年前に、これを作曲したのじゃ」

高まっては静まる歌声のうねりは、何かしら人を微睡《まどろみ》に誘《いざな》うような響きであった。三人は、しばし足を止め、それに聴き入った。

「この聖歌は、聖務日課書の中の〝我が霊を神の御手に〟という聖歌に基づいているような気がします」とフィデルマは、不確かながら、そう言ってみた。

「まさに、そのとおりですわ、フィデルマ殿」と院長は、感心した面持ちで、それを認めた。「ドーリィーとしての名声を高めておられる中で、宗門の人としての研鑽《けんさん》も怠っておられぬご様子、嬉しいですぞ」

「そのドーリィーとしての任務のために、私ども、今、ここに来ているのです、セグディー院長様」とフィデルマは、気持ちを引き締めた。

院長は、二人を先導して、ふたたび暗い通廊《コリダー》を進み始めた。石の壁に設置されている金属の燭台《しょくだい》から、松明《たいまつ》の揺らめく炎が、通廊に小暗《おぐら》い明かりを投げかけていた。すでに、すっかり夜になっていた。ただ、松明のつんと鼻腔を刺激する匂いと、人を惑わすその明かりを除いて、修道院は静かに夜の帳《とばり》に包まれていた。

「朝まで待つほうが賢明ではありませんかねえ」とエイダルフが、辺りに視線を回《めぐ》らせた。

「この明かりでは、あんまり観察できそうにありませんよ」

「多分、そうでしょうね」とフィデルマも、同意した。「確かに、人工の明かりは、目を惑わしかねませんものね。でも、一先ず、ざっと調べておきたいのです。長く放置しておけばおくほど、不鮮明になってしまいますもの」

三人は、音が反響する長い通廊を無言のまま進んで、中庭の一つに出た。院長は、さらに、それを横切って歩き続けた。

松明の炎が、激しく揺れた。セグディー院長は、「また、南西からの風に変わったようだ」と、呟いた。やがて院長は、とある扉の前で足を止め、屈みこんで鍵を開け、一歩脇へ下がって、中へ入ろうとする二人のために、ランプをかざして中を照らしてくれた。

中へ一歩入ってみると、明かりに浮かび上がったのは、乱雑に散らかった室内の有様であった。

「儂とマダガン修道士が、今朝発見したままですわ。マダガンと言えば――」と院長は、気の毒そうに、エイダルフを振り向いた。「今夜は、マダガンと同室ということで、我慢してもらえるかな？　いや、今夜だけなのだ。実は、ここの来客棟は満員でな。港へ向かおうとしておる巡礼者たちが、ちょうどここを通りかかって、今夜、我々は、その一行を来客棟に迎えておるのじゃ」

「マダガン修道士殿との同室、私はいっこう構いません」とエイダルフは、院長に答えた。

「それは、良かった。我々の来客棟にも、明日の夜は、ふたたび空き部屋が出るであろうよ」

「私も、今夜、どなたかと同室でしょうか？」とフィデルマは、部屋を調べながら、大して気にも留めずに訊ねてみた。

「いや。あなたには、特別室を用意してありますわい、フィデルマ殿」

フィデルマは、ランプの明かりで、乱雑な室内を見渡していた。認めるのはちょっと口惜しいが、いかにも、エイダルフの言うとおりだ。人工の光では、室内はほとんど何も見えない。重要な何かがあったとしても、この暗さでは、見落としてしまおう。フィデルマは溜め息をつくと、振り返った。

「どうやら、朝の光で調べるほうが、良さそうね」と彼女は、エイダルフの顔は見ないようにして、そう認めた。

「それが良いでしょうな」と、院長も認めた。「何一つ乱されることのないよう、この部屋は、また、しっかり閉じておくとしますわ」

「教えて頂けません？」ふたたび廊下に出て、扉に鍵をかけようと屈みこんだセグディー院長に、フィデルマは、そう話しかけた。「巡礼団の方々で、こちらの来客棟は満員だと、おっしゃいましたね。ほかにも、旅の方々が泊っておいでなのでしょうか？」

「ああ、ほかの巡礼団も、泊っておいでだが」

「ほかに、旅人は？」

「いませんな。そうだ……商人《あきんど》のサムラダーンも、旅人と言えば旅人だ。ご存じでしょうな、キャシェルの男ですから？」

「私の従弟《いとこ》のドンダヴァーンは彼を知っているそうですけれど、私は直接には、知りませんの。彼のことで、何か話して下さること、おありでしょうか？」

「ほとんど、ありませんな」と院長は、肩をすくめた。「あの男は、しばしば、この修道院と取り引きをしておる、というだけですわ。この二年かそこら、そうやっておるようですな。彼がキャシェルからやって来ることは、知っとります。よく、商品を積んだ何台かの荷馬車でやって来て、取り引きが済むまで、いつも我々の客人として、来客棟に泊っておりますよ」

フィデルマは、考えこみながら、院長に頷いた。「荷馬車数台で、ですか？　御者も、一緒なのですね？」

「三人、連れてきているが、この男たちは、修道院の外の、町の宿屋に泊るほうが好みらしい」院長は、感心しないというように、鼻を鳴らした。「いい場所とは言いかねる宿で、評判の悪い旅籠なのですわ。なにしろ、ボー・アーラ[3]〔代官〕の認可も受けておらぬ、合法とは言えぬ旅籠ですから。そこを営んでおるのは、クレドという淫らな女で、儂は一度か二度、この女に、道徳心に関して説教してやったのだが……」

フィデルマは、話の腰を折った。クレドとかいう女の道徳観など、フィデルマには興味のない話題だ。「サムラダーンは、今回、どの位、こちらに滞在しておりますか?」

セグディー院長は、記憶を呼び起こすのに役に立つかのように、小鼻の脇を擦《こす》りながら、逆に彼女に問いかけた。「このサムラダーンという男に、かなり興味をお持ちのようですな。何か、容疑をかけておいでなのかな?」

フィデルマは手を振って、否定してみせた。「いえ、ただ、興味を引かれただけです。キャシェルの住民は、ほとんど全員、知っているつもりでしたのに、このサムラダーンという人物のことは、何も知らないものですから。どの位、こちらに泊っていると、おっしゃいましたっけ?」

「二、三日ですわ。いや、よく考えてみれば、一週間近くでしょうかな。きっと、明日の朝食で、お会いになれましょう。その折、お知りになりたいことは、あの男が自分でお話しすると思いますわ。でも、今のところは、今夜お泊りになる部屋に、ご案内しましょう」

この提案に、エイダルフは嬉しげな笑顔になった。「良いご提案です、院長殿。実を言いますと、疲労困憊《こんぱい》でして。いろんなことが起こった、長い一日だったのです」

「その疲れから回復されたら、もちろん、深夜の礼拝に参加なさるでしょうな」と院長は、彼に答えた。セグディーは、すぐに通廊を進み始め、中庭を囲む回廊に出ると、それをさらに横切って、ひたすら来客棟へと、二人を案内していった。どうやら院長は、サクソンの顔に広がった情けなさそうな表情には、気づいてはいないようだ。

やがて彼は、扉の一つを指し示して、「これが、我々のドムス・ホスピターレですわ」と、二人に告げた。そして、「つまり、我々の来客棟ですわ」と付け加えながら、扉をこつんと一度叩いた。

すぐに扉が開いて、人影が現れた。翳《かげ》の中ではあるが、その小柄な姿の性別は、はっきりとわかった。

セグディー院長は、彼らに、「これが我々の来客棟主任のシスター・スコーナットじゃ」と、彼女を紹介した。

エイダルフは、ここで初めて、このイムラックの大修道院がコンホスピタエ、つまり男女共住修道院だったことに気づいた。修道士も修道女も、共に暮らし、共に働いている修道院である。このような共住の施設は、彼の故国、サクソンの国々には、あまり存在しない。だがエイダルフも、今では、ブリトンやアイルランドの宗教施設が、このような男女聖職者の共住を基盤としていることを知っていた。

「こちらは、フィデルマ修道女殿じゃ、シスター・スコーナット」

スコーナット修道女は、おどおどと、膝を折ってお辞儀をした。彼女は、フィデルマが国王の妹君だと、知っていたのだ。

「お部屋は、すでに整っております、フィデルマ様」と、スコーナットは、上ずった声でフィデルマに告げた。「あなた様が到着なさったと、院長様から伺いまして、すぐにお部屋の用意をいたしました」

フィデルマは、片手を伸ばして、スコーナット修道女の腕に軽く触れた。フィデルマは、仲間の聖職者たちに対して、自分とモアン国王との血縁関係を告げることはしない。ただ、この権威をどうしても必要とする時のみ、このことを持ち出すのだった。

彼女は、「私の名は、フィデルマです」と、スコーナットに告げた。「私たちは、信仰を共にする同じ修道女ですよ、スコーナット」

そして、セグディーとエイダルフを振り返り、ラテン語で挨拶の言葉を述べた。「では、深夜の礼拝で。〝ドミヌス・ヴォビスクム〟(主が、あなた方と共に在《まし》ますように)」

セグディー院長も、重々しく、「〝ドミヌス・テクム〟(主が、あなたと共に在すように)」と、それに答えた。

セグディー院長は、エイダルフを先導して通廊を進み、回廊に囲まれた中庭に出て、そこを横切った。その先にいた長身の修道士が、挨拶の仕草で、二人を迎えた。

「ブラザー・マダガン」と院長は、彼に声をかけた。「ちょうど良かった。そのほうを探そうとしておったのだ。こちらは、ブラザー・エイダルフじゃ。今夜は巡礼団が来客棟に宿泊するので、ブラザー・エイダルフに、そのほうの部屋を一緒に使われるようにと、伝えておったところだ。あの部屋には、寝台が二台入っておるからな」

マダガン修道士は、見極めるかのような一瞥《いちべつ》を向けながら、「心より、歓迎しますよ、修道士殿」と、エイダルフに告げた。だが、その目や微笑みからは、あまり温かな人柄は見て取れないようだ。

「それは、結構」とセグディー院長は、二人に告げた。結構という言葉を口にしながらも、彼の口調は、今もなお、かなり暗いようだ。「では、ブラザー・エイダルフ、深夜の礼拝で、またお目にかかろう」そう告げると、院長は心労の色を面に濃く浮かべたまま、去っていった。

「私は、この修道院の執事を務めておりましてな」とマダガンは、通廊を自分の部屋へと案内しながら、エイダルフに、まるで打ち明け話をするかのような口調で、話しかけた。「私の部屋は、一番広いので、心地よくお泊りになれると思いますよ」

そう言いながら、彼は自室の扉をさっと開いた。小型の寝台が二台と、机と椅子が一つずつ、備えられているだけの部屋だった。机の上には、蠟燭《ろうそく》が一本、置かれていた。それ以外には、小型の革表紙の本が一冊載っているだけで、全体として、珍しいほど簡素な部屋である。小さな机がもう一つ、扉の後ろに置かれていた。上には、洗面用の鉢と、水の入った水差し、それと手拭き用の数枚の布切れが載っている。

マダガン修道士は、小さな寝台をエイダルフに指し示した。「この寝台を、お使いなされ、ブラ……失礼、サクソンの名前は、どうも発音しにくくて。私の鈍《どん》な耳では、よく聞き取れませんでな」

「〝エイ・ダルフ〟です」とエイダルフは、辛抱強く、それに答えた。

「何か、意味があるのですかな？」

「単語としては、〝気高き狼〟という意味です」エイダルフの声には、わずかに誇らしさが聞きとれた。

マダガン修道士は、考えこむように、顎を擦った。「我々の言葉で、なんと訳したものやら。まあ、〝コンリー〟とでも、訳しますか。〝狼たちの王〟という意味ですよ」

エイダルフは、非難を響かせて、鼻を鳴らした。「人名は、なにも別の言語に訳する必要は、ありますまい。そのままでいいのです」

「まあ、そうでしょうな」と、修道院執事は答えた。「ところで、失礼ながら、我々の言葉を、流暢《りゅうちょう》に話されるようだが？」

エイダルフは寝台に腰かけ、坐り心地をそっと試しながら、それに答えた。「ダロウとトゥアム・ブラッカーンで、学んでいたのです」

マダガンは、驚いたらしい。「それなのに、まだ異国人の剃髪《トンスラ》をしておいでなのか？」

「私は、〈聖ペテロの剃髪〉をしているのです」と、彼はきっぱりと、相手の言葉を正した。

「我らの救世主《メシア》の茨《いばら》の冠にちなむ剃髪です」

「しかし、それは、我々ゲール五王国や、ブリテン、アルバ（スコットランド）、アルモリカ（ブルターニュ地方。古いローマ語の地名）などで用いられておる剃髪では、ありませんぞ」

「これは、ローマの教えに従う者が頭《こうべ》に頂いている剃髪です」

マダガンは、口許をすぼめ、苦い顔になった。「ご自分の剃髪を誇りにしておられるようですな、〝サクソンの気高き狼〟殿」

「私は、これ以外の剃髪をする気はありません」

「もちろん、そうであろうな。ただ、この地の修道士たちの目には、奇妙に映る、というだけです」

エイダルフは、これで会話を打ち切ろうとした。だがその時、はっと、あることを思いついた。「でも、これを目になさったことは、よくおありだったのでは？」と彼は、慎重に問い質《ただ》した。

マダガンは、手を洗おうと、洗面鉢に水差しの水を注ぎかけていたが、エイダルフを振り向いて、首を横に振った。「〈聖ペテロの剃髪〉を、ですかな？ ないと、思いますな。私は、この少し南に当たるクノック・ロイグダの丘陵地の生まれだし、このイムラックに来てからも、あまり修道院から出たことはありませんので。この辺の者は、私の故郷の丘を〝舟の丘〟と呼んでいます。姿が、舟の形をしていますのでな」

「以前にこの剃髪を見たことがないと言われるのでしたら、モホタ修道士の剃髪を、どう説明なさるおつもりです？　この剃髪は、モホタ修道士がしていたのと同じ剃髪ですからね」とエイダルフは、彼を追及した。

マダガンは、困惑の態《てい》で、肩をすくめた。「どう説明するつもりか、ですと？」と彼は、ゆっくりと繰り返した。「何を言っておられるのか、私には、全く理解できないが？」

エイダルフは、ほとんど地団太《じだんだ》を踏み鳴らさんばかりに、苛立った。「私の剃髪があなたには奇妙に見えるのであれば、モホタ修道士もごく最近、髪を伸ばし始めるまでは、私と同じ剃髪をしていたはずです。それに関して、何らかの説明をなさって当然なのではありませんか？」

マダガン修道士は、すっかり困惑していた。「しかし、モホタ修道士は、あなたと同じ剃髪など、しておりませんでしたぞ、〝気高き狼〟殿」

エイダルフは、辛うじて癇癪《かんしゃく》の炸裂《さくれつ》を抑えて、彼に説明してやった。「しかし、モホタ修道士は、二、三週間前まで、〈聖ペテロ型剃髪〉をしていたのですよ」

「あなたは、思い違いをしておいでだ、〝気高き狼〟殿。モホタ修道士は、我々、この修道院の修道士全員と同じく、〈聖ヨハネ型の剃髪〉をしておりましたぞ。左右の耳を結ぶ線まで、前頭部を剃りあげる型ですわ。したがって、〝茨の冠〟型の剃髪など、貴殿の頭上にしか、見ておりませんぞ」

エイダルフは、寝台の上に、どすんと腰を下ろした。すっかり仰天したのは、今度は彼のほうだ。

「ちょっと、頭の中を整理させて下さい、修道士マダガン。あなたは、モホタ修道士は、私と同じような剃髪はしていない、と言われるのですね？」

「そのような剃髪など、しておりませんでしたとも」と、マダガン修道士は断言した。

「それを隠そうとして、髪を伸ばしかけてはいなかったのですか？」

「その質問には、もっとはっきり答えられますぞ。していませんでしたとも。少なくとも、私が昨夜、晩禱の礼拝の際に見かけた時には、そんなことはしていなかった。いつもどおりに、〈聖ヨハネ型の剃髪〉でしたわい」

エイダルフは、相手が言っていることを、やっと把握した。彼は、マダガン修道士を茫然と見つめたまま、坐りこんでいた。

キャシェルで殺害された僧が何者であれ、たとえ刺青の図案も同じであり、モホタの容姿の描写にも合致していようと、あの者はイムラックのモホタ修道士ではないのだ。モホタでは、あり得ないのだ。でも、そのようなことが、起こり得るものだろうか？

第九章

翌日の朝、この日最初の食事を摂ろうと食堂へやって来たフィデルマは、食卓の向かい側に坐っているエイダルフを、かすかに笑みを浮かべた視線で見やった。

「このモホタ修道士の謎で、仰天していらっしゃるようね」とフィデルマは、自分の前に置かれた大きなパンの塊《かたまり》から一欠片《かけ》ちぎりながら、友をそのように観察した。

エイダルフは当惑して、わずかに目を丸くした。「あなたは、不安を感じていらっしゃらないのですか？　これは、奇跡に近い不可思議です。同じ人間が、どうして、こんなことになっているのです？」

「不安を？　いいえ、感じませんわ。ローマの歴史家タキトゥスが言っているではありませんか、〝未知なるものは、常に奇跡として片付けられる〟と？　そして、その不可思議が解き明かされると、それはもう、奇跡ではなくなってしまいますわ」

「では、この不可思議も、論理的に解明できると考えておいでなのですか？」

フィデルマは、窘《たしな》めるように、彼を見つめた。「いつだって、そうなるではありませんか？」

「いいえ、私には、これは解明可能なこととは、とても思えませんが」とエイダルフは、顎を突き出して、フィデルマに答えた。「私には、妖術の臭いがします」

「妖術ですって?」フィデルマは、それを一笑に付した。「私たち、これまでに、そうした謎を数々吟味してきて、結局、いずれも我々の理解力を超えるものではないと、解き明かしてきたではありませんか。このラテン語の格言、覚えておいて下さいな、エイダルフ。〝ヴィンキット・クイ・パティトール〟ですよ」

エイダルフは、苛立ちを隠そうと、面《おもて》を伏せた。「〝忍耐を通して、我々は勝利に到達する〟ですか。でも、我々も、これほど途方もない謎にぶつかったことは、今まで、ありませんでしたよ」そう言いながら、彼は面を上げた。その目が、ちょうど、こちらにやって来ようとしているマダガン修道士の姿を捉えた。「ほれ、モホタが失踪した時、その異変を最初に報告した修道士が、やって来ましたよ。この修道院の執事、マダガン修道士です」

長身の修道士は、微笑みながら、近寄ってきた。

「心地よい朝ですな」と言いながら、彼は腰を下ろし、フィデルマに話しかけた。「この修道院の執事です。マダガンと申します。いろいろ、お噂を伺っておりますよ、〝キャシェルのフィデルマ〟殿」

男の穿鑿《せんさく》の目を、フィデルマも彼に返したが、すぐに、自分が彼を嫌な男だと感じていることに気がついた。美男と言っていいであろう容貌なのに、どうしてだろう? 少し骨ばった、痩せた顔ではあるが、一目で嫌悪を感じるような顔ではないし、態度も、ごく友好的ではないか。何か、説明のつかない直感的な嫌悪感なのだろうと、彼女は一応、自分を納得させた。

フィデルマは、「お早うございます、ブラザー・マダガン」と答えながら、丁重に頭を下げた。「聖遺物の消失を発見なさったのはあなただった、と伺っておりますが」

「いかにも、私です」

「どういう形で、その発見をなさったのでしょう?」

「聖アルバの祝日ですので、私は朝早くに起きだしたのです。なぜなら、この日は……」

「祝日の行事の次第は、存じております」と彼女は、さっと彼の説明をさえぎった。

マダガン修道士は、目を瞬《しばたた》かせた。

フィデルマは、この時、気がついた。彼女がこの男に信用しかねる印象を受けたのは、このせいだったのだと。彼は、目を瞬《まばた》く時、上瞼《まぶた》をわざとのようにゆっくりと、目の上に下ろし、ふたたびそれを見開く時、まるで目を覆い隠すかの如くに、ごくわずかな間《ま》を置くのだった。親しげな仮面の下に隠れているのは、この冷やかな目だと、フィデルマは気づいた。それが、上辺の表情の下に、潜《ひそ》んでいるのだ。これが、きわめて鋭い観察眼でなければ摑みがたい、彼の本性なのだ。

「それは、結構」と彼は、言葉を続けようとした。「修道院では、この日は、いろいろ準備がありますので……」

「聖遺物の消失に、どのようにして気づかれたかを、話して頂けませんか?」

マダガンは、彼女の鋭い介入に、今度は驚かなかった。

「私は、聖遺物が置かれている礼拝堂に入っていったのです」と、彼は静かに答えた。

「でも、あなたは、アルバの聖遺物の管理責任者ではありませんね。どうして、そちらへいらしたのです？」声は、穏やかだった。だが、探索の問いかけであった。

「それは、私があの夜の当番、つまり見回り役だったからです。ほかの務めもありますが、安全を確認するための修道院の見回りも、私の任務の一つでしてな」

「何一つ、異常な点はなかったのですね？」

「見回りの初めのほうは……」

「礼拝堂へやって来るまでは、ですか？」

「はあ、聖遺物がいつも安置されている壁龕《へきがん》から失せていると気がついたのは、礼拝堂へ入った時でした」

「いつ頃でした？」

「夜明けの一時間かそこら、前でした」

「いつものところに安置されている聖遺物を最後に目にされたのは、いつでした？」

「晩禱《ヴェスパー》の時でした。我々全員、見ております。モホタ修道士も、おりました」

その時、エイダルフが遠慮がちに咳払いをして、口をはさんだ。「その聖遺物の筺《はこ》には、正確には、何が納められていたのです？」

マダガン修道士は、片手でもって、その大きさを示そうとするかのような仕草をしてみせた。

「我らが敬愛する聖アルバの遺物です」

「いや、そのことを伺ったのではありません。その聖遺物とは、どのような品だったのです？　私たちは、その一つは、聖アルバがローマから持ち帰られた磔刑像十字架《クルシフィックス》であったと、知っていますが」

「ああ、わかりました」とマダガン修道士は、楽な姿勢に坐りなおして、注意深く答えた。「その磔刑像十字架のほかに、聖アルバの司教指輪、聖アルバが使っておいでになったナイフ、サンダル、それに『聖アルバの教え』が一冊。これは、聖アルバのご真筆です。ああ、もちろん、聖アルバの聖餐杯《チャリス》も納められていましたよ」

「聖遺物の筐に何が入っているか、皆が知っているようですね。ということは、この修道院では、当たり前のことなのですか？」とエイダルフは、ふと訊ねてみた。「聖者がたの聖遺物が伝わっている教会の多くは、聖遺物筐を封印して、秘蔵しています。したがって、中にどのような工芸品が納められているか誰も知らないということも、よくあるようですが」

マダガン修道士は、即座に微笑を浮かべた。「この修道院では、これは、ごく当たり前なのですよ、〝サクソンの気高き狼〟殿」と彼は、ふざけた口調でエイダルフに答えた。「中身は、毎年、聖者の祝日に、儀式の間じゅう、陳列されていますからね。儀式の後、聖遺物は聖者の泉に運ばれて、祝福され、さらに聖者の墓所であることを示す石碑のところまで、運ばれるのです」

「世俗の世界の値打ちから言えば、皆、それほど価値はありませんね――磔刑像十字架以外は?」とエイダルフは、質問を続けた。

「磔刑像十字架に劣らず司教指輪も、ごく高価な品ですぞ」とマダガンは、それに答えた。

「司教指輪は黄金製で、宝石が嵌《は》めこまれていますからな。スマラグドゥスという、エジプト産の、緑色をした、珍しい宝石でして、カルディア人(古代バビロニア南部の住人。天文や占星に長けていたと言われる)の手で、指輪として細工されたそうですわ。この指輪も、磔刑像十字架と同じく、教皇ゾシムスがアルバに贈られたものです。磔刑像十字架のほうは銀製ですが、やはりスマラグドゥスが嵌めこまれています」

「スマラグドゥス?」とフィデルマは、記憶を探った。「暗緑色の宝石ですね?」

「このような宝石を、ほかでも、ご覧になったことがおありなので? この宝石は、アルバの磔刑像十字架の装飾にも、司教指輪のほうにも、用いられておるのです」

「ええ、見たこと、ありますわ。エメラルドと呼ばれる宝石です」

「では、世俗的な価値も、非常に高いのですね?」と、エイダルフは確認した。

「高価ですとも。しかし、この聖遺物が我々の修道院や、ひいてはモアン王国にとって持っている象徴的な価値に較べれば、取るに足らぬことです」

「そのことは、すでにエイダルフ殿に、ご説明してあります」と、フィデルマはマダガンに告げた。

マダガンは、軽く頷いた。「では、聖遺物を取り戻すことが、この王国の安寧《あんねい》にとって、いかに重大事であるかは、承知しておられるのですな。我々ゲールの民は、象徴的な意義を、真剣に受け止めるのです。ここモアン王国においても、国民《くにたみ》は、昔から、もしこの聖遺物が失われると、王国は、いかにしても防ぐこと不可能な大きな災難に襲われると、固く信じておるのです」

「聖餐杯も、非常に高価な物ですか?」と、エイダルフは訊ねた。

「やはり銀製で、貴石が何個も使われていますから、こちらも、高価です」

「この修道院で、聖遺物が消失したことを知っておいでなのは、どなたでしょう?」と、今度はフィデルマが訊ねた。

「ああ、嘆かわしいことながら、我々はこのことを、修道院で暮らしている者たちに、秘密にしておくわけにはゆきませんでした。とにかく、昨日は、修道士や修道女たちに、聖遺物を拝観させることになっている日でした。院長様は、このことが修道院の壁の外にもれることを防ごうとなさっておられますが、この話は程なく外部に広まりましょう。巡礼団は、港へ向かおうと、今朝出発することになっておりますが、彼らは、おそらく、外部の人々にこのことをしゃべるに違いない。一週間のうちに、このことは、モアン王国中に知れ渡るだろうと思います。モアンのみならず、エールの諸王国にも、です。我々モアンの民にとっては、それは〝王国の存亡の時〟となりましょう」

フィデルマも、この聖遺物の消失が何を意味するかを、十分に承知していた。キャシェルのオーガナハト王家を嫉視《しっし》し、その転覆を謀《はか》る好機を虎視眈々《たんたん》と狙う諸国の存在を、彼女はよく知っていた。とりわけ、オー・フィジェンティ大族長国のドネナッハの存在がある。彼は、モアン王国の崩壊を、嘆きはすまい。もしモアンの人々が聖遺物の消失に動揺動顛《どうてん》するあまり、運命に唯々諾々と従って、自ら立ち上がって王国を守護する勇気と気概を失ってしまえば、キャシェルは外からの攻撃と内からの崩壊を覚悟せねばならない。フィデルマは、自分の責任の重さを、切実に感じた。もしこの謎を解明できなければ、それも迅速にやり果《おお》せねば、キャシェルは惨禍《さんか》へ向かって、ひたすら突き進むことになるのだ。

「それで、聖遺物の消失を発見されてから、どうされました？」

「すぐさま、院長様を起こしに行きました」と、マダガン修道士は答えた。

「真っ直ぐ、セグディー院長様を起こしに行かれた？　どうしてです？」

この質問の意味を摑みかねたように、彼はフィデルマを見つめた。「どうしてか？」

「ええ、どうしてブラザー・モホタを起こしにゆかなかったのです？　彼は、聖遺物の責任者でしょう？」

「ああ！　そういう意味ですか？　後から考えれば、それが理にかなったことなのでしょうが、あの時は、そんな考え、思いつきもしませんでした。正直言って、この発見にショックを受けて、理屈など、どこかに吹っ飛んでしまったのです。先ず院長様にご報告しなければとしか、考えていませんでした」

「よくわかりました。それから、どうなりました？」

「院長様が、モホタ修道士に告げなければと言われまして、二人で彼の部屋へ行きました。でも、散らかった部屋を残して、部屋の主《ぬし》は姿を消していたのです。血痕も、残っていました」

フィデルマは急に立ち上がって、エイダルフとマダガンを驚かせた。

「ありがとうございました、修道士殿。私たち、モホタ修道士の部屋へ行って、調べてみます」と彼女は、マダガン修道士に告げた。

マダガン修道士も立ち上がり、「院長様から、お二人をご案内するようにと、言いつかっております」と言いながら、モホタ修道士の部屋の鍵を取り出し、院内の何か興味を引きそうな場所に説明を加えながら、二人をモホタの部屋へと案内してくれた。この饒舌《じょうぜつ》は、二人のために無理をしてのもてなしだったらしい。フィデルマとエイダルフは、そのことを後で話し合ったのだが、二人とも同じ印象を受けていたようだ。

フィデルマは、モホタ修道士の部屋の入口に立って、ひどく散らかった室内に、ごく細部に至るまで、今一度、鋭い観察の目を向けた。藁《わら》の敷布団は、修道士の小型の簡易寝台から、半ば引きずり下ろされている。溶けた蠟燭《ろうそく》が床に作った脂染《あぶらじ》みの上に、燃えさしの蠟燭が倒れており、木製の燭台《しょくだい》も、その近くに転がっていた。身仕舞い用の品までも、部屋のあちこちに落ちていた。だが、不思議なことに、寝台脇の小机は、傾きも倒れもしていなかった。その上に、ただ一つ載っている物があった。半分に折れた矢だった。フィデルマは、矢柄《やがら》の刻印に目を留めた。そして、即座に、それが何かに気づいた。部屋の隅には、上質皮紙《ヴェラム》等の文房具も散らばっていた。

マダガン修道士が、フィデルマの肩越しに中を覗きこみながら、指摘した。「ほれ、修道女殿、あの敷布団の上です。血痕が見えましょう？　院長様と私も、あれに気づきました」

「気づいていますよ」と彼女は短くそれに答えたが、そちらに向かおうとはせず、マダガンを振り返った。

「この両隣りの部屋についてですが……どなたか、使っておいでなのですか？」

マダガンは、頷いた。「どちらも、修道士たちが使っています。しかし、二人とも、今は薬草採集のために、出掛けています。一人は私どもの薬師《くすし》兼納棺師。もう一人は、彼の助手です」

「では、ブラザー・モホタがこの部屋から姿を消した時刻に、両隣りには人がいた、ということですか？」

「そうです」

「あなたも院長様も、何か異変が生じていたとの報告を、二人からお受けになっていないのですね？」彼女は、部屋の惨状に素早く視線を走らせながら、そう訊ねた。

「そのとおりです」

フィデルマは、しばらく沈黙した後、「仕事がおありでしょうから、これ以上ここにお引き留めはしませんわ、ブラザー・マダガン。ここの検分を終えました後、どこへ行けば、あなたにお会いできますか?」

このようにあっさり放免されたマダガンは、その失望を隠そうと努めながら、「食堂におりますよ」と答えた。「午前中に出発される巡礼団の方々を、お見送りせねばなりませんのでね」

「わかりました。私たち、すぐ、そちらに加わりますわ」

エイダルフは、回廊《クロイスター》を去っていくマダガンをちょっと見守っていたが、やがてフィデルマに、訝《いぶか》しげな顔を向けた。だが彼女は、それには取り合わずに、モホタの部屋へ視線を戻し、無言のまま、静かに立ちつくしていた。エイダルフは知っていた。こういう時の彼女は、そっとしておくほうがいいのだ。やがて彼女は、部屋の中へ足を踏み入れ、扉の片側で、ふたたび立ち止まった。

「エイダルフ、今私が立っているこの位置に、あなたも立ってみて下さい。そして、どういう印象を受けたか、聞かせて欲しいの」

わけがわからないまま、エイダルフは歩み寄り、フィデルマの脇に立った。そして、乱雑に散らかった室内を見まわした。部屋が無秩序に乱れていることは、一目で見て取れる。

「この様子から見ると、モホタ修道士は、激しく争った挙句、無理やり部屋から連れ出されたようですね」

フィデルマは、それを認めるように、頷いた。「部屋の様子から見ると、そのようね」と彼女は、彼の言葉を、穏やかな口調で繰り返した。「でも、両隣りの部屋の住人は、騒動があったという報告をしてはいませんわ」

エイダルフは、その言葉にかすかな抑揚を聞き取って、ちらっと彼女を見やった。「この状態は……」と彼は、言葉を探した。「……つまり、これは、わざと作り上げられた混沌《カオス》だと、言われるのですか?」

「ええ、そう思います。いろんな物が部屋中に散乱していますが、その惨状を、よく見てご覧なさいな。敷布団も衣服も、寝台から引きずり下ろされています。全て、激しい争いを示唆しています。その争いは、理詰めに考えれば、晩禱の後から夜明け一時間前までの間に生じたはずですわね。でも、ここに示されているような争いが本当に起こったのでしたら、両隣りの住人は、どんなに眠りが深い人たちであっても、騒音で目を覚ましたはずではないかしら?」

「両隣りの住人に、確認したほうがいいですね」

フィデルマは、微笑した。「私の恩師、ブレホン〔裁判官〕のモラン師は、おっしゃいましたわ、〝何も知らぬ人間は、疑問を持つことも知らぬ〟と。お見事よ、エイダルフ。私たち、あなたがおっしゃるとおり、その二人に訊ねてみなければ。でも私、それぞれ自分の部屋にいた二人は、物音で眠りを妨げられはしなかったのだろうと、思っていますわ。今私たちが話し合っている推量こそ、理屈にかなった、唯一の解釈ではないかしら」

エイダルフは、お手上げだ、というような仕草をしてみせた。「では、この惨状は、モホタが設《しつら》えた偽装だ、ということですね。でも、どうして、そんなことをしたのでしょうね？」

「あるいは、別の人間が、このように設えたのかも。でも、今の段階で、結論を出すわけにはゆきませんわ」

「もしキャシェルで殺害された僧侶がモホタ修道士であるのなら、一応、理屈にかないます。でも、マダガン修道士は、モホタは〈アイルランド型の剃髪《トンスラ》〉だった。決して〈ローマ型〉ではなかったと、言い張っています。髪は、一日で、そんなに伸びるはずはありません。それに、オーラの泉の旅籠《はたご》の主《あるじ》も、一週間前に泊った修道士は、剃髪を隠そうとするかのように、毛髪を伸ばしかけていた、と言っていますから、殺害された僧侶は、モホタ修道士ではないことになります」

「そのとおりね。確かに、二人は別人のようです。でも、キャシェルの死体とモホタ修道士の容姿が、腕の刺青《いれずみ》を含めて、これほど似かよっていることの説明、どうつけたらいいのでしょう？」フィデルマの目が、一瞬、きらりと光った。「でも、これらは、皆、事実です。となると、私たちが絶対に確かだと言い切れるのは、〝我々は、何もわかっていない〟ということだけですわ」

エイダルフは、やれやれとばかりに天井を見上げた。「それもまた、ブレホンのモラン師のお言葉なのでしょうね？」からかいの質問のようだ。

フィデルマは、彼の揶揄《やゆ》を無視して、ふたたび室内を見まわした。

「これを整えたのがモホタ修道士であろうと他の誰かであろうと、その人物は注意深く、この場面を作り上げたようですわ。ご覧なさい、敷布団の動かし方を。正常な視力を持った人間なら必ず気づくような形で、血痕が付けられています。争っているうちに、敷布団がこのような形にずり落ちることもあるかもしれませんが、これは、やはり意図してこのように整えられたのですわ。それに、たとえ格闘があったにせよ、どうして戸棚の中の衣類まで、部屋中に散らかるでしょう？」

フィデルマの観察の目が捉えたこうした細部に、エイダルフも気づき始めた。

「寝台脇の小机に載っていた矢にも、気づかれたかしら？」とフィデルマは、彼に問いかけた。

エイダルフは、胸の内で呻き声をもらした。それに気づいてはいたものの、それはこの混沌状態の一部であるとしか、意識していなかったのだ。今、改めてじっくりと眺めてみて、彼もその矢柄に押された刻印の意味に、気がついた。この矢は、暗殺の決行を企てていた時に射手が構えていた矢と、同種の物なのだ。その後、フィデルマが持ち歩いていて、やがてクノック・アーンニャの矢矧《やはぎ》職人によって作られた物だと判明した矢と、全く同じタイプだった。

「ええ、見ました」とエイダルフは、短く答えた。

「これを、どうお考えになるかしら？」

「どう考えるって、これは二つに折れた矢の後ろ半分、つまり矢羽根の付いている半分で、小机の上に落ちたのだと思います」

「落ちた？」まさか、というように、語尾が上がっている。「これは、誰の目にも留まるようにと、わざと小机の上に置かれたものです。争い合っているうちに折れてしまったのでしたらもう半分は、どこにあります？」

エイダルフは視線を下げて床を探し始めた。だが、いくら注意深く探してみても、見つけることはできなかった。「どういうことですかねえ」

「私同様、あなたにもおわかりのはずですよ」とフィデルマは、冷静にそれに答えた。「もしこの部屋が、私たちに見せるために……そうね、誰かに見せるために、何者かによって注意深く設えられたのでしたら、そこにどのような意味が託されていると思われます？」

エイダルフは、答える前に、腕を組んで、周りを見まわしてみた。「モホタ修道士は、姿を消しました。室内は、モホタ修道士が荒々しく争いながら連れ出されたと、人々に思わせるはずでした。敷布団の血痕や部屋の乱雑さが、それを示唆しています。それから、寝台脇の小机に載っていた折れた矢ですが……ああ、それは、こういうことだと思います。襲撃者は、モホタの体に矢をつき刺したのだが、矢は折れて、鏃《やじり》の付いているほうは、そのままモホタの体に残り、矢羽根の付いているほうが、この小机の上に落ちたのです」彼は、フィデルマが同意してくれるかどうかと、ちらっと彼女に視線を向けた。

「見事な解釈ね、エイダルフ。それこそ、何者かが、私たちに信じさせたいと試みた状況でしょうね。でも、室内は、あまりにもそれらしく出来すぎています。ですから、私たち、この部屋に残された本当の意図を、探し出さなければなりませんわ」

ここで初めて、フィデルマは室内に足を踏み入れて、一歩一歩と慎重に調べ始めた。やがて彼女は、折れた矢を拾い上げ、自分のマルスピウム（携帯用の小型鞄）にしまいこみながら、「私たちがもっと事実を手に入れるまで、この部屋は、これ以上、何も教えてくれないようです」と、エイダルフに告げた。続いて彼女は、部屋の隅の文房具やヴェラムのほうに、取りかかった。

「モホタ修道士は、きれいな文字を書いています。どうやら、『聖アルバの生涯』を執筆していたようね」そう言いながら、彼女はヴェラムを一枚取り上げて、声を出して読み上げ始めた。「〝彼は、我らの主《しゅ》の御年五二二年に始まった『イムラック年代記』に記されている如くに、百歳になられた時に、キリストにより、永遠《とわ》の安らぎへと、お呼ばれになった〟」彼女は、ここで朗読を途切らせた。「残りは、なくなっているようです。でも、ここに、別のヴェラムの切れ端が、残っていますわ」彼女は、こちらのほうを、読み続けた。「〝聖アルバのご逝去は、北方の書記僧たちによって誤り伝えられた。なぜなら、彼らは、〝アード・マハのパトリック〟より前に、聖アルバがモアン王国に現れたという事実を、認めたがらなかったからである〟」

「その文書、何か意味がありそうなのですか？」とエイダルフは、訊ねてみた。

「多分」と彼女は、二枚のヴェラムを筒状に巻いて、マルスピウムに納めながら、それに答えた。それから、もう一度、室内を見まわした。「この部屋は、これ以上、秘密を明かしてくれそうには、ありませんね。さあ、行きましょう」

マダガン修道士がこの部屋の鍵を渡しておいてくれたので、フィデルマはエイダルフと共に通廊《コリダー》へ出ると、扉を施錠し、食堂へと戻った。外には、十二、三人の男女の聖職者が、長い外套に身を包み、荷物を持ち、それぞれ巡礼杖を携えて、集まっていた。セグディー大修道院長が、彼らの前に立って、親指と第三指（薬指）の指先を突き合わせ、第一指（人差し指）、第二指（中指）、第四指（小指）は三位一体を象徴して上へ伸ばすという、アイルランド（ケルト）・カトリック教会の祝福の授け方で、右手を差し上げていた。

院長は、福音の言葉と考えられていたギリシャ語でもって、祝福を一行に授けた。

やがて巡礼たちは、荷物を肩に背負い、二列になって、すでに大扉が開かれている大修道院の正門へと向かった。彼らは、歩みながら、〝カンテムス・イン・オムニ・ディエ（我ら、日日、歌わむ）……〟と、ラテン語で喜びの聖歌を歌い始めた。

「我ら、日々、歌わむ、

さまざまなる和声でもって、

神に向かいて、高らかに、
聖なるマリアへの、良き讃歌を……」

エイダルフは、それを自分のサクソン語に訳して、そっと共に歌った。
歌いつつ進みゆく巡礼の一団は、すぐに大修道院の正門をくぐり、彼らの旅へと、出立《しゅったつ》していった。彼らの歌声は、修道院の外壁の彼方へと、次第にかすかになり、やがて消えていった。

フィデルマとエイダルフが巡礼団の出立を眺めているところへ、がっしりとした体格の男がやって来た。普通の背丈で、筋肉がよく発達した頑強な体をしており、髪はごく普通の灰色がかった褐色だった。彼は、労働者階級の男たちが着る衣服の上に、革の上着《ジャーキン》を着て、腰のベルトに短い剣を差している。よく輝く、鋭い目だ。赤ら顔で、かつては美丈夫であったのだろうが、今はその面影を留めているというには、いささか肉付きが良すぎるようだ。だが、若い頃には、その容貌で、大いに人生を楽しんだのであろう。彼からは、いかにも富を手に入れた男という匂いが漂ってくる。〝手に入れた〟というのは、その富を、これ見よがしに身につけているからだ。やたらと宝石を身に飾り、それが衣服の選択とちぐはぐなのだ。生まれながらに富に恵まれている人物なら、富をこのように悪趣味に見せびらかすことはあるまいに。フィデルマは、浮かび出てくる微笑を、押し戻しはしたものの、この見栄っ張りな男には、つい〝ルクリ・ボヌス・エスト・オドル（金《かね》の匂いは、いと甘し）〟というラテン語の銘を記した看板を首から吊るした姿を、想像せずにはいられない。しかし、フィデルマは訝った。この言葉、どこから飛び出してきたのだろう。そして、思い出した。そう、ユウェナリス（六〇?〜一二七。ローマの風刺詩人）の『風刺詩』からだ。とにかく、この男は、この金言に異を唱えることは、あるまい。

「フィデルマ様でいらっしゃいますか?」男は、きらめく目を細めて、見定めるようにフィデルマを見つめながら、そう問いかけてきた。

彼女は、挨拶の印に、頭を軽く下げながら、それに答えた。「〝キャシェルのフィデルマ〟です」

「私をお探しだと耳にしました。〝キャシェルのサムラダーン〟であります」

フィデルマは、彼の水色に輝く目を捉え、じっとそれを見つめた。先に視線を逸らしたのは、彼のほうだった。

「何か、お役に立てることが、ありますでしょうか?」とサムラダーンは、落ち着かなげに足を踏み替えながら、フィデルマに問いかけた。

フィデルマは、突然、親しげな笑みを浮かべた。「ブラザー・モホタを、ご存じかしら?」

商人は、首を横に振った。「姿を消している修道士ですな。修道院では、皆、そのことを話しておりますよ。だが、私は、モホタ修道士様を知りません。私が取り引きするのは、この修道院の執事の、マダガン修道士様だけでして。ああ、それと、もちろん院長様にも、お会いしとります。モホタ修道士様とは、お会いしたことありません。そりゃあ、修道院の中で出会ったかもしれませんが、お名前を伺ったことは、ありませんな」

「キャシェルに、倉庫を持っていますね？」

商人は、用心しながら、頷いた。「はあ、市《いち》の広場沿いに。住まいも、町の中に持っとります」

「昨日の午前中、あなたの倉庫の屋根の上から、兄コルグー王と、オー・フィジェンティの大族長殿を狙って、暗殺者が矢を射かけました」

商人の顔が、かすかに蒼ざめた。「この数日、私はここ、イムラックに来ておりました。そんなこと、何も知りませんでした。それに、誰だって、私の倉庫の屋根に登ることはできます。平らな屋根で、登るのも簡単ですから」

「なにも、あなたを咎《とが》めているのでは、ありませんよ、サムラダーン」とフィデルマは、相手を抑えた。「でも、あなたは、こうしたことを知っておく必要があるだろうと思っただけです」

商人は、慌てて頷いた。「もちろんです……私は、そのう……」

「クノック・アーンニャ領の人たちとも、取り引きをしているのですか？」

「いいえ。この修道院とだけです」

「限られた取り引き相手なのですね？」とフィデルマは、微笑みかけた。「それにもかかわらず、ここを度々訪れては滞在しているのですから、この修道院はずいぶん良い取り引き相手なのですね？」

サムラダーンは、躊躇《ためら》いを見せて、それに答えた。

「私が言いましたのは、この地域では、この修道院とだけ取り引きをしている、という意味です。ほかに、この北に当たるキル・ダルア（現キラルー）や、南のリス・ヴォール（現リスモア）の修道院とも、取り引きをしとります。ここのところ、もっと北のほうのウラー王国のアード・マハの修道院にも、行ってきました。大変きつい旅ではありますが、この二カ月で二度も、出掛けております」

「どのような物資を商っているのです？」

「主に、小麦や大麦を売って、羊毛を仕入れとります。キル・ダルーア周辺には、革加工にかけて、第一級の鞣《なめ》し革職人や細工職人たちがおりますので。そこで私どもは、彼らから革の上着、液体を入れる革袋、靴といった製品を買い付けて、南部で売る、という商売もしております」

「なんと、興味深いこと。金属製品も、商っていますか？」

サムラダーンは、それを退けた。「金属製品は、私の馬たちにとっては、骨折り仕事です。それに、積み荷が重くなりますから、道もはかどりません。第一、結構いい鍛冶師や鍛冶職人は、モアン王国中の到るところにおりますから」

「では、銀のような金属類は、扱わないのですね？　ここの南のほうには、銀鉱山もあり、高価な銀製品も作られているのでは、ありませんか？」

サムラダーンは、首を強く振った。「〝良くも悪しくも、己《おの》が道一筋。その道に熟達するには、経験あるのみ〟ですよ」と彼は、格言を持ち出して、答えた。「私は、自分が承知している商売に徹します。銀については、何も知りませんのでね」

「賢明な方針ですね」とフィデルマは、愛想よく同意した。「十分に心得ていない商いは、成功の敵、ですものね。昔からキャシェルに住んでいたのでは、ないようですね？」

「こちらに来て、三年です」と、サムラダーンは答えた。

「すると、その前は、どこで商売の采配を振っていたのです？」

今、商人の目は、ちらっと揺れたのでは？「コルコ・バスキン族長国にいました」

「そちらの出身ですか？」とフィデルマは、さらに問いかけた。

思わず挑むような動作が出たのか、サムラダーンの顎が、つっと上がった。「そうです」と肯定した彼の態度は挑戦的であった。だがフィデルマは、それ以上は何も言わなかった。

しばらく、沈黙が続いた後、商人はフィデルマの注意を引こうと、大きく咳払いをした。

「これだけでしょうか？」

フィデルマは、そのことはわかりきっているだろうに、気づいていなかったのかというように、彼に微笑みかけた。

「ええ、もちろん、これだけですわ。ただ、キャシェルに戻ったら、あの恐ろしい事件に関連して、あなたは質問されるかもしれません。すでに私に話したと答えても、構いませんよ。でも、ブレホンがたは、あなたの証言をお求めになるでしょうね」

サムラダーンは、愕然としたようだ。「どうして私が質問されねばならないのです？」と彼は、フィデルマに聞きたがった。

「すでにお話ししたように、あなたの倉庫が暗殺者たちに利用されたからです。誰も、あなたを咎めてはいません。でも、この事実について、質問はされるでしょうね。私に答えられたように、自分はこのことについて、何も知らないと、答えればいいのです」

商人は、困ったようだ。「実は、ここ数日、キャシェルに戻る予定はないんですが」と彼は、もぞもぞと答えた。「キャシェルに戻る前に、北のアラーダ・クリアック族長国で、一つ取り引きを予定しておりまして、明日の朝早くに、出発するつもりなのですが」

「では、どうぞ、良い旅を」フィデルマは、サムラダーンにそう告げると、エイダルフについてくるようにと合図をした。

「あれは、どういうことだったのです？」話が聞こえないだけ遠ざかるや、エイダルフは早速フィデルマに問いかけた。

フィデルマは、軽くエイダルフを窘めた。「ご覧のように、このサムラダーンとはどういう男かを、ちょっと確かめようとしただけですわ」

「そして、彼は見かけどおりの男だと、満足されたのですね？」

「いいえ」

エイダルフは、この不可解な返答に、まごついた。

フィデルマは、彼の物問いたげな視線に気づいて、それに答えた。「サムラダーンは、自分で述べているとおりの男かもしれません。でも、彼、コルコ・バスキンの出身だと、認めましたわ」

「私には、コルコ・バスキンの人間ということがどういう意味を持っているのか、よくわからないのですが」と、エイダルフは反問した。「そこに、どういう意味があるのです？」

「彼らは、オー・フィジェンティ大族長を宗主に仰ぐ人たちです。また、自分たちは、古《いにしえ》カース王の末裔《まつえい》だとも、称しています」

「では、サムラダーンが、何らかの陰謀に加担していることも、あり得ますね？」とエイダルフは、示唆してみた。

「私は、あの男を信用していません」と、彼女はそれに答えた。「でも、たとえ彼が何らかの企みに関与しているにしても、オー・フィジェンティと結びついているかどうかは、わかりませんよ。ただ、彼は、自分がコルコ・バスキンの人間であることを、すんなりと認めたわけではありませんでしたね。とにかく、相手に全く疑いを持たないよりも、疑惑を持ってかかるほうがいいかもしれません」

それに対して、エイダルフは何も言わなかった。

二人は、修道院の正門近くで、マダガン修道士と修道院長が話し合っているのに気づいた。セグディー院長は、フィデルマに気づくと、すぐに熱心に問いかけてきた。「何か、解決できましたかな?」

「結論が出るには、まだまだ早すぎます」と答えながら、フィデルマは、モホタ修道士の部屋の鍵を、マダガン修道士に返した。「何か確実なことを摑みましたら、すぐにお知らせしますわ」と彼女は、院長に告げた。

それでも、セグディー院長は、気が気でなさそうだった。「儂《わし》は、きっと、奇跡を願っておるのでしょうな。だが、少なくとも、聖遺物の中の聖アルバの磔刑像十字架は、無事取り戻されましたな」

フィデルマは、安心させるように、片手を老院長の腕に置いた。できるものなら、昔からの友であり、彼女の一家の良き支えでもあるこの老人に、元気づけるような、何かもっとはっきりしたことを告げてやりたかった。

「どうぞ、必要以上に心配なさらないで、セグディー院長様。もし解決可能な事態であるのなら、私ども、必ず解決いたします」

マダガン修道士が、「私は、これから通常の務めに戻らねばならないのですが、その前に、何かお役に立てることがありますでしょうか？」と、問いをはさんだ。

「ありがとうございます。でも、今のところ、何もありませんわ。ブラザー・エイダルフと私は、これから町へ行ってみようと思っていますので、しばらく、留守にいたします」そして、ちょっと躊躇いを見せつつ、訊ねてみた。「ああ、そうでした。モホタ修道士の両隣りの部屋を個室として割り当てられている修道士がたがおられるとのことでしたね。どこへ行けば、その人たちに会えますでしょう？」

マダガン修道士は、それに答えようと視線を上げて、フィデルマの肩越しに、正門のほうを見やったが、すぐに彼女に教えてくれた。

「おや、ついておいでだ。その二人の修道士が、今、正門を入って、こちらにやって来ようとしておりますよ」

フィデルマとエイダルフが門のほうへ視線を向けてみると、ちょうど二人の修道士が入ってくるところだった。一人は、薬草やその他の草を山積みにした手押し車を押している。今朝採集してきた野草類なのだろう。

彼らに会おうと、フィデルマとエイダルフはそちらへ向かったが、エイダルフは、そっと彼女に言ってみた。「私たちがこれまでに摑んだことを、院長殿に報告しておあげになったほうが、良いのではありませんか？」

フィデルマは、眉を弓なりに吊り上げた。「私たちが摑んだこと？　私たちが何か摑んだとは、思いませんわ」

エイダルフは、戸惑いを身振りで伝えた。「ブラザー・モホタは、皆を惑わせる目的で、わざと自分の部屋を荒らしたという点で、私たちは同意見だと、思っていましたが？」

フィデルマは、非難の目をエイダルフに向けた。「私たちが発見したことは、それに明確な説明をつけられるまでは、私たちだけの秘密にしておきましょう。荒らされていた部屋はモホタ自身が設えたものだったという私たちの発見を、今、明らかにして、なんになりましょう？この発見は、何者であるか、まだわかっていない陰謀者一味にも伝わり、彼らはいっそう入念に、行方を晦《くら》ませる、という結果になるだけです。このことは、しかるべき時が来るまでは、伏せておきましょう」


フィデルマは、二人の修道士に視線を向けて、挨拶の声をかけた。「お早うございます、ブラザーがた。私は、〝キャシェルのフィデルマ〟と申します」

彼らの挨拶からすると、すでにフィデルマについて、承知しているようである。フィデルマの到着の知らせは、たちまち修道院中に広まっているらしい。

「お二人は、それぞれ、ブラザー・モホタの両隣りの部屋を、私室に使っておいでだそうですね？」

二人のうち、年長の修道士のほうは、フィデルマよりわずかに年上であるようだ。若いほうの修道士は、まだ十代の、若々しい顔をした金髪の少年だった。おそらく、〈選択の年齢〉に達したばかりであろう。

「ブラザー・モホタのこと、何かわかりましたか？」と、若いほうの修道士は、フィデルマに訊ねた。「ブラザー・モホタの失踪と聖遺物が消え失せたこと、修道院中に知れ渡っているんです」

「まだ何もわかっていませんよ、ブラ……？」

「わたしは、デイグって言います。こっちは、ブラザー・バルダーン。この修道院の薬師《くすし》で、ご遺体のお浄めなんかをする納棺師でもあるんです」少年修道士は、自分より偉い人物を紹介する際の誇らしさを覗かせて、フィデルマにそう説明した。さらに彼は、熱心に言葉を続けた。

「修道院中、あなたのご到着の話で、もちきりなんです、フィデルマ様」

「シスター・フィデルマですよ、ブラザー・デイグ」と彼女は、柔らかく、若者の言葉を訂正した。

「何か、お役に立つことでも？」と、年上の修道士が、若い同僚より冷淡な口調で、二人の会話をさえぎった。

「ブラザー・モホタが聖アルバの祝日の前夜、終禱（一日の最後の、第七時の時禱）から夜明け直前までの間に、自室から姿を消したことは、知っていますね？」

「その程度は、知っています」とバルダーン修道士は、素っ気ない口調で質問に答えた。フィデルマは、自分を見つめるバルダーン修道士の目に、不信の色を認めた。彼は、浅黒い顔の若者だった。髪は、鴉《からす》の羽のように黒々としているが、青く光るような艶のある黒だ。黒っぽい目は、まるで隠れている敵を探しているかのように、神経質に素早く周囲を見まわしている。髭はきれいに剃ってあるものの、顎の辺りには剃り跡の黒っぽい翳《かげ》が浮かんでいて、頰の白さと対照的だ。

「あの夜、つまり、モホタ修道士が姿を消した夜のことですが、二人とも、自室で眠っていたのですね？」

「そのとおりです」

「夜の間、何か物音を聞きませんでしたか？」

「わたしは、熟睡するほうです、修道女殿」とバルダーン修道士は答えた。「何かあったとしても、目は覚めなかったでしょうね。わたしは、何も聞いていません」

「あの、わたしは、目を覚ましましたよ」と、デイグ修道士のほうは、はっきりとフィデルマに告げた。

フィデルマは、彼のほうへ向きなおった。これは、彼女が予期していなかった反応だった。バルダーン修道士が腹立たしげに顔をしかめて、少年に目を走らせたのが彼女の視野の端に映った。彼は、口を大きく開けようとした。フィデルマは、一瞬、彼が少年を叱りつけるかと感じた。だが、そういうことには、ならなかった。

「眠りが妨げられたことを、報告しましたか?」

「いえ。そんな騒ぎじゃなかったんです」と、少年は答えた。

「では、どのような騒音だったのです?」

「わたしは、眠りが浅いんです。夜中に、扉が閉まった音がして目が覚めたこと、ちゃんと覚えています。風のせいだったんだと思います。だって、ブラザーがた、自分の部屋の扉を、あんなふうには閉めませんから。あの時は、ばたんって閉まったんです」

「それから、何が起こりました?」と、フィデルマは訊ねた。

「何にも。それで、寝返りを打って、また眠ってしまいました」

フィデルマは、失望した。「どこの扉が激しく閉まったかは、わからないでしょうね?」

「わかりません。でも、こういうことは、言えます——ちょうど、その時刻に、ブラザー・モホタの部屋で取っ組み合いがあったらしいって、後で聞いたんですけど、そんなこと、あり得ないって、はっきり言えますよ」

「というと?」とフィデルマは、少年を励ました。

「だって、もしそんな取っ組み合いがあったのなら、わたしはそれを耳にしたはずです。でも、扉がばたんと閉まったほか、わたしの眠りを邪魔するものは、何もありませんでした」

バルダーン修道士は、信じられないというように、にやりと笑った。「よせよ、デイグ……若者は嵐の中でも眠ってしまう、と言うぜ。あの夜、ブラザー・モホタの部屋では、異常なことは何も起こらなかったと、どうしてそうはっきりと言えるんだ？　これまでに聞いた話では、証拠はその反対のことを示しているそうだぞ」

「そんな争いがあったなら、目が覚めたはずだもの」とデイグは、憤然と、彼に答えた。「だからこそ、扉が閉まる音で目が覚めたんじゃないか」

「まあ、わたしは何も聞かなかったってことさ」とバルダーン修道士は、問答を打ち切った。

フィデルマは、二人に礼を述べると、彼らを正門のところに残して、町へ向かった。だが、少し先の四角い広場へやって来ると、それを横切りながら、首を捻《ひね》って修道院を振り返った。バルダーン修道士は、まだ門のところに立っていた。若いほうの修道士と、言い合っているようだ。それが、フィデルマの興味をそそった。どうやら、バルダーンが、かなりはっきりした口調で、デイグを叱りつけているらしかった。


エイダルフは、バルダーンたちの口論には気づいていないらしく、フィデルマに話しかけた。

「あなたの指摘が、証明されましたね？　モホタ修道士の部屋で、取っ組み合いはなかったのです」

フィデルマは後ろを振り返り、エイダルフの言葉をさえぎった。「でも、そのことは、私たちに何を示してくれるのでしょう？」と彼女は、エイダルフに歩調を合わせて広場のイチイの大木の前を通り過ぎながら、彼にそう問いかけた。

「どういうことですか?」というのが、エイダルフの反応だった。

「もし私たちが、モホタ修道士はキャシェルで殺害された正体不明のあの死者と同一人物だと確認できるのであれば、モホタ修道士の行為について私たちが発見した事実にも、何らかの解明がつくかもしれませんわね。とにかく、マダガン修道士を初めとする、ここの修道士がたから聞き取ったモホタ修道士の容姿と、私たちがキャシェルで調べた死者の特徴は、一致します。ところが、一点だけ、どうにも一致しない特徴がありますわ」

エイダルフは、呻き声をもらし、両腕を雄弁に広げてみせた。「わかっています。剃髪《トンスラ》ですね。私は、それについて、何か理にかなった説明がないものかと、幾度も考えてみました。モホタ修道士は、わずか四十時間ほど前に、ここで姿を見られています。その時、彼の頭は、〈聖ヨハネ型〉の、つまり〈ケルト・カトリック型〉に剃られていました。ところが、私たちがモホタ修道士だと思い込んだこの男は、二十四時間前に、キャシェルで、〈聖ペテロ型の剃髪〉を戴いた姿で、発見されました。でも、その頭髪は、二、三週間前から伸ばされ始めたことを、物語っていました。こうしたさまざまな要素が、一体どうしたら、結びつくのでしょう?」

「もう一点、忘れていらっしゃるわ」とフィデルマは、彼に指摘した。

「何を忘れていると、おっしゃるのです?」

「オーナが、同じ剃髪をした同じ男を、事件の一週間前にも、オーラの泉で見ていますよ。セグディー院長は、モホタは修道院から出ることはほとんどないと、言っておいででしたのに。これまた、キャシェルの遺体はモホタ修道士ではないという、もう一つの証《あか》しですわ」

エイダルフは、うんざりしたように、頭を振った。

「これを解く、理屈に合った説明など、とても私には見つけられそうにありませんね」

「これで、おわかりでしょ、セグディー院長に、私たちの疑問をお話しすることが、いかに無駄であるかが？　私たちが何か答えを見つけ出すまで、疑問はそっとしておきましょう。まだ、解明したわけではありませんもの」

エイダルフは、自分の過《あやま》ちを、思い知らされた。

二人は、広場を通り抜け、人家や納屋などさまざまな建物が集まっている区画へと差しかかった。これが、イムラックの町を形成する建物群だった。こうした建物は、大修道院やその敷地内に建つ教会のお蔭で、過去百年の間に、徐々に町へと成長してきたのだった。歴代のオーガナハト王家の王たちは、即位に際して、王としての誓言《せいごん》を立てるために、ここに聳《そび》えるイチイの老木に詣《もう》でるのであるが、イムラックは、初めの頃は、イチイの大木の周りのわずかな人家の集まりにすぎなかった。だが、大修道院が建ち、それが商人や大工や、その他さまざまな人々を引きつけ始め、やがてイムラックは、数百人の人口を擁《よう》する規模へと、成長した。今や、この町は、大修道院の石壁を背にした門前町である。

フィデルマは、建物群の外《はず》れに立ち止まって、辺りを見まわした。

「これから、どこへ行くのです?」と、エイダルフが訊ねてみた。

「もちろん、鍛冶師に会いに、ですわ」と彼女は、短く答えた。「ほかに、どこがあります?」

第十章

フィデルマとエイダルフは、さらに進んで、まだ修道院の正門が見える地域ではあるが、一群の建物が適当な間隔を置いて大通り沿いに立ち並んでいる辺りへと、やって来た。鍛冶師の仕事場がどこか、訊ねるまでもなかった。鞴《ふいご》の重い息遣いや、鉄と鉄がぶつかり合う金属的な響きが、はっきりと聞こえていた。

鍛冶師の仕事場は石造りで、炉は床の大きな敷石の上に設けられていた。敷石の一つには、小さな孔《あな》が穿《うが》たれており、この孔に、一本の管《くだ》が通っていて、鞴から押し出されてくる空気を炉の中で燃えさかる炎の中へと送りこむのだ。

仕事場を満たしている轟々《ごうごう》たる大騒音は、四つの送風室《チャンバー》を備えた大型の鞴が吹き出している鍛冶場の息吹《いぶき》だったのだ。エイダルフは、このような大掛かりな鞴があることは聞いていたが、目《ま》の当りにするのは、これが初めてだった。彼はまた、このような大型鞴は、二つの送風室を持つ普通の鞴よりも、空気をずっと均等に炉へ送りこめるのだとも、聞いていた。だがこれが、いっそう苛酷な労働を強いる作業であろうことも、容易に見て取れた。現に鍛冶師は、頑強な鞴踏みの男に助けられながらも、炉を前にして大汗をかいているではないか。一番端の送風室の上には、二枚の短い板が取り付けられていた。この板の上に乗って、慎重に歩いているかのように、片足ずつ交互にこの踏み板を踏んだり緩めたりして、空気を炉に送りこむのが、鞴踏みの役割なのである。彼が歩みを速めれば、その分、鞴も素早く活動するのだ。

鍛冶師は、三十代であろうか、がっしりとした体格の、筋肉質の男だった。革のズボンをはいているが、シャツは着ていない。ただ、柔らかな鹿革のエプロンでもって、火花から身を護っている。彼は、灼熱《しやくねつ》した鉄の塊《かたまり》を火挟《ひばさ》みで取り出し、振り向いて大きな鉄床《かなとこ》にそれを置くと、もう一方の手で鉄槌を振り上げて、轟音《ごうおん》を立てて鉄の塊を打ち始めた。やがて彼は、ふたたび振り向いて、水を張った槽《ふね》に、鉄塊を突っ込んだ。

だが、鍛冶師は、フィデルマたちが近寄ってくるのに気づいて手を止め、熱く燃えさかっている炉の火に向かって、唾を吐いた。一瞬、炉から、じゅっという音が立ちのぼった。

鍛冶師は、二人に視線を向けたまま、「スウィニャ、もっと木炭を持ってこい」と、助手に命じた。

鞴踏みは踏み板から飛び下りると、小屋の中へ入っていった。

フィデルマたちは、手の甲でぐいっと顔を擦《こす》って汗を拭《ぬぐ》っている鍛冶師の前へと、歩み寄った。

「どんな御用ですかな?」と彼は、二人を一人ずつ見定めるように見つめながら、そう問いかけてきた。「わたしを、鍛冶師として、お訪ねですかな、それとも、この地域のボー・アーラ

〔代官〕として、ですかね？」

　ボー・アーラとは、地域の行政官で、領地を所有しない小族長である。したがって、その資力は、土地ではなく、所有している牝牛の頭数によって計られたので、この役職は、〝ボー・アーラ〟、すなわち〝牝牛の族長〟と呼ばれているのである。イムラックのような小さな地域社会は、大体において、より強大な族長に臣従している小族長のボー・アーラによって統治されている。

　フィデルマは、「私は、〝キャシェルのフィデルマ〟です」と名乗った。彼女は、相手が何らかの地位、身分を持っている場合には、自分もこのような公式の呼称で名乗ることにしていた。

「あなたのお名前は？」

　鍛冶師は、わずかに姿勢を正して、それに答えた。国王の妹のことを知らぬ者はいないのだ。それに、彼が直接臣従している〝クノック・アーンニャのフィングィン〟族長は、フィデルマの従弟《いとこ》なのである。

「わたしは、ニオンといいます、フィデルマ殿」

　フィデルマは、マルスピウム（携帯用の小型鞄）から、二本の矢を取り出した。一本は暗殺者の箙《えびら》から、もう一本はモホタ修道士の寝室から持ってきたものだ。

「これから見て取れることを、聞かせてもらえますか、ニオン殿」と彼女は、前置き抜きに、彼に質《ただ》した。

ニオンは、エプロンで手を拭くと、彼女から矢を受け取り、それをかざすように構えて、注意深く吟味し始めた。

「わたしは矢矧《やはぎ》職人ではありませんが、この鏃《やじり》のほうは、わたしが拵《こしら》えた物ですな。かなり良い造りですわ。鏃は、銅製で、ほれ、ご覧下さい、クロー〔洞《うろ》〕が……」

「クロー……?」とエイダルフが、身を乗り出して、質問をはさんだ。

「受け口《ソケット》ですよ。木の矢柄《やがら》を差し込むようになっとるでしょう? ここのとこなんか、とりわけ丁寧な細工ですわ。鏃は、ごく小さな金属の釘で、きちんと矢柄に固定してあります」

フィデルマは、「この二本の矢は、どこで作られた物だと推測されます?」と、さらに問い続けた。

「推測するまでもありませんわ」とニオンは、にやっと笑みを浮かべた。「ほれ、この矢羽根を見て下さい。これは、クノック・アーンニャの矢矧師の特徴ですわ。そして、ご承知のとおり、今おいでになっとるここが、そのクノック・アーンニャ族長領ですわ、フィデルマ殿」

彼女は、ニオンに微笑んでみせた。「そして、あなたなら、その職人が誰か、おわかりになるのでしょうね、ニオン殿?」

思いがけず、ニオンが大きな声で、笑いだした。「そら、あそこの隣人、見えるでしょう?」と彼は、大工の店を指差した。「あの男が矢柄を作り、矢羽根を取り付ける。そしてわたしが鏃を作って、矢柄に嵌《は》めこむんですよ。この矢は、わたしがつい数日前に作った一揃いの中の一本です。この金属部分の細工で、自分のだって、わかりましたよ。でも、どうして、そんなことをお訊ねなんです？」と彼は、矢をフィデルマに返しながら、問いかけた。

そこへ、助手が戻ってきて、袋の中の木炭を炉の火の上に空け、鉄の火かき棒で木炭の燃え具合を調節した。

「実は、あなたがこの矢を売った人間について、知りたいのです」

その途端、鍛冶師の目が、疑わしげに細くなった。「どういうわけで、です？」

「もし、あなたに何も疚《やま》しいことがないのであれば、私に答えて下さい、ニオン殿。ドーリィー〔弁護士〕の質問に答えているのだということを、忘れないように。私は、この町の代官という地位にあるあなたに、質問しているのです」

ニオンは、相手の意図を推し測ろうとするかのように、フィデルマをじっと見つめた。「では、ドーリィーに、ボー・アーラとして、お答えしましょう。わたしは、あの男のことは、何も知りません。彼は、いかにも専門の射手らしく見えましたし、振舞いもそれらしかったので、わたしはあの男のことを、ただ〝セイチョール〔射手〕〟と呼んでいました。彼は、一週間か十日前に、この作業場へやって来て、矢を二ダース、作ってくれと言って、その仕事に気前よく払ってくれました。そして、数日前に、受け取りに来ました。わたしが知っているのは、それだけです」

エイダルフは、失望を味わっていたが、フィデルマはこれで諦めようとはしなかった。

「その男は、職業的な射手のように見えた、と言うのですね。もう少し、容姿について教えて下さい」

やや躊躇《ためら》ってから、鍛冶師ニオンは、ガンガに殺害された射手によく似た容姿を、描写し始めた。行き届いた描写だった。その男が、キャシェルで殺された射手と同一人物であることに、疑問の余地はなかった。

「あなたは、その男と直接話をなさった。どのような話し方でした?」

鍛冶師は、ちょっと顎を撫ぜていたが、ふっと目を輝かせた。「武骨な話しぶりでしたね。いかにも兵士らしかった。だが、戦士階級の男ではなかった。戦術に携わる上流の家に生まれついた人間ではありませんでしたな」

「イムラックで何をしているのか、訊ねてみましたか?」と、ここでエイダルフも質問をはさんだ。

「いいや、訊ねませんでしたよ。兵士に、どうして武器が欲しいのかなどと、訊ねたりせんほうが良いです。自分から、そうした情報をもらしてくれるのでない限りはね」

「そのこと、よくわかりますわ」と、フィデルマも彼に同意した。「結局、その男は、自分のほうからは、何の情報ももらさなかったのですね?」

ニオンは、頷いた。

「彼には、連れがありましたか?」

「いいえ」

「その点、確信があるようですね。馬に乗ってきたのかしら？」

「ああ、そうでした。栗毛の牝馬でした。馬の後ろ脚の馬蹄《ばてい》は、両脚とも、手入れの必要があったので、覚えとるのです。片方の脚には、小石がはさまってたようでした。すぐに、具合の悪いところを直してやりましたよ」

「馬のことで、ほかに教えて下さること、ありませんか？」フィデルマは、鍛冶の専門家は、馬がどのような型の馬蹄を打たれているか、場合によっては、その作業を行った鍛冶師はどの土地の人間であったかまで、答えられるということを、よく承知していた。

「最後に馬蹄を付けたのは、北方の国においでだったようですな。そのことは、はっきり言えますね」と鍛冶師は、即座に答えた。「前に、あの型の馬蹄を見たこと、ありますよ。それが、クラン・ブラシル領の鍛冶師たちが使っている馬蹄だってことも、知っています。それから、馬のほうですが、軍用馬ではありますが、すでに盛りの時期を過ぎていたということも、言えます」

「ほかに、気づいたことがありますか？」

「もう、ありませんね。一体、これが、わたしの仕事に、どう関わっているのです？」

フィデルマは、彼に説明することにした。「あなたは、ボー・アーラです。ご自分の担当地域の中で何が起こっているのかに目を配ることも、あなたの職務です。実は、あなたがその男に売った矢は、私の兄であるモアン王と、オー・フィジェンティの大族長を狙った暗殺計画の中で使われた物です。この事件のこと、ご存じないのですか？」

ニオンは、言葉もなく、フィデルマを見つめた。彼がこの情報に衝撃を受けたことは、はっきりと見て取れた。

「わたしはその事件に、決して手を染めてはいませんぞ、フィデルマ殿」と彼は、不安げに、彼女に誓った。「ただ、矢を作って、それを売っただけです。あの男が誰かなど、全く……」

フィデルマは、片手を上げて、彼の動揺を抑えた。

「私はただ、この出来事が、今後あなたの任務と関わってくるかもしれませんので、お話ししただけです、イムラックの代官殿。このことを頭に置いた上で、この射手について、話してもらえることは、ほかにありませんか？」

ニオンが、今、懸命に思い出そうとしていることに、疑いの余地はなかった。彼は、それが思考を引き出す役に立つかのように、片手を上げて、後頭部を擦り続けた。

「付け足すことは、ほかにないです、フィデルマ殿。ですが、もしこの射手が他所者《よそもの》であるのなら、彼は矢の出来上がりを待つため、この辺りに数日滞在したはずです。きっと、男が泊った宿屋で、もっと情報が得られるのでは？」

「その宿屋は、どこでしょう？」

ニオンは、大きな身振りを添えて、それに答えた。「射手が修道院に宿を求めなかったのなら、ほかには、クレドの旅籠《はたご》しかありませんな。この道をずっと行った、町の外《はず》れです。ちょっと評判が芳《かんば》しくない宿屋で、わたしが出す認可証も、取得していません。これは、大修道院長のご意向でもありましてね。というのは、院長殿は、風紀上の観点から、この宿を閉鎖しようと、ずっと努めておられるんです。しかし、あそこは、この町でただ一軒の宿屋ですからなあ。その射手は、あそこに泊ったに違いありません。もし、そこに泊っていなかったのであれば、私には、これ以上、お役に立てませんね」

フィデルマは鍛冶師に礼を述べて、彼の作業場を後にした。鍛冶師は、腰に両手を置き、足を開いて立って、エイダルフと共に立ち去ってゆくフィデルマを、見つめていた。その顔には、フィデルマに対する不安の色が浮かんでいるようだった。

「もしあの射手が、クラン・ブラシル領の鍛冶師に自分の馬の蹄鉄を打たせたのでしたら」とエイダルフが、考えこみながらフィデルマに話しかけた。「彼は、モホタ修道士を知っていたかもしれませんね？　確か、院長殿は、彼はクラン・ブラシルの出身だと言っておられましたね？」

「良い着眼ね、エイダルフ。でも、モホタ修道士がクラン・ブラシルの出身であり、射手が馬の蹄鉄を付けさせたのもそこだったとしても、私たち、射手の言葉の訛りは、北方のそうした土地の出身者のものではなかったという話も、聞いておりますよ」

フィデルマは、しばし沈黙しつつ、この点を考えこんでいたが、ふたたび口を開いた。「もし、あの剃髪《トンスラ》の問題が解明できれば、ですけれど、私たち、やはりモホタ修道士をこの射手と関連させて考えなければならないのかもしれませんね」

エイダルフは、どうにも行き詰まって、そっと溜め息をつくしかなかった。「この二人がよく似ていることは、ごくはっきりしています。ところが、この剃髪の謎が、うまく結びつきません」

二人は大通りを進んで、町を出外れるところにまで、やって来ていた。その辺りは、町のほかの建物から少し離れており、小さな建物が数軒、寄り集まって建っていた。フィデルマは、ここで足を止めた。

「クレドの旅籠のようですね」と言いながら、フィデルマは今来た道を振り返ってみた。「なるほど、このくらい離れていれば、射手は、自分がどちらから来たのかを鍛冶師に悟られることなく滞在できたでしょうね」

「では、ボー・アーラが偽りを語っているかもしれないと、疑っていらしたのですか?」

「そうでも、ありませんわ。ただ、できる限り正確に事実を把握し再確認しておくほうが、賢明ですもの。さあ、中に入って、町であまり芳しくない評価を得ているらしい、クレドという女に会ってみましょう」

フィデルマは、歩きだそうとしたが、エイダルフに引き留められた。彼は、旅籠の看板を指差していた。鉄敷《かなし》き目がけて鉄の槌を振り下ろそうとしている、筋骨たくましい鍛冶師を描いた看板だった。

「この鍛冶師の看板、偶然なのでしょうか？」

「いいえ、別にニオンに関わりがあるわけではありません。これは、クレイニャ・クレドの絵なの。クレイニャ・クレドは、アイルランドの太古の神々の中の優れた工芸の神で、青銅、真鍮《しんちゅう》、黄金などの作品を作られた方です。剣の柄《つか》や槍や楯《たて》の飾り鋲や、楯の縁《へり》の工夫なども、異教の神々同士の戦いや、ほかの神族との合戦に際して、このクレドが考案されたものです。宿の女将《おかみ》は、クレドという自分と同じ名の神様の絵を看板にしただけでしょう」

「クレドの旅籠に入っていく前に、もう一つ。院長殿も、ボー・アーラも、ここは認可を受けていないと言っておられましたが、どういう意味なのです？」

「ここは、自家用麦酒《エール》の醸造を許されている居酒屋兼宿屋と見えるかもしれませんが、実は法が認めた店、つまり私どもがドゥリグチェク〔法的資格を持った家〕と言っている施設ではない、という意味なの」

「では、ボー・アーラは、地域の法の執行者として、当然、ここを閉鎖することができるのでしょう？」

フィデルマは、微笑しながら、首を横に振った。「これは、この店が法を犯しているということではなくて、単に法が認知していない、ということなのです。つまり、この酒場でいざこざが起こって、客が店主を告訴したいと考えても、法によって認められていない酒場でのことですから、その男は、自分には訴訟を起こすための法的基盤がないのだ、つまり法は彼の訴えを取り上げてくれないのだと、思い知らされる、ということなのです」

「どうも、私には、十分理解できそうにありません」というのが、エイダルフの返事だった。

「正規の酒場の経営者は、客に出す酒の品質に関して、三つの厳しい試験に合格しなければならないの。もし質の劣る酒を客に出せば、法の下で審査される羽目になるかも。でも、非公認の酒場ですと、客は質の劣った酒を出された場合、亭主に文句をつけることはできますが、法を楯に弁償を求めることはできませんわ。まあ、この話は、これまでにして、クレドなる女性を訪ねてみましょう」

フィデルマは、居酒屋兼宿屋の中へ、入っていった。中には、隅のほうでエールを飲んでいる二人の男以外、誰もいなかった。二人とも、粗末な身なりで、髭を生やしていた。労働者のようだ。彼らは、フィデルマとエイダルフを関心なさそうに一瞥《いちべつ》して、すぐに自分たちのエールと低い声の会話に戻ってしまった。奥に通じる戸口に掛かっているカーテンの後ろで何か気配がした。フィデルマたちがそちらのほうを見やると、ちょうど、女が姿を現したところだった。おそらく、もっと見栄えの良い日々もあったのだろうが、今は、でっぷりと太った女だった。彼女はいそいそと近づいてきたが、二人がまとっている法衣に気づくや、がっかりした顔になった。

「お坊さんや尼さんには、修道院に、もっといい宿泊所がありますよ」と彼女は、素っ気なく、二人に告げた。「お育ちの良い、信心深い方たちには、ここはちょっと、荒っぽすぎるでしょうからね」

二人の男のうちの一人が、女将の言葉を気がきいていると思ったらしく、かすれた声で忍び笑いをもらした。

「宿を求めているのではない」とエイダルフが、即座に、厳しい声で、女に答えた。「我々が探しているのは、情報なのだ」

女は、ふんと鼻を鳴らすと、締りなく太った腕を胸の前で組んだ。「どうして、ここで、情報を探そうとなさるんで？」

「それを、お前が提供してくれると、信じているのでな」と彼の答えも、素っ気なかった。

「情報ってものは、ただじゃないんでね。異国人の坊さんには、なおのことさ」と彼女は、エイダルフの訛りを聞き取って、そう付け加えた。さらに彼女は、どの程度懐が温かいかを推量するかのように、じろじろと、エイダルフに穿鑿《せんさく》の目を向けた。

「では、情報を提供してくれるのですね」とフィデルマは、静かに女に話しかけた。

女は目をぎゅっと細めて、くるっとフィデルマに向きなおった。

フィデルマとエイダルフは、二人の男たちが、それまでエールを飲みながら低い声でしゃべっていた会話を中断して、顔にあからさまな好奇心を浮かべながら自分たちを見守っていることに気がついた。

「たとえ情報を持ってたって、多分、教えてあげる気にはならないかもね」女は、相変わらず不機嫌だった。

「多分、そうでしょうね」とフィデルマは、微笑みながら、穏やかに答えた。「でも、証拠をドーリィーに隠すというのは、大問題ですよ」

女の目がさらに細まり、唇の両端がぐっと下がった。店の中に、緊張が張りつめた。二人の男たちは自分たちのエールに戻ったが、その態度からは、二人とも、女将とフィデルマたちのやり取りに油断なく注意を向けていることが、はっきりと見て取れた。

「あたしに情報を出せって要求なさるドーリィーなんて、どこにいなさるんですかねえ？」と、でっぷりとした女将は、冷笑した。

「ここに、います」とフィデルマは、静かに女に告げた。「そして、あなたが、この認可を受けていない居酒屋兼宿屋の主《あるじ》、クレドですね？」

女は、腕を体の脇に下ろした。その顔に、さまざまな表情が次々と浮かんだ。おそらく、フィデルマが真剣なのかどうか、判断しかねているのだろう。

女は、腹立たしげに、顔を真っ赤に染めた。「あたしは、確かにこの居酒屋の主のクレドですよ。認可があろうが、あるまいが、ちゃんとした、まっとうな店を営んでいるんです」

「それは、あなたとボー・アーラとの間の問題です。私は、ただ情報を求めているのです。一週間ほど前、ある男が、この町を通りかかりました。一目で専門の射手であると見て取れる男です。彼は、栗毛の馬に乗ってやって来ましたが、馬の蹄鉄は、緩んでいました。そこで彼は、鍛冶師のところへ出掛けています」

フィデルマは、二人の男が話を止めて、熱心に自分の説明に聞き入っていることに気がついた。さらに、第三の男が、宿の奥から出てきたことも、ちらっと視線の端で捉えていた。だが彼女は、第三の男をじっくり眺めることはしなかった。フィデルマは、女将の反応を見逃すまいと、彼女の顔を、ひたと見据え続けていたのだ。しかし、その一方で、第三の男が立ち止まり、部屋の向こうから自分たちのほうを、じっと見つめていることにも、気づいていた。

女将のクレドは、なおも反抗的な視線をフィデルマに向けていた。「どうして、この尼さんがドーリィーだって、わかるのさ?」と彼女は、反撃してきた。「あたしには、尼さんだろうが、なかろうが、こんな娘っ子の質問に答える義務なんてないんでね」

フィデルマは法衣の胸から手を差し入れて、金の鎖に付いた十字架を取り出した。これが持つ象徴的な意味は、モアン王国によく知れ渡っている。〈黄金の首飾り《ニーア・ナスク》戦士団〉は、モアンの栄誉に輝く、貴族的な団体で、その起源は、古代キャシェルの歴代の王の精鋭戦士団にまで遡《さかのぼ》る、由緒ある団体なのだ。この金の鎖と十字架は、オーガナハト王家の王が、手ずから授ける栄誉であった。フィデルマの兄コルグー王も、フィデルマの国家に対する功績を嘉《よみ》して、この栄誉を、妹に授けていた。クレドも、この十字架に気づいて、やや目を見張った。

「あんた、誰なのさ?」その声が、少しは大人しく、従順になったようだ。

「私は……」と、フィデルマは言いかけた。

「〝キャシェルのフィデルマ〟様だぞ!」抑えた、鋭いその声は、第三の男の口から出たものだった。

肥った女将の顎が、だらりと下がった。

フィデルマは、男にちらっと、視線を向けた。ほかの二人と同じように、粗末な労働着を着ている。風雨に曝《さら》された容貌が、屋外での仕事に従事している人間であることを、物語っていた。男は、首をがくんと下げた奇妙なお辞儀でもって、フィデルマに挨拶を送って寄こした。

「俺も、キャシェルから来ました、尼僧様。俺は……」

フィデルマは、素早く頭を働かせた。「商人サムラダーンの下で働いているのですね。あなた方三人とも、彼の御者なのですか?」

男は、熱心に頷いた。「そのとおりです、尼僧様」そして、女将に告げた。「〝キャシェルのフィデルマ〟様はな、ドーリィーってだけじゃなく、王様の妹御なんだぞ」

クレドは、しぶしぶ頭を下げた。「どうか、お許しを。あたしゃ、考えて……」

「あなたは、考えていたのでしょ、私の質問に答えて、私を助けてあげようと?」とフィデルマは、女将の言葉をさっとさえぎり、彼女が誰であるかに、真っ先に気づいた男に向かっては、もう結構だと、頷いてみせた。男は、早口で囁《ささや》き合いながら、こっそりとフィデルマに視線を走らせている仲間のほうへ、去っていった。

「あたしは……ええ……ええ、そうなんで。あのセイチョールは――あたしら、あの男を、そう呼んどったんですけど――そのセイチョールは、一週間ほど前に、二、三日、泊ってました。背の高い、金髪の男で、短い言葉しか、しゃべりませんでしたよ。こっちから問いかけようがないほど素っ気ない態度でね。長い弓を持ってましたけど、ほかの武器は、何も持ってませんでしたよ」

女将の口から、言葉が立て続けに流れ出てきた。

「わかりました。この射手について、何かほかにも推量したことは、ありませんか？」

クレドは、首を激しく横に振ってみせた。「今言ったように、おしゃべりするような気分の男じゃなかったですからね。用心深く選んだって感じの言葉で、必要なことを伝えるだけ。その必要なことってのも、言葉数が少ないのと同じくらい、ごく少なくってね」

「鍛冶師に、何か用事があったのかしら？」

「さっき言ってなさったとおりですよ。あの男の馬の蹄鉄、外れかけてましたからね。それに、矢も、鍛冶屋に注文したんじゃないですかね。やって来た時には、矢は箙にほとんど入ってなかったけど、出発した時見たら、箙は一杯だったから」

「鋭い目を持っていますね、クレド」と、フィデルマは、褒めてやった。

「この商売、鋭い目を持ってないと、やっていけませんからね。客はやって来ちゃ、宿賃払わないで出てっちゃうことがあるもんで。注意深くなけりゃ、やっていけませんのさ」

「彼は、きちんと払っていきました？」

「はあ、ちゃんと。懐、温かそうでしたよ。金貨や銀貨を持ってました」

「鍛冶屋以外に、どこか、訪ねなかったかな？　例えば、修道院などを？」と、エイダルフも質問に加わった。

女将は、かすれた唸り声みたいな音を立てた。どうやら、それが彼女の忍び笑いらしい。

「あのセイチョール、修道院だの教会だの、訪ねるような男じゃないですよ。違いますね。死神しょってるような顔ですもん」

「それ、どういう意味かな？　〝死神しょった顔〟だって？　彼、病人だったのか？」

クレドは、こんなこともわかんないのかい、といった顔を、エイダルフに向けた。だが、説明してやろうという気になったらしい。「世の中には、ほかにどうしようもないから戦争に行くって連中もいますけどね、一方じゃ、死や破壊と相性がいいって男たちも、いますのさ。そうした男らは、国中、あっちこっち、うろつきまわって、誰であれ、金を払ってくれる者に、自分の兵士としての技倆《ぎりよう》を、売りつけるんですよ。誰かに、死と破壊を与えたいと思ってる人間が、こういう男たちを、金で雇うってわけです。男たちのほうも、死と破壊が生き甲斐となっていって、自分が死そのものになっていくんです。あのセイチョールの上にも、蒼ざめた死神が漂ってましたよ。あの男には、何の表情もなかった。魂が、もうなかったんです」

二人が驚いたことに、女将はいきなり、胸にさっと十字を切った。

「あたしゃね、ああいう種類の男らを見ると、この人たちの魂は、もう死んでるって、感じてしまうんです。殺される者たちの死と屍《しかばね》を追っかけながら、自分の〝その時〟を待ってるんだって」

「では、彼は修道院を訪れたりはしなかったのだな?」とエイダルフは、まだ固執した。「修道院に行かなかったのであれば、どこへ行ったのだろう? このイムラックに二、三日も滞在したのなら、ほかのどこへ行ったのか? この町は、それほど大きくはないのだから、どうしても人目につくだろうに?」

「あの男、この町には、あんまりじっとしてませんでしたよ」

「確信があるようですね」と、フィデルマは見て取った。

「修道士さんがご自分で言ってなさったように、小さな町ですもんね。町にいたら、目につきますよ。あの男、夕方、ここで夕食摂って、夜はここで寝てました。でも、夜が明けるやすぐ出てって、夕方まで戻ってきませんでしたよ。近所の者が言ってましたけど、あの男がこの家から見てちょうど南になる丘陵地に、馬を走らせていくのを見たって。もちろん、馬の蹄《ひづめ》を直した後のことですけどね」

「そこには、何があるのです？　農場かしら？　それとも、居酒屋？」

女将は、肩をすくめた。「何も、ありませんよ。狩りでもしてたんじゃありませんかね」

「その数日の間に、自分の名前を告げるとか、自分のことを何かしゃべるとか、しなかったのですか？」

「こっちから訊ねてみることも、しませんでしたよ」と女将は、はっきりと答えた。

フィデルマは、ほとんど収穫がないことにがっかりして、吐息をもらした。「どうも、ありがとう、クレド」

「あの男、法律破りでも、したんですか？」と女将は、熱心に聞きたがった。「旅籠の主ってのは、自分の屋根の下で眠る泊り客に話して聞かせるために、面白い話を聞きたいもんなんです」

フィデルマは、しばらく女将を見つめた後、静かに聞かせてやった。「彼は、あなたが言っていた、待ち受けていた〝その時〟を、迎えました」

居酒屋の女将は、怪訝《けげん》そうな顔になった。

静かな口調で、彼女に、もっとわかりやすく告げてやったのは、エイダルフであった。

「お前は、あの男は死を待ち受けていた、と言っていたな。彼は、その死を迎えたのだ」

フィデルマは、今は彼女の視線を避けようとしている三人の荷車の御者たちに声をかけた。

「アラーダ・クリアックへ向かうあなた方の旅が、安らかなものでありますように」

先ほど、彼女が誰であるかに気づいた男が、眉をひそめた。「どうして、自分らがそこへ行くと、考えなさったんで？」

「サムラダーンが、そう言っていましたよ」

三人は、目を見交わし合った。そして、代表格の男が答えた。「そのとおりでさあ、尼僧様。お二人にも、良い旅を、お祈りしますわ」

二人は、〝神々の細工師〟の宿、クレダの旅籠を出て、大通りを修道院へ向かって、ゆっくりと戻り始めた。

「やれやれ」とエイダルフが、感想を口にした。「我々、この射手について、何一つ、意味あることを学べませんでしたね。いや、もっとはっきり言えば、この事件について、何一つ意味あることを見つけていませんよ」

だが彼は、びっくりした。フィデルマが彼の肱《ひじ》を摑んで、大通りからは死角になる建物の陰へと、引き込んだのである。

彼女は、今来た道をさっと覗いてみてから、エイダルフに答えた。「その反対ですわ。私たち、いろいろと情報を集めることができましたよ。でも、ここで、ちょっと待ってみましょう」

エイダルフは、フィデルマのこの行動に、驚かされた。

フィデルマは、彼が気の毒になって、言葉を続けた。

「私たち、彼は射手ではあるが、戦士階級の男ではなかった、貴族でもなかった、と知ることができましたよ。彼が、自分の馬の蹄鉄を北のクラン・ブラシルの族長領で打たせていたということも、知りました。彼が矢をどこから調達したかも、わかりましたわ。さらに、栗毛の牝馬についても知りました。金をたっぷり持っていたことも、さらには、数日間、ここから南に当たる丘陵地に馬で出掛けていたことも、わかったではありませんか」

エイダルフは、頭の中で、これらの情報を、検討してみた。「しかし、いずれも、十分な情報とは言えませんよ。その程度の材料は、多かれ少なかれ、すでにキャシェルで知っていたことですから」

フィデルマは、空を振り仰いで、呆れたという身振りをしてみせた。「考えてもご覧なさいな、エイダルフ！　私たち、この射手について、三つ、大事なことを知ったではありませんか。そのうちの二つは、私たちが解き明かさねばならない重大な疑問を、提起してくれていますよ」

「射手は、南の丘陵地のどこへ行っていたのかという疑問のことを、言っておいでなのですか？」

「そのとおり。調べてみなければならない疑問ですわ。でも、私たちが学んだ、もう一つの情報は、何でした？」

エイダルフは、拳《こぶし》で自分の額を、こつんと叩いた。「そうだった！　彼の栗毛の牝馬について、ですね？　彼は、殺害された時、馬を伴ってはいなかった」

フィデルマは、微笑み、苛立ちの溜め息のほうは、抑えることにした。「あなたのように矛盾した人、ほかに知りませんわ。時として、ごく明白なことであるにもかかわらず私どもが皆見逃してしまっていることを、あなたはすっと指摘なさる。そうかと思うと、ほかの人が皆、気づいている明々白々なことを、見逃してしまわれるのね。本当に、じれったいこと。そう、私は、射手の牝馬のことを言っているのです。その馬、どこに行ったのでしょう？　もう一人、共謀者がいて、二人の暗殺者の馬と共に、彼らが目的を果たして戻ってくるのを、待っていたのかもしれません。そして、暗殺者たちが二人ともガンガによって殺害されたと知るや、共犯者は、隠さなければならない二人の馬を引いて、駆け去ったのでしょうね」

「ということは、キャシェルには、もう一人、暗殺者がいる、ということですか？」

「おそらく、〝もう一人〟では、ないかも。この陰謀に、一体どれほどの人間が加担しているのでしょう？　では、私たちが学んだ、もう一つの情報は？」と彼女は、エイダルフに質問を続けた。

エイダルフは懸命に考えてみた。だが、何も思い浮かばない。フィデルマは、忍耐強く待った。

「射手とその連れは、殺害された時、ほとんど無一文でした。でも、宿屋の女将クレドは、彼は金に困ってはいなかったと、教えてくれましたよ。彼は、それを、どこに隠したのでしょう？」とフィデルマは、とうとう、そう指摘してみせた。

エイダルフは、はっきりしていた事実であるにもかかわらず、自分がこの点を見逃していたことに気づいて当惑し、口許をきゅっとすぼめたものの、フィデルマに、自分も何か、言ってみることにした。

「疑問点は、もう一つ、ありますよ」と、彼は指摘した。「我々、今、ここで何を待っているのです?」

フィデルマは謎めいた微笑を見せながら、建物の角から首を伸ばし、もう一度、大通りを覗いた。「ほれ、その答えが、やって来ましたよ」

その時、クレドの旅籠にいたキャシェルから来た御者たちの一人で、フィデルマが誰であるかを知っていた男が、何か探しているかのように周りを見まわしつつ、急ぎ足でやって来ようとしていた。

「人は、手や口を使わずに、目で合図することができますわ」とフィデルマは、エイダルフに囁いた。

御者は、二人のすぐ前までやって来ていた。フィデルマは、咳払いをした。男はぎくりとして、彼らのほうをちらっと見た。そして二人に気づいたらしい様子を全く見せずに、いきなり片膝をついて屈みこみ、何やら自分の深靴を見つめたまま、押し殺した声で、囁いた。「自分と話しとる様子を、見せないで下さい。到るところに、目や耳がありますんで」

フィデルマは、相変わらずエイダルフと話し続けているかのように、頭を彼に向けたままで、

「私たちに、何をして欲しいのです？」と、男に囁き返した。

「今、それを話している暇は、ないんです。ガルティーンの泉、知っとられますか、小さな畑地のとこの？」

「いいえ、知りませんが」

「ここから北東へ一マイル足らず、行ったとこです。細い道を、イチイの茂みに向かって進んでいくと、粗積《あらづ》み(1)の石垣に囲まれた、小さな畑に出ます。泉は、その石垣の中の、すぐのとこです。迷いっこ、ありません」

「見つけられると思います」

「そこに、夕暮れ時に、おいで下さい。その時、話します。このこと、誰にも、言わんで下さい。我々みんなにとって、危険なんです」

それだけ言うと、彼は立ち上がり、ただ深靴の具合をちょっと直しただけだというように、ぶらぶらと遠ざかっていった。

エイダルフは、フィデルマと目を見交わした。

「罠ですかね？」

「でも、どうして私を罠へと、誘《おび》き出す必要があるのかしら？」

「きっと、今の男とその仲間たちは、私たちが実際知っていること以上に、いろいろ探り出しているのではないかと、考えたのでしょうね」

フィデルマは頭を傾《かし》げて、ちょっと考えた上で、彼に告げた。「いいえ、そうではないと思いますわ。私たちと話しているところを人に見られてはならないという彼の恐れは、本物でした」

「とにかく、そこへ行くのは、危険だと思います……それも、夕暮れ時に、なんて。これは、狐捕りの罠ですよ」

フィデルマは、うっすらと、笑みを面《おもて》に浮かべた。「〝狐にとって、自分以上の代人《だいにん》は見つからぬ〟という諺《ことわざ》がありますよ。〝自分で、危険を冒すしかない〟、ということです」

エイダルフは、また出てきたフィデルマの格言に、うんざりとして、唸った。

「お国には、ほかの諺はないのですか？ 〝咬みつくまでは、歯を見せるな〟というような、わかりやすい諺だって、あるでしょうに」と、彼は皮肉った。

フィデルマは、くすっと笑った。「良いことを、おっしゃるわ、エイダルフ。この国の言葉が、上手になられたこと。でも、今日の夕刻、私たち、ガルティーンの泉に、出掛けますよ」

第十一章

フィデルマとエイダルフが修道院を出た時には、すでに夕闇が忍び寄り始めていた。二人は、誰にも見られていないことを確かめてから、サムラダーンの御者が教えてくれた道順に従って、ガルティーンの泉目指して進み始めた。日中は暖かだったが、迫りつつある夜には、冷えてくることだろう。周辺の野面《のづら》から立ちのぼり始めた靄《もや》が、今や地表をうっすらと覆っている。風は、なかった。木立や茂みの葉末《はずえ》をそよがせて、夕暮れの葉擦《はず》れの歌をかすかに奏でる微風《そよかぜ》さえ、今宵は凪《な》いでいるようだ。辺りはしんと静寂の中に沈んでいた。

二人は、馬は使わず、歩いていくことにした。そのほうが、人々の注意を引かないで済むだろうとのフィデルマの判断だった。エイダルフは、丈夫そうな杖を携えていた。巡礼たちが修道院に置き去りにしていった杖を、見つけてきたのだ。夜遅くの外出には、何か身を護る手段を講じておくほうが、賢明であろう。この辺りの山野には、夜になると、狼の群れが出没するのだから。一人旅をする者が狼に襲われたという悲報も、決して稀なことではないのだ。この辺りの住民は、そのことを、よく承知していた。地域によっては、狼の数は夥《おびただ》しいのだ。普通、彼らは森や奥地の隠れ処《が》に住みついているが、飢えに駆られれば、人里離れた農場に暮らす農夫たちのみか、この辺り一帯の住民たちをも、恐るべき危険でもって脅《おびや》かすのだ。

フィデルマたちが道を進んでいる間にも、さして遠くないところで、はぐれ狼が一頭、その吠え声で辺りの空気を切り裂いていた。エイダルフは、杖をさらにぎゅっと握りしめて、ギリシャ神話のセイレンを思わせる嘆くようなその響きが聞こえてくる方向へ、視線をさっと向けた。彼は、目に不安な色を浮かべながらも、「アイルランド語で狼の群れのことをなぜグラド・メインというのか、今、わかりましたよ」と、フィデルマに話しかけた。ガラード〔叫び〕という単語からの派生語に、〝狼の声〟を意味する〝ガルドマイン〟という単語がある。そこからさらにグラド・メイン〔狼の群れ〕という表現が生みだされたのである。

「確かに、人の心を怪しく惑わすような、不思議な鳴き声ね」と、フィデルマも同意した。「時には、人々はこの鳴き声にすっかり魅せられて、狼の危険を忘れてしまいそうになります。狼は、このアイルランドでは、唯一の危険な猛獣です。多くの貴族たちは、彼らの数を調整するために、毎年、狼狩りを催していますわ」

はぐれ狼の咆哮《ほうこう》に応えるように、犬が一頭、吠え始めた。

「実は、犬も、危険動物なの」とフィデルマは、説明を続けた。「農場の番犬は、夜間は警備のために敷地に解き放されるのですが、夜が明ければ、繋《つな》いでおくことになっています。これは、私どもの習慣(1)でもあり、法の定める規則でもあります。なぜなら、こうした番犬も、人を襲うことがあるからです。飼い犬だって、〝大地の息子〟とも呼ばれる狼に劣らず、獰猛《どうもう》な獣なの」

エイダルフが口を開こうとした時、ふたたび、狼の不気味な咆哮が響いた。彼は、それが消えてしまうまで、じっとそれに耳を傾けていた。

やがて彼は、会話に戻った。「狼を指す言い方は、これまでにいろいろ聞いてきましたが、今おっしゃった〝大地の息子〟というのは、初めてです。どうして、そのような呼び方が出てきたのです?」彼は、かすかな戦慄《せんりつ》を覚えながらも、そのわけを知りたがった。

「この野獣の名前は、今の集団的な呼び方のほかにも、四つほどありますわ。マク・ティーリャ〔大地の息子〕は、その中の一つ。狼が、原生林や奥まった隠れ処に棲息し、そうした奥地を徘徊《はいかい》することから、つけられた名称なの」


フィデルマは急に立ち止まり、同じく足を止めたエイダルフに、身振りで前方を示した。

「この先だと思いますわ。畑が、見えています。多分、あれがサムラダーンの御者が言っていた畑地でしょうね。泉は、きっと、あの近くよ」

暮れかけている上に、地面を覆い始めた靄のせいもあって、辺りは仄暗《ほの》くなってきていたが、それでもまだ、完全に闇に沈んではいなかった。実のところ、靄はほんの二、三フィートの厚みしかなく、二人の足許で緩やかに渦巻いているだけだった。まるで、白い浅瀬を渡っているように見える。フィデルマは前方を指差すと、ふたたび進み始めた。エイダルフも、その後に続いた。すぐに、長方形に囲われた区画が薄闇の中に浮かび上がってきた。周りの木立の中で、そこだけがくっきりと、畑地となって広がっていた。

エイダルフは、「そのようですね」と同意しながら、大きな枝が一本、茂みから張りだしているいることに気づいた。明らかに、その木は、一旦切り倒されてから、今は靄に覆われている地面に、人の手によって立てられた柱である。高さは、九フィートかそれ以上はあるだろう。大枝は、この柱から横に伸びていたのだ。その先端に、木製の桶が一つ、ロープで吊り下げられていた。

フィデルマは、エイダルフの先に立って低い石垣に登ると、囲いの中の畑地に下り立ち、湿っぽい耕地を、泉へと進んだ。

エイダルフも、それに続いた。

「まだ、誰も来ていないようですよ」と彼は、薄闇に包まれた周囲を見まわしながら、不満そうに呟いた。

ちょうどその時、何かが動いた気配がした。泉の湧き出し口を囲む小さな石囲いは、大小さまざまな自然石を、漆喰《しっくい》などを使わずに、ただ積み重ねただけのものであった。今の気配は、その向こう端から聞こえてきたようだった。

「そこにいるのは、誰です?」と、フィデルマが問いかけた。

ぜいぜいと、かすれた息遣いのような咳とともに、サムラダーンの御者の挨拶が聞こえてきた。

フィデルマとエイダルフが泉の湧き出し口を回って反対側へ行ってみると、低い石垣に背を凭《もた》せかけて、男が坐っていた。両足を前へ真っ直ぐに伸ばし、両腕は体の脇にだらりと垂らしている。陰になっているので、顔の表情を見て取ることはできなかった。

「自分は……自分は、もっと早く来て下さるよう、願っとりました」と言いながら、男は二人のほうへ頭をもたげようとした。

フィデルマは、眉をひそめて男を見下ろした。「何か、困ったことでも？」と問いかけながら、彼女は、どうして男が立ち上がろうとしないのかを訝《いぶか》った。

「急がねばならんのです」と男は、もどかしげにフィデルマをさえぎった。「何も言わずに、ただ、聞いて下され」

フィデルマとエイダルフは、戸惑って、顔を見合わせた。

近くから、ふたたび嘆き悲しむような狼の鳴き声が聞こえた。今度は、数頭の狼が、先ほどの一匹狼に加わっている。咆哮は、到るところから湧きあがってくるような感じだ。

「では、お話しなさい」とフィデルマは、低い石垣に腰を下ろして、男を促した。「私たちに、何を求めているのです？」

エイダルフは杖を握りしめて立ったまま、次第に濃くなる夜の闇の奥へと、不安げな視線を向けていた。「落ち合うにしては、ずいぶん良い場所を選んだものだ」と、彼は囁《ささや》いた。「ここより、もっと安全な場所に移ったほうがいいのではないかな？」

男は、相変わらず坐ったままの姿勢で、エイダルフを無視して言葉を続けた。「フィデルマ修道女様、俺、キャシェルの人間です。それだけで十分。俺の名前なんて、修道女様には何の意味もないですから。クレドは、ほんとのことを、言っていなかったです」

「私も、そう感じていました」と彼女は、平静な声で、そう応じた。「私たちは皆、自分のとらえ方に応じて、真実を創り上げるものです」

だが御者は、「クレドが尼僧様に答えたことは、嘘です」と言い張った。「クレドがセイチョールと呼んどった男が、あの旅籠《はたご》で、別の男と会っとったのを、俺は見たんです。そのこと、知っとるのに、あの女将《おかみ》、嘘をついとりました」

「どうして女将は、嘘をついたのでしょう？」

「先ず、俺の話を聞いて下され。セイチョールは、キリスト教の坊様と、会っとりました。俺は、坊様が旅籠に入ってきたとこを、見とりました。その時、クレドも、酒場にいました。俺は、食事の後、炉端でうとうとしとったんですが、女将はそれに気づかなかったらしい。でも、セイチョールが入ってきて、俺、その気配で目が覚めたんでさ。それで、もう立ち上がろうとしたんですが、その時、坊様が入ってきました。だもんで、眠ったふりしとこうと思って、そのまま目をつぶって、瞼《まぶた》の隙間から、しばらく見とったんです」

「誰だったのです？　知っている修道士様でしたか？」

「いいや。ただ、坊様がクレドの酒場みたいなとこに入ってくるなんて、おかしな話だと、ちらっと思いました。俺の言う意味、おわかりですか?」

「でも、彼が入ってくるのは、見ていたのですね。太った、満月のように丸い顔をしては、いませんでしたか?」とフィデルマは、男に訊ねた。

御者は、頷いた。

「白いものが混じり始めた巻き毛だったのでは? それが、以前は〈ローマ型剃髪《トンスラ》〉に剃ってあったようには、見えなかったかな? つまり、私と同じ型の剃髪という意味だが?」とエイダルフも、質問を付け足した。

「いいや」と御者は、首を横に振った。「アイルランドの修道士様がたの剃髪でしたわ。〈聖ヨハネ型剃髪〉と呼んでなさる型でしたよ」

「それは、いつだった?」

「一週間足らず前だったか……。正確には、言えないです」

「その修道士が旅籠を立ち去るところは、見たのかな?」

「それを見かけたのは、もう少ししてからで。俺、坊様がやって来てからちょっとして、鍛治屋のとこへ出掛けたんでさ。荷車の中に、車軸が折れとるのがあったもんでね。鍛治屋がそれを直してくれとる間、俺、鍛治場で待っとったんですが、その時、さっきの坊様が修道院のほうへ急いで向かっとるのが、見えたんですわ」

「モホタ修道士かな？」

これは、御者にというより、フィデルマへの問いかけだった。だが御者は、「坊様の名前なんて、よく知りませんわ」と、質問に答えた。

「その修道士が射手に会ったと、どうしてわかるのかね？　酒場で、誰かほかの人間に会おうとしていたのかもしれないだろう？」

「あの日、あそこに泊っとったのは、射手のほかは、俺と俺の仲間の二人の御者だけでしたよ。それに、その坊様は、入ってくるなり、女将に何か囁いたんでさ。そしたら、女将は、〝その人なら、二階で待ってなさいますよ〟って、答えてました。坊様を待っとった者、あの射手のほかに、誰がいますかね？」

「そのとおりでしょうね」とフィデルマは、御者に同意した。「あなたの推察、完璧です。では、修道院の修道士は、射手と会っていたのですね」

「あの坊様が射手を探しにきたってことは、間違いありませんわ。その証拠は、もう一つ、ありますよ」

「どういうことかしら？」

「何日かしてから、その坊様、もう一度、旅籠にやって来たんです。その時は昼間で、もう一人、同じ修道院の坊様が一緒でした。そして、〝射手はどこか〟って、クレドに訊いてました。でも、射手は旅籠にいなかったもんで、二人は出てったんでさ」

「その後、その修道士や彼の連れの修道士を見かけたことは？」

「いいや。でも、ほかにも、お話しすることがあるんですわ。もっと、大事なことです。射手は、また別の男とも、会っとったんです。坊様が射手を訪ねて初めて旅籠にやって来たのと同じ日の、夜のことでした。夜、ふっと眠りから覚めちまったんですが、その時、旅籠の中庭の、俺の部屋の窓の下のほうから、声が聞こえてきたんでさ。なんだろうって、覗いてみたら、男が二人いて、一人は馬に乗ってて、もう一人はその馬の手綱を握っとりました。二人は、旅籠の目印の灯りの下に立って、話し合っとりました」

法律が全ての旅籠の経営者に課している義務の一つに、それが田舎であろうと町中であろうと、宿を求める旅人のために、一晩中、灯りを灯しておかねばならぬ、というのがあるのだ。

突然、御者が激しく咳きこんだ。やっと咳がおさまると、彼は先を続けた。

「二人は、もちろん、射手だった」

「もう一人は？」とエイダルフが、意気込んで促した。「もう一人のほうは、誰かわかったか？」

「いいや。頭巾と外套をまとっとりましたんでな。でも、これだけは、言える。立派な服を着た男でしたわ。外套は毛織りで、毛皮の縁取りが付いとりました。俺に見えたのは、それだけでさ。でも、この男の馬は、鞍も轡《くつわ》も、普通の人間には手も届かぬほど高価なものでしたわ。とにかく、俺、なんとか二人の話を聞き取ろうとしたけど、お二人にお知らせするほどのことは、何も聞き取れませんでしたわ。射手は、外套を着た男に、丁寧な態度をとっとりましたな。そして……」

御者は言葉を切り、ふたたび咳きこみ始めた。フィデルマとエイダルフは、彼が落ち着くのを、もどかしい思いで待った。

「そして、立派な殿様が言ったんです、〝リーガハト・ガン・ドゥーア、ニー・ドゥアル・ゴ・ヴァール〟って……これ、諺《ことわざ》だと思うんですが？」

「〝苦労なしには、いかなる王国も手に入らぬ〟」とフィデルマは、そっと、この句を繰り返した。「そのとおり、古い諺です。〝苦痛なしには、何も手には入らない〟という意味です」

御者は、またもや咳きこんだ。

「酷い咳じゃないか。こんな湿ったところに坐りこんでいるなんて」とエイダルフは、彼を叱った。

だが御者は、彼の言葉など耳に入らなかったように、先を続けた。「射手は、それに対して、〝必ず、ご満足いくように努めます、リードウナ〟って、答えました。正確に、その言葉で」

フィデルマは、はっと緊張に体を強張《こわば》らせ、身を乗り出した。「リードウナ？　確かですか？　御者は、相手に呼びかけるのに、その肩書を使ったのですね？」

「確かですわ、修道女様」

すでに、深い夕闇が野面を覆っていた。エイダルフは、濃霧を透かして、フィデルマの顔を見つめた。「その単語は、確か、王侯がたの肩書でしたね？」

「文字どおりに訳すと、〝王の忠臣〟ですが、王の子息への正式な呼びかけに用いられる言葉です」

御者は、またもや咳きこんだ。

「どうかしたのですか？」とフィデルマは、彼の様子を怪訝《けげん》に思い始めて、御者に問いかけた。

御者は、苦しげに喘いだ。「どうやら、お二人に、町まで連れ戻って頂かねばならんようですわ。どうも、自力では、戻れそうにない」

そう言って、御者は動こうとしたが、また咳が始まった。そして、急に奇妙な泣くような声を立てながら、横向きに倒れ込んだ。

エイダルフは杖を抛《ほう》りだすと、夜陰の中で、御者の体に屈みこんだ。夕闇と靄が相俟《あいま》って、辺りは急速に暗くなり、詳細を彼らの目から晦《くら》ませていた。エイダルフは男の頭に手を伸ばし、脈をとろうとその首を探った。不規則な脈拍だった。そして、それも止まった。

「どうしたのです？」とフィデルマが、待ちきれずにエイダルフに訊ねた。

エイダルフは見上げたが、彼女の表情を見て取ることは、できなかった。エイダルフは、「死にました」とのみ、答えた。

フィデルマは、鋭く息を吸った。「死んだ？　どうして、そんなことが？」

エイダルフは、御者の口許に手をやった。まだ温かい、じっとりとしたものが、手に触れた。

「この男、咳きこんで、血を吐いていたんだ」とエイグダルフは、愕然とした。「もう少し明るかったら、我々、そのことに気づいたはずなのに」

「でも、彼、少し前まで、加減が悪そうではなかったわ。咳きこんで血を吐くようには、見えませんでしたよ」

エイグダルフは屈みこみ、遺体を起こして、坐った姿勢をとらせようとした。その上で、遺体の上体を支えようと、左手を御者の背にまわした。その背中にも、同じような、まだ温かで粘りのある何かが、感じられた。男のシャツは、切り裂かれていた。エイグダルフの指が、ぱっくりと口を開けている傷を探り当てた。

「ああ、〝ダビト・デウス・ヒス・クオクエ・フィネム！（主は、かかる事態へも、やがては終りを告げ給はむ）〟」とエイグダルフは、闇の中で、ラテン語で呟いた。

「なんなのです？」もう、エイグダルフが何をしているのかを見て取れないほど、辺りは暗くなっていた。フィデルマは、もどかしげに、彼に声をかけた。

「背中を、刺されていたのです。彼はここに倒れ、瀕死の深手を負いながらも、我々に全てを語ってくれていたのです。彼が、どうやって今まで生きていられたのかは、神のみぞ知る、です。彼は、背中を刺されていた……」エイグダルフの声が、一瞬、途切れた。「彼は立ち上がろうとした。その動作が、彼の傷口をさらに広げ、彼を死に至らせたに違いありません。彼が動かなかったら、多分、もっと生きていたのかもしれないのに」

フィデルマは、しばらく沈黙を続けていた。

「その前に、彼が全てを話してくれていたのなら、いいのですが」とフィデルマは、ふたたび言葉を続け、はっきりとした口調で、残酷な現実に触れた。「でも、今となっては、彼をどう救ってやることもできません」

エイダルフは、泉の水が汲んであった釣瓶《つるべ》の桶に手を伸ばし、手についた血を洗い落とした。

「私が、彼の遺体を旅籠まで運びましょうか？」とエイダルフは、フィデルマに訊ねてみた。

「我々、サムラダーンに知らせなければなりませんね？」

フィデルマは、闇の中で頭を横に振った。だが、この暗さでは、彼には、この否定の動作が見えないことに気づいた。

「いいえ。もし私たちがこの男と関わりがあったことを公表したら、私たちは、せっかく彼が伝えてくれた情報を手掛かりにしようにも、その調査を妨げられてしまいますわ」

「どうして、そういうことになります？　この男は、背中を刺されました。殺害されたのです。私たちに会おうと、やって来る途中で。今日の午後、彼は私たちに、夜、ガルティーンの泉で会おうと囁きましたが、その時彼は、私たちと話しているのを人に見られまいと、ひどく警戒していました。でも、誰を恐れていたのだろう？　それが誰であろうと、その人間は、彼が情報をもらすのを阻止するために、彼を殺すことにしたのです」

「はたしてそうだったのか、まだ、確かではありません。でも、私も、その見方に傾いていますわ。そうではあっても、もし彼が自分の知っていることを私たちに告げようとしたために殺されたのでしたら、彼を殺したのが誰であれ、その殺人者に、〝あの御者は、私たちに何もしゃべることはできなかったのだ〟と、思わせておくほうが、賢明です。この事件について、私たち、沈黙を守らねばなりますまい。この御者の遺体は、明日、泉に水を汲みに来た人が、発見してくれましょう。とにかく、私たち、彼は口封じのために殺害された、という前提で、探索を続けましょう。そのためには、〝御者は何一つ、私たちにもらしてはいないのだ〟と見せかけておかねばならないのです」

「そういうの、気が重いですね」とエイダルフは、本音をもらした。「キリスト教徒らしからぬ行為に思えます。何もしないで、ただ立ち去っていく、とおっしゃるのですか？　彼を、こういうふうに置き去りにしたまま？」

「彼は、気にしませんよ。正義を求めてのことですもの、神様も、許して下さいますわ。御者の殺害者たちを突きとめるために、そうしておくほうが、有利です。それに、もし彼らがあのキャシェルの暗殺者たちと繋がっているのでしたら、私たち、この本来の任務の遂行に関わる大事な情報も、いくつか学んだことになりますわ」

そう言うと彼女は、御者の遺体の傍《かたわ》らに跪《ひざまず》いて、短い祈りを低く唱え、さっと立ち上がった。

「〝かくして、人は、星へ赴く〟」と、エイダルフが皮肉っぽく、ラテン語で呟いた。

だがエイダルフは、すぐに、狼たちの長く尾を引く咆哮に気づいた。彼らが話している間に、狼たちは、思いがけなく間近にまで、近づいていたのだ。エイダルフは、御者の遺体を調べた時に抛りだした杖を、また拾い上げて、フィデルマを振り返った。

「もう、引き返すほうがいいです」

フィデルマも、同感だった。彼女もまた、狼たちの声が、ぐっと近くなっていることに気がついた。

二人は、畑地を横切り、畑の周りに巡らされている低い石垣をよじ登って、道路に出た。すでに、空には、九月半ばの明るい月がかかっていた。月明かりのお蔭で、もはや闇の中ではなかった。雲が二つ三つ見えるが、白く蒼ざめた月光をさえぎるほどではない。靄や薄闇は、水辺の湿気に誘われたのか、泉の周辺を覆っているだけだ。道路からも、暗闇は消えていた。蒼白い月が、路面に淡い月影を落としている。彼らは、遙か先に見えている町の明かりを指して、道を急いだ。

先刻から、狼たちの鳴き声が、次第に高まってきている。その度に、エイダルフの体は、抑えようもなく震えた。ぞっとする戦慄が、ちりちりと背筋を走った。

彼は、不安な視線で周りを見まわした。「声からすると、ごく近くにまでやって来ているようですね」と、彼は囁いた。

「大丈夫です」とフィデルマは、確信をもって、エイダルフに告げた。「狼たちは、よほど飢えていない限り、大人の人間を襲いはしませんわ」

「奴らが飢えていないと、どうして言えます?」とエイダルフは、唸るように答えた。

実を言えば、フィデルマも、同じことを考えていたのだ。

エイダルフは、何かが自分の視野をさっと過《よぎ》ったように感じた。だが、一瞬のことだったので、確かにそうとは、言い切れない。何か、黒く大きな影が、ほんの二十ヤード前を、素早く横切ったように見えた。彼は、本能的に立ち止まった。

「どうしたのです?」突然、彼の肩が強張《こわば》ったことに気づいて、フィデルマは問いかけた。そう言いながら、彼女はエイダルフの横に立ち、前方をすかし見た。

「よくは、見えなかったのですが……」

低い、静かな唸り声が、二人の体を、まるで突然凍りついたかのように金縛りにした。

ふたたび、影が動いた。長く、低く、しなやかな影が。そして突如、青い月光が、二つの丸い小さな点を、きらっと照らした。それは、まるで炎の先端であるかのように、きらめいた。

唸り声は、さらに激しくなった。

「私の後ろへ、フィデルマ!」とエイダルフは、身を護るために杖を前に構えながら、押し殺した鋭い声で指示した。

野獣は、深い唸りを上げつつ、さらに一歩、近寄ってきた。

フィデルマは、闇に目を凝《こ》らしながら、囁いた。「狼なのか、それとも農場の番犬なのか、よく見えないわ」

「どちらにせよ、危険です」

突然、何の前触れもなく、大型の野獣はさっと飛びかかってきた。もしエイダルフが敏捷《びんしょう》でなかったら、獣は彼の咽喉《のど》に喰らいついていただろう。獣が地面から飛び上がった時、彼は杖をさっと振って、地に舞い下りようとしている瞬間、それを迎え撃ったのだ。それが野獣の鼻面を強打できたのは、的確な狙いと言うより、幸運なる命中だった。獣は、苦痛の悲鳴を上げつつ地面に叩き落とされ、二、三フィートばかり、よろよろと引き下がった。だが、すぐに踏み止まった。哀れな鳴き声は、反撃の威嚇《いかく》に変わっていた。

フィデルマが、口を開いた。「エイダルフ、犬ではないわ。狼よ!」エイダルフは、その声に、恐怖の慄《おのの》きを聞き取った。彼女と知り合ってから初めて聞いた声だ。

彼は、狼から、一瞬も目を離すわけにはゆかなかった。狼は唸り続けながら、二人の前をゆっくりと行きつ戻りつしている。どうやら、二人の弱点を探っているようだ。やがて、前後に短く跳ね始めた。だが、まだ近寄っては来ない。その赤く冷たく輝く目は、杖を構え続けているエイダルフを、一瞬の隙もなく見つめている。

「我々、一晩中、こうして頑張ることはできない」とエイダルフが、低い声でフィデルマに告げた。

「でも、どこに逃れようもないわ」

「二、三ヤード先に、木が一本生えています……私がこいつを追いつめている間に、あそこまで走って……枝の茂みまで。登れますね？」

「あなたは、どうなさるの？」とフィデルマは、逆らった。「あなたは、あの木まで行き着けないわ。あいつに、追いつかれてしまいます」

「ほかに、どうしようがあります？」と、エイダルフは答えた。恐怖が、彼を気短にしていた。「二人揃って、ここで襲われて、咬み殺されるのですか？　私が、あいつを追い払う。その隙に、抜け出して！　何もない畑だ。駆けやすい。私が合図したら……走って！　振り向かずに。できるだけ高く、登るんだ！」

その声に響くのは、あまりにも確乎たる決意であった。フィデルマは、異を唱えても無駄だと、悟らざるを得なかった。とにかく、理性的に考えれば、彼の指示は正しい。彼らには、ほかに選択の余地はなかった。

エイダルフは、唸り続ける狼に向かって、二、三度、突きを喰らわせた。狼は、彼の大胆さに驚いて、後じさりした。だがすぐに、火炎のように燃える目を、ぎゅっと細めたようだ。ふたたび、涎《よだれ》を垂らしながら、大きな牙をあらわに剝きだした。

また別の一頭の不気味な咆哮が、すぐ近くから湧きあがり、二人の背に、戦慄を走らせた。二人が後にした畑地のほうから、聞こえてきたようだ。

今まで二人を襲っていた狼が、ひたと静止し、月を見上げた。白い、静かな月光が、頭をもたげている狼の鼻面に落ちた。咽喉のどこか深いところから、唸り声がもれた。初めはかすかに、だが次第に声が強まり、夜の静けさの中に響きわたった。そして、その顎が開いた。この世のものとは思えない、甲高い咆哮が、辺りの空気を切り裂いた。エイダルフが未《いま》だかつて耳にしたことのない吠え声だった。一度、二度。そして三度、その叫びは、二人を包む夜陰の静寂を揺るがせた。

やがて咆哮は、静まった。狼は、じっと耳をそばだてているようだ。

案の定《じょう》、耕地のほうから、それに応える鳴き声が聞こえてきた。ぞっとするような、嘆くような咆哮だ。

だが、今にも襲いかかろうとしていた狼は、それ以上騒ぐことなく、エイダルフのほうを一《いち》瞥《べつ》することすらなく、くるりと背を向け境界線の石垣を飛び越えると、二人が後にしてきた畑地へ向かって、跳ねるように駆け去っていった。

エイダルフは、自分がまだ立ち竦《すく》み、額に汗をかいていることに気がついた。杖は、彼の掌《てのひら》の中で、滑りやすくなっていた。

先に動きだしたのは、フィデルマだった。

「さあ、行きましょう。あの狼の仲間が近くにいると、大変です。私たち、安全地帯である町へ戻りましょう」

エイダルフが動こうとしないので、フィデルマは片手を伸ばして、彼の法衣の袖を強く引っ張った。

エイダルフは、気を取り直そうと努めながら、振り返って、時々不安げな視線を肩越しに後方へ向けながらも、急ぎ足で彼女の後を追った。

「でも、奴ら、畑地のほうへ行きました。あそこには、我々が残して……」

「もちろんです！」フィデルマの声は、強かった。「どうしてあの狼が、私たちへの襲撃を諦めたと、お思いなの？ 仲間が——彼女の声が、かすかに震えた——遺体を見つけたのです。私たちより、もっと容易な餌食《えじき》を。彼らが、もの凄まじい咆哮をあのように鳴き交わしていたのは、そのためでした。あの気の毒な御者は、自らの死で、私たちを救ってくれているのです。

〝デオ・グラティアス（主に感謝を！）〟」

泉の傍らで、今彼らは、なんという残酷な食事を貪《むさぼ》っていることか。それを思うと、エイダルフの胸に、吐き気がこみ上げてきた。自分たちが、その食事であったかもしれなかったのだ。フィデルマが、そうなっていたかもしれないのだ。エイダルフは、埋葬の儀式で唱えられるラテン語の祈り、〝アグヌス・デイ……（おお、神の子羊よ……）〟を、呟き始めた。

「そんな暇《いとま》は、ありません」とフィデルマは、もどかしげに彼をさえぎった。「御者の犠牲に、私たちは応えなければならないわ。それは、私たちが、安全圏に無事辿りつくことです」

エイダルフは、彼女の素っ気ない態度に傷つきながら、口を噤《つぐ》んだ。彼は、自分の命より、フィデルマの安全を、あれほど必死に護ろうとしたというのに。しかし、彼女と知り合って以来、今初めて、彼は気づいた。彼女もまた、恐怖に心乱されているのだ。

二人は、町の外《はず》れに到着した。クレドの旅籠の明るいランプの前は早足で通り過ぎて、二人は大通りを進んだ。彼らは、あれ以来ずっと無言で歩き続けていた。大通りには、二、三人、人影が見えた。だが、誰一人、彼らに注意を向ける者はいなかった。やがて二人は、鍛冶師の仕事場まで、やって来た。

もう、日はとっぷりと暮れているにもかかわらず、鍛冶師は鉄床《かなとこ》の傍らの、勢いよく燃えている炉の前に坐って、剣の刃を研《と》いでいた。そして、ふと目を上げて、二人に気づいた。

「わたしなら、日が暮れた後は、出歩きませんぞ、修道女殿」というのが、彼の挨拶だった。

フィデルマは、彼の前で、足を止めた。すでに平静を取り戻していた彼女は、自分を見つめている彼の目を見返しながら、落ち着いてそれに答えた。「どうしてでしょう?」

鍛冶師は、首を傾《かし》げて、何かに聞き入る仕草をしてみせた。「あれが聞こえませんかな、修道女殿?」

夕闇の静寂の中で、狼の群れの咆哮が、かすかにフィデルマたちの耳にも届いた。

「ええ、聞こえています」と答えた彼女の声は、硬かった。

鍛冶師は、ゆっくりと頷いた。「奴らが、これほど町に近づいてきたのは、わたしの知る限り、初めてですわ。わたしだったら、急いで修道院に戻りますな」

そう言うと、彼は仕事にすっかり夢中になっているかのように、剣に屈みこんだ。だが、ふたたび頭を上げた。「わたしは、この町のボー・アーラ〔代官〕として、あの野獣どもを塒《ねぐら》から追い出すために、狼狩りを招集せねばなりますまい」

地方の族長や王族たち、あるいは国王まで、この獰猛な野獣の数を人々の暮らしが許容できる程度に抑えるために狼狩りを催すことは、決して珍しいことではなかった。だがエイダルフには、この男の言葉の裏には、何かほかの意味があるのでは、と思えるのだった。その推察が正しいのか、それとも先ほどの出来事で味わった感情の余韻で、ありもしない言葉の意味を聞き取っているのだろうか？

フィデルマは、話はそれまでにして、鍛冶師の仕事場を出た。二人は、イチイの巨木の傍らを通り過ぎ、行く手に黒々と高く聳《そび》えている修道院の外壁へと、進み続けた。エイダルフは、彼女の後を追いながら、もう話し声を聞かれる恐れはないだろうと判断して、自分の考えを、フィデルマに話してみた。

「鍛冶師の言葉には、何か、裏があるように感じませんか？」

「わかりませんわ。多分、そのようなことは、ないのでしょう。でも、この段階では、私たち、あらゆる事態に備えておくべきでしょうね」

「我々の次の行動は、何です？」

「今や、すべきことは、はっきりしていると思いますよ」

エイダルフは、ちょっと、考えてみた。

「クレドですか？　我々、もう一度、彼女に質問しなければなりませんね」

暗がりの中から聞こえるフィデルマの声には、満足の響きがあった。「ご名答よ。ええ、私たち、クレドを訪《おとず》れて、もう一度、彼女と話してみなければ。なにしろ、もしサムラダーンの御者の言葉が正しいのであれば、あの女将は、すでに私たちに話していたこと以上に、知っていることがあるわけですから」

「でも、もう、謎の解決は、はっきりしていると思いますよ」

エイダルフの言い方があまりにも確信に満ちていたもので、フィデルマは驚いた。

「私たちが抱えている謎を、もう解き明かされたのですか、エイダルフ？」彼女の声には、かすかに皮肉が聞き取れたが、エイダルフは、それに気づかなかった。「ずいぶん、冴えていらっしゃるのね」

「いいですか、御者が言ったことをお聞きになりましたよね――射手は、リードウナ〔殿下〕と呼びかけるような人物から指示を受けていた、という話でしたね。キャシェルに敵対する勢力の中に、リードウナと呼びかけられる人物は、多いのですか？」

「ええ、大勢いますわ」とフィデルマは、平静な口調で、彼に答えた。「正直に言って、私も、オー・フィジェンティのことを、すぐに思い浮かべました。でも、射手がある人物にリードウナと呼びかけているのを耳にしたという御者の話だけでドネナッハ殿を告発することは、できませんわ。オーガナハト王家の最大の敵は、もっと北のオー・ニール一族の王たちです。とりわけ、アイレック（現アルスターの古都）の王、北オー・ニール家のメイル・ドゥーイン[2]です。彼らの敵意は、ゲール民族の始祖、ミリャ・イシュパンにまで、遡《さかのぼ》るのです。彼の息子のエベルとエレモンは、エールの分割をめぐって戦ったのですけど、エベルはエレモンを支持する者たちに殺されました。オー・ニール一族は、自分たちはこのエレモンの末裔《まつえい》だと、主張しているの」

エイダルフは、もどかしげに、言葉を続けた。「そのことは、知っています。そして、南のオーガナハト一族は、自分たちはエベルの子孫だと、主張しているのでしたね。しかし、キャシェルは北のオー・ニール一族に脅かされていると、本当に考えておいでなのですか？」

「骨髄《こつずい》に徹している恨みは、なかなか拭《ぬぐ》い去ることができないものですわ」

二人は、ちょうど修道院までやって来ていた。彼らは、門の前で、足を止めた。

「私には、理解しかねますね」とエイダルフは、納得できないでいた。

「でも、オー・ニール一族は、一千年もの間、オーガナハト一族に憎悪を抱き続け、その王国を妬《ねた》み続けているのです」というのが、彼へのフィデルマの返事であった。

門のところに詰めていたのは、デイグ修道士、今朝会った、初々しい顔をした、あの若い修道士だった。彼は、嬉しそうに二人を迎えてくれた。

「お二人とも、無事に帰っておいでになって、本当に良かった。この二週間ほど前から、丘陵地で、狼の群れが盛んに鳴いているのが聞こえてましたからね。こんな日は、安全な場所から、わざわざ出ていくような夜ではありませんよ」と言いながら、デイグは彼らを中に入れて、扉を閉めた。

「私たちも、その咆哮は、耳にしていたよ」とエイダルフは、簡単に答えた。

「この辺りの森や畑には、狼が一杯いるんで、用心なさらなきゃ」とデイグ修道士は、愛想よく教えてくれた。「あいつら、すごく獰猛なんです」

エイダルフも、そのことなら十分すぎるほど、よく知っていると言って、若い修道士と話を始めようとした。だがその時、警告するようなフィデルマの視線に気がついた。

「気遣って下さって、どうもありがとう、ブラザー・デイグ」と、フィデルマは若い僧に声をかけた。「私たち、今後、夕暮れに出掛けなければならない時には、よく気をつけましょう」

「夕食は、まだですか？　冷たい料理なら、食堂にありますよ」と、若い僧は続けた。「もう遅いので、温かい料理は、ないと思いますけど」

「それで、十分ですよ。ブラザー・エイダルフと一緒に、食堂に行ってみます。よく気を配って下さって、本当に感謝していますわ」

二人は、食堂へ向かった。エイダルフがそっと囁いた。「食事の後、クレドに質問するために、出掛けるのですか？」

「今、デイグ修道士が言っていたとおり、もう遅いようね。クレドには、明日まで待ってもらいましょう。私は食事が済み次第、寝ることにしますわ。休息をとらなければね。疲労困憊《こんぱい》の一日でしたもの。その仕事には、明日、朝食を摂ったらすぐに、取りかかりましょう」

第十二章

フィデルマを眠りから引きずり出したのは、戦闘ラッパの響きだった。その直後、恐怖に駆られた来客棟担当のスコーナット修道女が、大声で叫びながら、フィデルマの部屋に飛び込んできた。

「起きて！　身を護るお支度を、フィデルマ様。私ども、襲撃されています」

フィデルマは、初め、何事なのかわからずに、混乱したまま寝台に身を起こしていたが、今はすでに戦闘ラッパの音や、遠くから聞こえてくる絶叫や悲鳴を、十分に聞き取っていた。彼女は寝台から下りると、暗がりの中、手探りで蠟燭《ろうそく》に火を灯そうとした。揺らめく灯りが、扉のところに立って両手を揉み拉《しだ》きながら動顚《どうてん》して泣いているスコーナット修道女の姿を、浮かび上がらせた。

フィデルマは彼女に近寄り、その両手を取ると、「しっかりなさい、シスター！」と、鋭く呼びかけた。「何が起こっているのか、お話しなさい。私ども、何者に襲撃されているのです？」

スコーナット修道女は、まだ動揺しながらも、フィデルマの強い叱咤《しった》の声によって少し落ち着き、今度は低い声で泣きだした。「修道院が、襲われています。襲撃を受けています！」

「でも、何者から？」

フィデルマは、スコーナット修道女がすっかり恐怖に打ちひしがれ、質問に答えるどころではないことを、見て取った。

彼女はくるりと振り返り、さっと法衣をまとった。寝室の窓から見るところ、外はまだ暗いようだ。今、何時頃なのか、見当もつかない。それでも、夜明けは、それほど遠くはないようだ。

フィデルマは、まだ啜《すす》り泣いているスコーナットを部屋に残したまま、急いで廊下に飛び出した。そして、彼女とは逆の方向へ急ごうとしている大柄で筋肉質の男に、まともにぶつかってしまった。闇の中でも、フィデルマは、それが誰か見て取った。エイダルフであった。

「あなたを探しに来たのです」と彼は、気遣わしげに告げた。「修道院は、戦士たちの襲撃を受けています」

「ほかに、何か情報は？」

「それだけです。ほんの数分前に、ブラザー・マダガンに起こされたばかりなのです。彼は、門が全て、固く閉じられているかどうか、確認に行きました。でも、この修道院は、外壁と数箇所の門のほかは、何の防御策も施されていないようです」

突然、修道院の大きな鐘が鳴り始めた。鐘の音量が、次第に大きくなってゆく。おそらく、鐘の引き綱を引っ張っている誰かが、一回鳴らす度に、ますます狂おしく、鐘の引き綱を引っ張っているのだろう。深刻な警報と言うより、狂乱の中で助けを求めている悲鳴であった。

「何か情報を得られるか、行ってみましょう」大音響に消されまいと大声で叫びながら、フィデルマは正面の大門のほうへと、すでに回廊《クロイスター》を走りだしていた。

エイダルフも、「ほかの女性たちは、地下の安全な場所へ、案内されていきましたよ」と異を唱えながらも、彼女の後を追いかけた。

フィデルマは、わざわざ彼に答えようとはしなかった。彼女は、速かった。エイダルフは、遅れないようについていくのに必死だった。二人は、恐慌をきたし、動顚し、統制もなく右往左往している修道士たちの間を走り抜けながら、暗い回廊を駆け続けた。

修道院の外壁の外から聞こえてくる戦闘の角笛や絶叫、乱闘を繰り広げている人々の喚き声などが、ますます耳を聾《ろう》する大音響となってきたことに、フィデルマは気づいた。二人は、回廊に囲まれた、一番広い中庭も走り抜けた。そこまで来ると、若く頑強そうな修道士たちが何人か、懸命に正門の大扉の閂《かんぬき》をしっかり固定しようとしているのが見えた。彼らを指揮しているのは、修道院の執事のマダガン修道士だった。フィデルマは彼に近づき、声をかけた。

「何が起こったのです？　襲撃者たちは、何者なのです？」

マダガン修道士は、指揮の手を止めた。

「見たこともない戦士たちです。私にわかっとるのは、それだけですわ。今のところ、修道院を直接襲おうとはしとりません。連中、町を破壊するほうに、より熱心らしい」

「院長様は、どちらに？」

マダガン修道士は、正門の傍《かたわ》らに建っている、三階建ての四角い小さな物見の塔を指し示すと、「お許し下され、修道女殿……」と言いながら、フィデルマに背を向けた。「私は、我々の安全のため、彼らの監督を続けねばならんのです」

フィデルマは、後に続くエイダルフと共に、すでに物見の塔へ向かっていた。

塔の内部は、一度に一人しか上り下りできない狭い階段で、各階に繋《つな》がっていた。フィデルマとエイダルフは一気に上へ向かった。

下のほうの階には誰もいなかったが、最上階では、胸壁の後ろにセグディー院長が立っていた。この胸壁は、もしこの建物が軍事目的で建てられたのであれば、狭間《はざま》となっていただろう壁面だ。外壁の屋根を縁取るこの胸壁は、人の胸ほどの高さであった。セグディー院長は、一人ではなかった。ずんぐりとした男が、隣りに立っていた。商人サムラダーンだった。院長は胸壁を楯《たて》として立ち、下の広場と、さらにその下に広がる街並みを凝視していた。その背中は、猫背になっていた。彼は、体の両脇で手を固く拳《こぶし》に握りしめ、頭を差し伸ばすようにして立って、陰惨な光景を見つめていた。サムラダーンも、悲惨な光景に立ち竦《すく》んでいる。フィデルマとエイダルフが屋上に登ってきたことにも、二人は気づいていなかった。

フィデルマとエイダルフも、黄色みを帯びた、この世のものとも思えぬ紅蓮《ぐれん》の炎が波のように押し寄せてきて、すでに大修道院を取り囲んでいることに気づいた。不気味な、脅《おびや》かすようなその色は、頭上に低く垂れこめている雲にも、反映していた。町の多くの家屋が、すでに炎に包まれていた。人々の悲鳴と絶叫と、驚いた馬たちの抗議の嘶《いなな》きが、辺りに充満している。修道院の外壁の外は、さまざまな動きで沸きたっていた。馬上の男たちが、ある者は燃える松《たい》明《まつ》を、ある者は抜き放った剣を振り回しながら広場中を駆け巡り、あるいは街路にも入りこんでいた。何の防御の備えも持たぬ人家が先ず猛攻撃の標的にされたことは、明白だ。夜の闇が、炎上する人家や動き回っている松明の炎に照らされて、不気味な薄明かりとなり、辺りを包んでいた。フィデルマの目もこれに慣れてきて、ほかの様子も見えてきた。地面のそこかしこに黒っぽい塚が生じていた。明らかに、死者たちの山だ。さらに酷《むご》い光景も見えた。町の人々が、一人で、あるいは数人で、追いかけてくる馬上の戦士から必死に逃れようとしていた。時々閃《ひらめ》く剣が、犠牲者を捕らえ、悲鳴が上がった。

フィデルマは、暗澹《あんたん》たる顔で、院長を見つめた。

「イムラックを護る手立ては、何もないのですか？」

院長は、あまりの衝撃に、一瞬、言葉を失っている様子だった。彼は、突然、ひ弱な老人となっていた。フィデルマは、彼の腕を手荒く揺すぶった。

「セグディー院長様、無辜《むこ》の人々が切り殺されているのです。この近辺には、我々が頼れる戦士がたは、誰もいないのですか？」

鷲のような容貌をした院長は、やっとのことで彼女に顔を向けた。だが、衝撃に目が眩《くら》んだまま、フィデルマに焦点を合わせることもできないようだ。

「一番近くの戦士は、あなたの従弟《いとこ》のクノック・アーンニャ族長殿の戦士団ですわ」

「何らかの手段で、連絡がつきますか?」

セグディー院長は、片手を上げて、修道院の向こう端の鐘楼を指し示した。鐘は、今もなお、狂おしく鳴り続けている。「あれが、我々の唯一の連絡手段ですわ」

サムラダーンは、まるで催眠術にかかったかのように、戦慄《せんりつ》の情景に見入っていた。ぞっとするような顔だった。フィデルマは、これほど剝きだしに恐怖を浮かべた男の顔を、未《いま》だ嘗《かつ》て、見たことがなかった。このような状況の中であるにもかかわらず、フィデルマはふっと思った――ウェルギリウスは、なんと書いていただろう? "恐怖は、人の卑しい本性を浮かび上がらせる"だった。でも、どうしてこれが、今胸に浮かんだのだろう? この男の顔には、恐怖以外、醜さは何も表れていないように思えるのに。

がっしりした体軀の商人は、今、院長に向きなおっていた。「あいつら、修道院の壁を破って、中に入ってくるんでしょうか?」その声は、恐怖そのものだった。

「ここは、城塞ではないのだ、サムラダーン」院長の声は、素っ気なかった。「我々の門は、軍勢を阻《はば》むようにはできていない」

「私は、庇護を要求しますぞ! 私は、ただの商人だ。何一つ悪いことはしてない……何かを護ることを仕事にしとる兵士じゃないんだ……」彼の声は、極度の恐怖で、甲高い悲鳴になっていた。それが、セグディー院長を麻痺状態から、立ち直らせた。「では、礼拝堂の地下に、女人《にょにん》たちと一緒に、隠れているがよい」と院長は、彼にぴしりと告げた。「我々は、我々自身を……それにあなたをも、護ろうとしているのだ。邪魔するでない！」

商人は、ほとんど怖気《おじけ》づいたように、院長の前から後じさった。

フィデルマは、面《おもて》に嫌悪の表情を浮かべたまま、エイダルフに指示を与えた。「サムラダーンを、地下の納骨堂に連れていき、代わりにマダガン修道士に、ここへ来るよう、伝えて下さい」突然、いともすんなりと、彼女は指揮者の権威を発揮していた。彼女は、キャシェルのオーガナハト王家の一員なのだ。この人々は、彼女の庇護の許に在る人たちなのだ。

エイダルフは今まで皆で凝視していた殺戮《さつりく》と破壊の情景の前から、震えている商人を手荒く連れ去った。

フィデルマはセグディー院長と並んで、怒りを募らせながら、眼下に繰り広げられつつある修羅を見つめた。

一面に燃え広がった炎の中で、鍛冶師の熔鉱炉が炸裂《さくれつ》した。数軒の家屋が、すでに灰燼《かいじん》に帰していた。彼女は目を転じ、彼らが何者であるかを一人なりと見極めようと、騎乗の戦士たちの暗い影を見つめた。だが、夜陰の中で、戦闘用兜《かぶと》ときらめく鎧帷子《よろいかたびら》以外、何一つ、見定められなかった。彼らは、身許を明かす紋章など、何一つ身につけていなかった。

その時、階段に、擦《こす》れるような音がして、息を切らしたマダガン修道士が屋上に現れた。

彼は、屋上から見える炎上している町の光景に、暗鬱《あんうつ》な視線を向けた。

「あの連中、先ず容易《たやす》い標的から、手をつけよった」と彼は、もう一度、それを繰り返した。「防備を備えておらぬ町への襲撃が終われば、奴ら、修道院攻撃に取りかかるでしょうな……」

突如、セグディー院長が叫び声を上げ、仰向《あおむ》けに倒れた。

彼らは、はっと振り向いた。院長の額が、ぞっとするような傷口を見せていた。血が、流れ出ていた。フィデルマは、周りを見まわした。一瞬、わけがわからなかった。その時、何かが胸壁にぶつかった音がした。屈んで、拾い上げてみると、小石だった。

「投石器です」と、彼女はマダガンに告げた。「胸壁から、離れて」

マダガン修道士は、すでに院長の傍らに跪《ひざまず》いていた。

「薬師《くすし》のバルダーンを呼ばねば。投石機の礫《つぶて》を額にお受けになったのだ。意識を失っておいでです」

フィデルマは、慎重に胸壁に近寄り、それを防御の楯として、頭を低く屈めた。投石は、たまたま前を通り過ぎた騎馬兵が放ったものに違いない。それが、運悪く院長に命中してしまったのだ。まだ、修道院に対する本格的な攻撃の開幕ではないらしい。騎乗の戦士たちは、今なお、町の中を前へ後ろへと駆けまわっている。

「奴らが、我々を攻撃し始めたら、この外壁では、戦士たちをそう長くは阻止できますまい」とマダガン修道士は、彼女の視線を追いながら、そう呟いた。彼女が考えていたことを、はっきり読み取っていたらしい。

フィデルマは、鐘楼を身振りで指し示した。鐘は、まだ鳴り続けていた。

「あれは、役に立ってくれるのでしょうか？」

「多分。でも、それに頼りきるわけには、ゆきませんな」

「では、この近くに、クノック・アーンニャ以外に、戦士はいないというのは、本当なのですね。クノック・アーンニャの戦士たちは、私どもの救援に来てくれるのでしょうか？」

「わかりませんな。我々は、クノック・アーンニャの軍勢が敏捷《びんしょう》であることを祈るのみです」

「六マイルですね」とフィデルマは、イムラックと彼女の従弟の城塞との距離を考えこんだ。

「あちらに、この鐘の連打は、聞こえるのかしら？」

マダガン修道士の顔は、暗かった。「それに頼るわけにはゆかないかもしれない。でも一つだけ、望みがあります。今は、周囲は静かな深夜ですから、我々の鐘の音は、遠くまで届くかもしれません」

「そうであっても、それに頼るわけにはゆかないかもしれませんね」とフィデルマも、マダガン修道士の言葉を繰り返した。彼女は振り返り、ふたたび破壊の場面に視線を戻した。「あの者たちが何者であるかを知る手立ては、何もないのですか？　どうして彼らは、修道院を襲おうとするのでしょう?」

「全く、見当もつきませんな。我々のこの修道院の歴史の中で、この聖なる地を襲撃しようとした企みは、これまで一度もありませんでした」突然、彼は言葉を切った。困惑の表情が、彼の面を過《よぎ》った。

「なんです?」と、フィデルマは促した。

マダガン修道士は、彼女の視線を避けた。「伝説のせいかも。もしかしたら、伝説は正しいのかも?」

一瞬、フィデルマは、理解しかねた。だが、すぐに思い出した。「聖アルバの聖遺物のこと? 迷信です。それだけのことです」

「でも、同時に起こったという事実は、見逃すわけには、ゆきますまい。聖遺物は、現に、盗み出されておるのです。もしあの聖遺物がこの地から失せるとモアン王国は崩壊する、と言われておりますぞ。奴らは、それをやってのけた。そして今、修道院は破壊されつつある!」

自分自身の不安に煽《あお》られたのか、フィデルマは執事に怒りをぶつけてしまった。

「なんと愚かな! 修道院は、まだ崩壊してはおりません。もし私どもが心を一つにして護れば、崩壊することなど、ありません」

そこへ、エイダルフが急いで戻ってきた。彼は、横たわっている院長の姿を目にして、ぎょっとした。「院長は……?」

「いいえ」とマダガン修道士は答えた。「セグディー院長は、投石器の礫《つぶて》を受けられたのです。誰かに言って、薬師のバルダーン修道士に、ここへ来るよう、伝えて下さらぬか？」

エイダルフはすぐさま階段を下りていったが、たちまち戻ってきた。

「若い修道士が、施薬所へ行ってくれました」

フィデルマは、厳しい顔をエイダルフに向けて、訊ねた。「それで、サムラダーンは、どうしています？」

「シスター・スコーナットに宥《なだ》められていますよ」

だがエイダルフは、急に修道院の正面の広場へ、視線を向けた。「あれを、見て下さい！」

皆、エイダルフの伸ばした手を、目で追った。
五、六人の戦士の一団が、修道院の外壁近くに生えているイチイの大木の傍らで、馬から下り立った。そして、それぞれ携えてきた斧を用いて、組織だった手際で、年古《ふ》りた大木の幹に、その刃を振り下ろし始めた。前もって綿密に立てられていた計画に従っているかのように、統制のとれた行動だった。決して、単なる気まぐれからの蛮行ではない。
エイダルフは、戸惑って、顔をしかめた。

「一体、何が起こっているのです？」とエイダルフは、混乱しながら、疑問を口にした。「略奪行為の最中に、それを中断してまで、イチイの老木を伐り倒そうとするなんて？」

「おお、神よ、我らを護り給え！」とマダガン修道士が叫んだ。その声は、絶望の泣き声であった。「おわかりにならぬのか？　奴らは、神聖なるイチイの木を伐り倒そうとしているのです」

「町の人々を切り殺されるより、そのほうが、まだ良いでしょう」とエイダルフは、皮肉っぽく、彼に答えた。彼は、まだ、略奪者たちの行為の真の意味がわかっていなかった。

「私が前にお話ししたことを、思い出して」とフィデルマが、鋭く彼に告げた。彼女さえも、今は、血の気の引いた顔色になっていた。「これは、我らモアンの民の聖なる象徴のイチイの木です。ミリャの息子であり、キャシェルのオーガナハト王家の始祖であるエベル・フィンが手ずから植えたと伝えられる聖なるイチイなのです。我々モアンの民は、太古の時代より、ずっと信じてきたのです、エイダルフ。このイチイは、我々の安寧《あんねい》の象徴であると。この木が生き生きと繁茂している限り、我々モアンの民も繁栄し続けると。万一、これが枯れると……」

フィデルマの声は、途切れた。

エイダルフは、彼女の言葉に、無言で聞き入った。彼は、自分が愛情を寄せるようになった、このエールという国の内面に潜《ひそ》む奇妙な不可解に、今もまた、戸惑わされていた。この国は、一面では、彼が知っているサクソン諸王国のどの国よりも信仰篤い敬虔なるキリスト教国である。ところが、一面では、彼が知っている国々のいずれよりも遙かに異教の色を濃く留めている国なのだ。そして、人より際立って理性的で分析的であるフィデルマまで、今は、何者かが大いなるイチイの木を伐り倒そうとしていることに、気持ちを掻き乱されている。エイダルフは、この象徴の持つ真の意味を、今やっと理解し始めた。彼は、異教信仰の時代には、樹木は崇拝の対象であったことを、知ってはいた。しかし今、彼は悟った。このイチイの木に対する彼らの信仰は、世界の中でももっとも古くから生き続けてきたであろうこの特別な樹木への、崇拝だったのだ。〝生命の樹〟と呼ばれているこの象徴の崩壊は、単にキャシェルのオーガナハト王朝に対する侮辱ではないのだ。オーガナハト一族とその領民全ての意気を阻喪《そそう》させる手段だったのだ。

エイダルフには、いろいろ論じたいことがあった。だが今は、それは抑えるほうが賢明であろう。

今、大きな鐘の轟《とどろ》きにもかかわらず、襲撃者たちの斧が古木の幹に食い込む音が、はっきりと彼らの耳に達していた。その規則正しい律動的な音は、破壊と死の大騒音とは、あまりにも異質であった。

薬師のバルダーン修道士が、若い助手のデイグ修道士を従えて、屋上に登ってきた。バルダーン修道士は、すぐさま院長の傍らに跪き、傷口を調べ始めた。

「酷い打撲傷です。でも、命に危険はありません」と薬師は、一先ずさっと調べると、皆にそう告げた。「ブラザー・デイグに手伝わせて、院長室にお連れします」そして彼は、マダガン修道士をちらっと見上げた。「我々の状況、どうなのですか、ブラザー？」

「芳《かんば》しくない。今のところ、修道院を襲ってきてはいない。奴ら、今は、大いなるイチイの木を、伐り倒そうとしておる」

　バルダーン修道士は鋭く息を呑み、マダガン修道士が言ったことが本当なのか確認しようと、胸壁越しに広場を見つめた。彼は、胸に十字を切った。彼は、下で繰り広げられつつある光景を目にして、一瞬、催眠術をかけられたかのように、立ちつくした。今は、振り下ろされる斧の音が、ひと際高く聞こえてくる。薬師は仰天して、頭を振った。

「奴らが直接修道院を襲ってこないのは、あのせいなのか」と彼は、低く呟いた。「その必要はない、というわけか」

「ああ、ここに、二、三人でいいから、腕のいい射手がいてくれたら」とフィデルマは、歯がゆさに思わず叫んでいた。

　デイグ修道士は、一瞬、ショックを受けたようだ。「フィデルマ様、我々は宗門の人間です」と、彼は抗議した。

「だからといって、私ども、人々が蹂躙《じゅうりん》されるに任せておくわけにはゆきません」

「でも、キリストは教えて……」

　フィデルマは、もどかしい時に彼女がよくやる、片手で何かを断ち切るような仕草をして、彼をさえぎった。「精神の貧しさを美徳として私に説教するのは、止めてもらいましょう、ブラザー。もし人が貧しい精神しか持ち合わせていないとしたら、傲慢《ごうまん》で尊大なる者たちに圧倒されてしまいます。私たち、自分の精神に忠実でなければなりません。暴威にはあくまでも抵抗するとの固い決意を、持つべきです。そうしてこそ私どもは、さらなる暴圧に阿《おもね》ることをせずに済みます。私は、もう一度、言います。腕のいい射手が一人でもいれば、我々の今日という日を救ってくれるかもしれないのです」

「この修道院には、そうしようにも、その武器すら、ありません」とバルダーン修道士は答えた。「ましてや、それを操れる者など、いやしません」そう言うと、彼は、意識のない院長の側に戻った。「さあ、デイグ、我々は、院長様のご容態に、気を配ろう」

二人は、初老の院長を両側から支えながら、階段を下りていった。

しばらくの間、フィデルマ、エイダルフ、マダガン修道士の三人は、襲撃者たちがイチイの古木に斧を振り下ろすのを、なす術《すべ》もなく見つめ続けた。彼らは、無力感を味わいながら、ただ、ただ、見守るしかなかった。だがエイダルフは、イチイの木が伐りつけられている様を目にしながらフィデルマとマダガン修道士が味わっている怒りに満ちた無力感に、完全に感情移入することは、できないでいた。頭では、彼もその意味を理解できた。だが、この暴挙が引き起こす恐怖と戦慄を本当に感じ取ることは、まだ彼には無理だった。

突然、エイダルフの目は、ある動きを捉えた。彼は、広場の向こう側を指し示した。

「ほれ、あそこを！　誰かが修道院の門を目指して駆けてくる。女性です！」

燃えている数軒の建物の中から、人影が一つ、こぼれ出るように現れたのだ。明らかに、修道院の中に庇護を求めようとしているらしい。女は、修道院の正門目指して、躓《つまず》きつつ、よろめきつつ、走ってくる。

「門は、すでに閉ざしてしまった」と、マダガン修道士が叫んだ。「我々、下りていって、あの気の毒な女のために、門を開けてやらねば」

フィデルマは、もう一度、素早く眼下の惨状に目を向け、この屋上という安全地点に留まっていても、彼女には何もできないと悟ると、エイダルフとマダガン修道士と共に下へと引き返した。

門のところで、彼らはデイグ修道士と出会った。院長をその居室に運ぶ手伝いをして、今戻ってきたらしい。

「門を開けるんだ」マダガン修道士はそこへ駆けつけながら、怒鳴った。「女が、中へ入りたがっている！」

若い修道士は、不安そうに躊躇《ためら》った。「でも、襲撃者たちを引き入れることになります」と、彼は反対した。

エイダルフは、何も言わずに若者を押しのけ、太い木の門に取り組んだ。

マダガン修道士も、それに加わった。

二人は、デイグ修道士の後ろにかたまっている数人の修道士たちの驚愕の中で、門扉《もんぴ》を押さえている頑丈な門を引き抜いた。修道士たちは、どうすべきか戸惑い、茫然としている。エイダルフとマダガンは、扉を内側に押し開いた。

走ってきた女は、まだ十歩ほど門の手前だ。エイダルフは、この女に見覚えがあるような気がした。彼は女に叫ぶように励ましの声をかけながら、前へ出ていこうとした。だが、愕然としたことに、騎乗の戦士の一人がこれに気づいて、女を追いかけ始めたのだ。戦士は、今にも追いつこうとしている。

その時、マダガン修道士が門扉を走り抜け、これを目にすれば接近してくる戦士を押し戻せると確信しているらしく、磔刑像十字架《クルシフィックス》を相手に突きつけながら突進していった。「〝テムプリ・インスラエクエ（寺院の境内なるぞ！）〟」と、彼は叫んだ。「〝サンクチュアリウム（聖域であるぞ！）〟」と、彼はラテン語で叫んだ。

マダガン修道士は、なんとか、女と剣を振り上げて接近してくる戦士との間に、身を割り込ませた。刀身が、広場の向こうの劫火《ごうか》を受けて、きらめいた。

戦士の武器を取る右手が大きく振り上げられるや、マダガン修道士の体が、くるっと半回転した。その額に、赤い飛沫《しぶき》がさっと飛び散った。そして、前のめりに、どうっと倒れた。エイダルフは手を伸ばし、女を安全なところへ引っ張り入れようとした。だが、襲撃者のほうが早かった。彼の剣が、ふたたび振り上げられた。女は、悲鳴を上げた。その後頭部を、剣が打ちすえた。その弾みで、女の体が前へ押し出され、女はよろめきながら、修道院の敷地へと転がりこんだ。

追跡者の馬は、突撃の勢いのままに門の内へと走り込み、馬上の戦士をも、修道院内に連れ込んだ。馬の蹄《ひづめ》が、敷石に音高く響いた。次に起こったことは、見守る人々が息つく暇《いとま》もないほど、一瞬のうちに展開した。

弾みのついた馬は、傷《かわ》を負った女を蹴飛ばし、女の体は激しく壁にぶつかった。エイダルフ自身は、辛うじて身を躱して、地面に叩きつけられることを免れた。彼は、くるっと振り向いた。そして、衝動的に馬上の戦士の脚を摑み、渾身の力を振りしぼって、投げ飛ばそうとした。剣を振り回していたため、すでに不安定な姿勢になっていた戦士は、鞍にまたがり続けることができず、エイダルフが転倒すると同時に、自分も落馬してしまった。彼は激しい勢いでエイダルフの体の上に落下した。その勢いで、エイダルフの肺から、空気がすっかり押し出されてしまった。彼は、気を失いそうになった。身動き一つ、できなかった。

戦士は、職業軍人だった。エイダルフの体という緩衝材の上に落ちた彼は、即座に半回転して立ち上がった。そして、腰を屈めて対決の姿勢となり、剣を手に、いかなる攻撃にも対峙できる構えをとった。

ずんぐりとした、筋骨たくましい男だった。牛革のぴったりとした上着をまとい、その上にルイレック・イアーンと呼ばれる鉄の鎖帷子《くさりかたびら》を着用している。さらにその上に、黒く染めた亜《り》麻布《ネン》のマントを羽織っていた。膝から下には、革に真鍮《しんちゅう》の飾り鋲を打ったアサーンという行縢《むかばき》が固く巻きつけられていた。真鍮の兜には、目の上に小さな眉庇《まびさし》が付いているので、中庭の松明の明かりで見て取れる彼の容貌は、赤い傷口のような、薄い残忍な口許だけであった。

彼の馬は、石畳の広い前庭《ぜんてい》の、やや離れたところに止まっていた。精一杯駆けまわった後の昂ぶりが冷めやらず、荒い鼻息のまま、喘いでいる。戦士の小型楯《シールド》も、まだ馬の背に吊るされたままになっていた。

戦士は、腰を屈め、今度は剣を両手で握りしめて、どこに潜んでいるかわからない敵に備えるかのように、ぐるりと周囲に警戒の目を回らせた。だが、見るからに怯えあがって門の陰にかたまっているわずか五、六人の修道士と、自分の前に立っているただ一人の修道女しかいないと見て取ると、一瞬、緊張を緩めた。

男は、体を伸ばすと、吠えるような哄笑を響かせた。そして剣を振りかぶり、脅かすようにそれを修道士たちに向けた。彼らは、脅えながら、後じさった。それが、男をますます面白がらせた。その時、男は自分の前に立っている修道女の様子に気づいた。彼女は、身じろぎもせず、両手を胸の前に慎ましく組んで、立っていた。彼は、修道女の長身の、だが均整のとれた姿と、穏やかで魅力的な容貌に、緊張を緩めた。

「お前は、何者です、戦士よ」と、フィデルマは彼の返事を求めた。

戦士は、修道女の声の静かな権威に、目を瞬《しばたた》いた。だがすぐに、卑しい笑いが、その顔に浮かんだ。

「男さね、立派な男さ。あんたが自分の周りに引き連れとる、あのとても男とは言えん連中と、較べてみるがいい。俺についてきたら、男には何ができるか、教えてやるぜ」

フィデルマは、まだ息を切らして地面に横たわっているエイダルフに、気遣わしげな視線をちらっと向けた。門の向こう側に倒れているマダガン修道士は、おそらく死んでしまったのであろう。駆けてきた女のほうも、同じように叩きのめされ、何の反応もなく倒れている。フィデルマは、嘲笑《ちょうしょう》がはっきりと浮かぶ視線を、戦士に戻した。

「お前は、すでに、お前に何ができるのかを見せてくれました」とフィデルマは、静かな口調で、一抹の不安も見せずに、戦士に答えた。「お前は、キリストの教えに従う修道士を一人、身を護る術《すべ》もない女を一人、その手で殺害した。そのことが、お前は男ではないと、明かしています。私は、沼地を歩いた後、靴の踵《かかと》に付いた汚れを棒切れで擦り落とします。お前は、その汚れです」

彼女の声があまりにも穏やかだったので、戦士は、しばらく、気づかなかった。少し経ってからやっと、彼はなんと言われたかに気がついた。

戦士は、薄い唇を引きつらせて、凄まじい怒りの形相となった。

「俺についてこい。それとも、今ここで殺されたいか！」

彼は、脅かすように、剣を突きつけた。

その時、修道士の一人が、フィデルマを庇《かば》うように前に進み出てきた。先ほど自分がとった卑怯な行動に恥じ入って、顔を赤く染めながら出てきたのは、あの若い修道士のデイグであった。彼が、まだ何か言う暇《いとま》もないうちに、その気配を悟った戦士は、さっと若い修道士に向きなおり、剣の切っ先を彼の胸に突き刺した。若い修道士は苦痛の呻きを上げ、地面に膝をついた。血が、どっと溢れだし、彼の法衣をみるみる染めていった。彼は、まるで信じられないかのように、自分の傷を見つめた。

「何の武器も持たぬ若者や女性に対して、なんと勇敢なこと」と、ぴしりと鋭い言葉を浴びせながら、フィデルマは一歩彼に向かって踏み出した。だが、くるっと向きなおった彼の剣の切っ先に、動きを封じられてしまった。「お前にも、名前はあろう？　それとも、名乗るのが恥ずかしいか？」

戦士は、修道女の豪胆さに、思わず喘ぎをもらした。

「お前なんぞに、名乗ってやれるか、小娘め。女だからって、俺を侮辱しておいて、ただで済むと思うなよ！」

フィデルマは、傷口を手で押さえて、溢れ出る血をなんとか止めようとしている若いデイグのほうへ、ちらっと目を向けた。

「お前は、すでに、お前の勇気とやらを、証明してくれた。私も、やはり身に寸鉄も帯びていない。その私を殺して、いかに自分が見下げ果てた卑劣漢であるかを披露したら、お前はさぞや自分は勇者であると、自慢できるであろうよ」

デイグ修道士が、苦痛に耐えながら、見上げた。その目は、涙に濡れていた。彼は、脅えて凍りついている修道士たちの一団を見上げて、幾度も、何か言おうとした。やっと、彼の口から言葉がもれた。「門を、ブラザーがた……門を閉めねば。こいつの仲間たちが入ってくる前に」

そうだった。フィデルマも、たった今、思いついたところだった。門がいつまでも開けたままになっていたら、やがてほかの襲撃者たちもそれに気づき、修道院に乱入してくるはず。そうなってからでは、修道院を大虐殺から救う術はないのだ。

「そうは、させんぞ、小娘」と戦士は、フィデルマの気遣わしげな目が門へ向けられたのを見つけるや、そう怒鳴った。「辿りつく前に、お前は死んどるさ。俺の仲間たちは、もう今にも、ここに入ってくるわい」

デイグ修道士は苦痛に呻きながら、前へ進もうとした。「この男は、一人なんだ、ブラザーがた。彼には、皆さん全部を、殺すことなどできない。扉を閉めて。この男を抑えて。武器を取り上げて！」

戦士は、きしるような唸り声で怒りを吐き出し、鋼鉄の刃《やいば》を、若い修道士の首に、思いきり激しく叩きつけた。

デイグ修道士は、ばたりと、仰向けに倒れた。彼の生死は、確かめるまでもなかった。そのことは、歴然としていた。

エイダルフが正常な息遣いを取り戻したのは、この時だった。彼は、二、三回、深呼吸をして、なんとか立ち上がろうとした。だが、侵略者の剣の先端で、その動きは封じられる結果になってしまった。

「門へ！」とフィデルマは、脅えている修道士たちに向かって、決然と命じた。「仲間の修道士殿が、死を前にしながら下された命令に、従うのです！」

「ちょっとでも動いてみろ、この男は死ぬぞ」と戦士は、エイダルフの肩を自分の剣で小突きながら、言い放った。

「ああ、やってみろ！」とエイダルフは、それに大声で応えた。今や、怒りのあまり、彼は自分の恐怖を忘れていた。

戦士は、修道士たちがフィデルマの指示に従おうとするかどうかを確かめようと、ちらっと目をそちらに向けた。注意が逸れたこの瞬間をこそ、エイダルフは待っていたのだ。彼は突然転がって、戦士の剣が届かないところまで逃れ、門へ向かって突進した。

戦士は、剣をかざして、さっと彼に向かった。だが、間に合わなかった。

怒りの叫びを上げつつ、エイダルフはすでに門に辿りつき、門をかけようとした。戦士が、彼に向かって突進した。しかし、急にフィデルマが、その前に立ちはだかった。戦士は、剣を彼女に叩きつけようとしたが、次の瞬間、彼は、なんとしたことか、空《くう》を舞っていた。

ただエイダルフだけが、フィデルマが前へ飛び出したのを、視野の片隅で捉えていた。そのようなフィデルマを目にして、彼ははっとした。そうだ、記憶のどこかで、彼女のこの姿勢を覚えていた。前に二、三度、彼女のこの技を見たことがあった。最初は、ローマにおいて[1]だった。今、彼女は、振り下ろされる剣を無防備の頭に受けようとしていた。だが彼女は、つっと手を伸ばしたようだ。そして、戦士の腕を掴むと、自分の腰に乗せるようにして抛《ほう》り投げ、修道院の石壁に激突させていた。奇妙な、どさっという音を立てて、戦士は呻き声も上げずに、地面に叩きつけられ気を失った。

以前、フィデルマは、古代アイルランドには知識階級と呼ばれる人々がいて、国中をめぐりながら、長い歴史を持つ哲学を、ゲールの民に教えていた、とエイダルフに説明したことがあった。彼らは、広く遠く旅をしていたが、その際に、自分の身を護るために武器を携えることを良しとしなかった。人を殺《あや》めることを、認めていなかった。しかし彼らも、盗賊や街道に出没する強盗団の襲撃からは、身を護らねばならなかった。そこで彼らは、トウリッド・スキアギッド[2]〔防衛のための戦い〕と呼ばれる武術、武器なき防衛法を極めることになったのだ。この武術は、キリスト教の伝道者として異国の人々に新しい教え（キリスト教）の御言葉を伝えようと、ゲールの岸辺から旅立ってゆく多くの聖職者たちにも伝えられていたのであった。

「さあ、早く！　ブラザー・エイダルフに手を貸して！」と、フィデルマは叫んだ。「全部の門を閉じるのです！」

彼女自身も、エイダルフを助けに駆けつけようとした。だが突然、気を変えたらしい。彼女はそのまま門から走り出てしまった。マダガン修道士が、門の外十フィートのところに倒れていたのだ。

「エイダルフ！　手伝って！　急いで！」と、彼女は叫んだ。即座に彼女の意図を悟って、彼もその後ろに続いた。二人は、丁重に扱う暇もなく、いきなりマダガン修道士の体を引き上げ、両側から肩で支えて、彼を門の内側へと引きずりこんだ。どうにか気力を取り戻していた修道士たちが、二人を助けて、重い扉を閉じた。フィデルマとエイダルフは、門が安全に固定されるのを見つめながら、しばし門の内側に立ちつくした。

だがフィデルマは、すぐに活動を始めた。

「この戦士を縛り上げて！」情けなくも、動顛のあまりに何の活躍もできなかった自分たちを恥じ入った修道士たちが、今は、彼女の周りに集まっていた。その修道士たちに向かって、フィデルマは指示を飛ばした。

「これ以上、暴虐を続けられないように、この男を縛り上げ、武器を取り上げるのです」

フィデルマは、マダガン修道士に注意を移した。エイダルフが、すぐさま、その傍らに跪き、彼の傷を調べた。

「まだ、息があります」とエイダルフは、嬉しげに彼女に告げた。「傷は、深手ではありません。今診《み》る限りでは、剣の側面で後頭部を打たれたようです。額の血は、刀がかすめただけの、浅い傷です。すぐに意識を取り戻します」

フィデルマは、エイダルフを心配そうに見つめた。戦士が剣の切っ先で彼を小突いた時の傷から、血が流れ出て、法衣を濡らしていたのである。「あなたのほうは？」と彼女は、急いで問いかけた。

エイダルフは、無造作に手を肩へと伸ばして、にやりと笑った。「これまでに、もっと酷い目に遭って、生きのびてきましたよ。これなんぞ、針でちくりと刺されたようなものです。それより、あの男の体重のほうが、よっぽど大変でした。しばらく、息もつけなかった」

フィデルマは、まだ石畳の上にくずおれている女のほうへと、すでに移っていた。「旅籠《はたご》の女将《おかみ》です」と彼女は、血塗《ちまみ》れの死の仮面の下に、クレドの顔を見て取った。「よかった、まだ生きています！」とフィデルマは、すぐに叫び声を上げた。「まだ、息があるみたい」

エイダルフは素早く傷を改めたが、フィデルマを見つめ、首をゆっくりと振った。「この傷では、もはや手の施しようもありません」

その時、クレドが目を開いた。その目には、恐怖が宿っていた。

「静かに」とフィデルマは、彼女にそっと話しかけた。「周りにいるのは、皆、お前の友達です」

クレドは、呻き声をもらした。瞳がぐらぐらと揺れている。そして、必死に、何か言おうとした。「あたし……あたし、知ってる……もっと……」だが、そこで喘いだ。

エイダルフは、傍らに立っている修道士に、「水を！」と、鋭く命じた。修道士は、すぐさま、水を取りにいった。

「休んでいらっしゃい」とフィデルマは、クレドに告げた。「私たち、あなたを介抱してあげます。だから、じっと横になっていらっしゃい」

「敵は……」と、クレドは喘いだ。「あたし、聞きました、射手が、話してた。敵は……キャシェルにいるって。殿様は……」

彼女の頭が、ぐらりと後ろに倒れた。目は、見開かれたままだった。

エイダルフは、胸に十字を切った。これまでに多くの死を見てきた彼には、これが旅籠の女将の命の終焉《しゅうえん》であると、わかった。

フィデルマは、眉をひそめながら、じっと動かなかった。

水を取りにいった修道士が、戻ってきた。エイダルフは立ち上がり、意識が戻りかけている修道院執事マダガン修道士のほうへ移った。

その周りに、修道士たちが集まってきて、大人しい羊の群れのように、静かにエイダルフの指示を待っていた。彼は、彼らに問いかけた。

「ブラザー・マダガンには、助手がいたのでは？　修道院には、副執事はいなかったのかな？」

彼らは、何やら呟き合った。落ち着かなげに、足を踏み替える気配が聞こえた。だが、一人の若い修道士が、それに答えてくれた。

「ブラザー・モホタが、そうでした。今は、どうなっているのか、わかりません」

「では、それがはっきりするまで、私がその職務を引き受けよう」とエイダルフは、彼らに告げた。「それから、君たちの誰かに頼みたい。マダガン修道士を、彼の部屋に連れていってくれないか？　頭部に酷い殴打を受けておられるのだ。薬師も呼んで欲しい。それから、クレドとブラザー・デイグの遺体を、霊安室に運び、この石畳の血も、洗い流さねばならない。何人か、志願してくれないか？」

「私に、お任せを」と、修道士の一人が名乗り出た。「でも、この戦士は、どうしましょう？」

エイダルフは、襲撃者を振り向いた。

男は、しっかりと縛り上げられていた。だが、意識は取り戻していた。今は、背を壁に向けて、横たわっていた。脚は縛られ、両手も背中にまわされて、縛られていた。彼は、その姿勢のままで、しきりにロープの具合を試していたが、エイダルフが近づいていくと、それを中断した。

「俺を殺し損なって、残念だったな、坊さん」と彼は、食いしばった歯の間から、嘲笑《あざわら》った。

「殺されていたほうが良かったと、今に思うようになるさ、我が残忍非道なる友よ」とエイダルフは、厳《いかめ》しい口調で、それに答えた。「門の外の、血に飢えたお前の仲間たちは、たった一人の女性によって、やすやすと捕らえられ、武器も取り上げられてしまったとあっては、お前のことを称賛してはくれまい。まったく、たった一人の修道女に叩きのめされ、気を失ってしまったとはな。兵士について、よく言われる言葉があったな。〝アウト・ヴィアム・インヴェニアム、アウト・ファキアム（勝利か死か）〟だったかな。戦士のモットーだ。だが、お前は、そのいずれも達成できないわけだ」

戦士は、口を捻《ね》じ曲げて、エイダルフに唾を吐きかけようとした。

エイダルフは、遠慮なく、それを笑ってやった。だがすぐに戦士に背を向け、どうしていいかわからぬままに彼の指示を待っている若い修道士に向きなおった。

「この悪党は、あのまま放っておきなさい、ブラザー……ええっと？」

「ブラザー・トマルです」

「では、ブラザー・トマル、あいつは、ここに放っておいて、ほかの仕事に取りかかってくれ」

エイダルフは、まだクレドの遺体の側に立ちつくし、考えこんでいるフィデルマのほうへ、歩み寄った。

フィデルマは、視線を上げて、エイダルフの目を見つめながら話しかけた。「私、クレドは、庇護を求めて修道院へ駆けつけたのではなく、私に会うためだった、と考えているの」と彼女は、溜め息をついた。「ところで、あの戦士、あなたに何か、言いました？」

「いえ、何も。自分が何者であるかも」

「まあ、時間はありますわ。後で、尋問することにしましょう」

フィデルマは振り返って、物見の塔を見上げた。「先ず、修道院の外壁の外で、何が行われているのかを、見ておきましょう。襲撃者たち、修道院を攻撃するつもりにしては、ぐずついているように思えますわ。どうしてかしら？　それが不思議なの。もう、夜が明けようとしていますのに」

二人は塔の屋上に戻り、広場の向こうに広がる町を見渡した。建物は、まだ燃え続けていた。だが、その火勢は、少し衰えてきたようで、あちこちで、黒煙が立ち上がっている。フィデルマの目を先ず捉えたのは、イチイの大木の残骸だった。斧で、幹をかなり伐りつけた上で、太いロープを結びつけ、引き倒したに違いない。その証拠に、切り口がギザギザに裂けている。切断された幹には、すでに火がつけられていた。

フィデルマは、苦悩に、目を閉じた。

「エベル・フィンがお植えになってからの千六百年を超える歳月、私どもモアンの民の繁栄の象徴であったこのイチイに、このようなことは、一度たりと起こったことはありませんでした」と彼女は、静かに呟いた。

そして、突然、眉をひそめた。町の動きに、気づいたのだ。襲撃者の群れが、態勢を整えなおそうとしている。

彼女は、修道院の鐘が、まだ狂おしく鳴り続けていることにも、気づいた。そう、一度も途切れることなく、鳴り続いていた。このけたたましい音に慣れてしまって、それが今なお響き続けていることに気づかなかったとは、不思議だ。

「あの騒音を止めさせなければ」とフィデルマは、エイダルフに示唆した。「今まで、あれを耳にして、私どもの救援に駆けつけてくれる者が一人もいなかったということは、これからも、誰も来てはくれませんわ」

「あの若いトマル修道士を見つけて、彼に頼みましょう」

エイダルフが階段を下りかけた時、フィデルマは彼を呼びとめた。

「待って！　南の森のほうで、何か動きがあるようです。襲撃者たちが集結しているのは、そのせいなのかしら？　いよいよ、修道院襲撃に取りかかるつもりなのね！」

エイダルフはフィデルマの傍らへやって来て、彼女の視線を追った。

「我々には、防御の手立ては何もありません。彼らは、イチイの木を、あのように短時間で伐り倒してしまった。となると、あの連中、修道院のオーク材の扉も、数分で打ち破ってしまうでしょうね」

フィデルマも、エイダルフの言うとおりだと、認めざるを得なかった。「私たち、彼らと交渉することができるかもしれませんわ」と、彼女は言ってみた。だが、確信あってのことではなかった。

エイダルフは、それには何も答えなかった。ただ、まだ炎上している町やイチイの大木の残骸に、視線をめぐらせた。灰色の光が、周辺の丘陵を照らし始めた。明け方の光の中で、町じゅうに散乱している夥《おびただ》しい亡骸《なきがら》も、見えてきた。

若い修道士トマルが、階段を駆け上がってきて、二人に加わった。

「ご指示は、全部、やってきました、ブラザー・エイダルフ」と彼は、エイダルフに報告した。

「ブラザー・マダガンは、意識を取り戻されました。でも、まだ弱っておられます。セグディー院長様は、もう回復なさって、我々の敵と、もっと統制のとれたやり方で対決するために、修道士がたを組織しようとしておいでです」そして彼は、恥ずかしそうな顔で、フィデルマをちらっと見た。「あの戦士が入ってきた時、わたしたちは、門のところで、敏捷に対応できませんでした、シスター。そのことを、お詫びさせて下さい」

フィデルマには、咎《とが》める気など、なかった。「あなたは、戦士ではありません。主の御教えに従う修道士です。謝る必要など、全くありませんよ」

彼女は、一団の騎馬隊が動きを見せている町の南の地域に、気遣わしげな視線を戻した。トマル修道士は、彼女の視線を追った。

「連中、いよいよ修道院を襲おうと、集まっているんでしょうか？」と彼は、不安そうに囁《ささや》いた。

「そのようね」

「ほかの人たちに、警告してくるほうが、いいですね？」

フィデルマは、身振りで、それを押し止めた。「何のためにです？　修道院を護る術は、何もないのですよ」

「でも、少なくとも、修道女がたを避難させる方法は、あるかもしれませんよ。院長様が、前に、近くの丘陵に出る秘密の通路があるとか、ちらっとおっしゃったことがあるんです」

「通路が？　では、行って頂戴。すぐに院長様に、お話しして。もし、修道院への侵入が始まる前に、たとえ数人でも……」

トマル修道士は、フィデルマの言葉を最後まで聞くももどかしく、走り去った。

エイダルフが、彼女の腕に触れ、無言で外を指し示した。フィデルマは、彼の身振りに従って、そちらに目を転じた。町の南に、また別の騎馬隊が現れようとしていた。まだ燃えている町の南に集結し始めていた襲撃者の一隊は、この新手の騎馬隊を避けるように、町の北の外れ《はず》へ向かい、そこからさらに北へ向かって駆け去ってしまった。

「襲撃者たちが、去っていきました」エイダルフが、怪訝《けげん》そうに、フィデルマに問いかけた。「一体、どうしたのだろう？」

フィデルマは、北へ消え去っていく襲撃者の一隊から、ふたたび視線を町の南側へと戻した。早朝の薄暗い明かりの中で、新たな騎馬隊の姿が、東の山嶺《さんれい》の頂を越えて差し込む曙光《しょこう》に照らされて、より鮮明に浮かび上がってきた。二、三十騎の軍馬の一隊だ。彼らが掲げる軍旗が風にはためいている。

フィデルマは、それをはっきりと見て取ることができた。真っ青な旗に描かれているのは、オーガナハト一族の牡鹿であった。

「オーガナハト一族の旗だわ!」と、フィデルマは喘ぐように叫んだ。

新たに出現した騎馬隊が、修道院目指して、疾走してくる。

フィデルマは、さっとエイダルフを振り向いた。安堵の色が、彼女の面を染め上げている。

「あれは、きっと、クノック・アーンニャの戦士たちですわ!」彼女の声は、興奮に上ずっていた。「修道院の鐘に応えて、駆けつけてくれたに違いありません」

「襲撃者たちが、どうして慌てて退却したのか、これでわかりました」

「さあ、みんなに知らせに行きましょう」

二人が塔から下りてみると、下にはトマル修道士とセグディー院長の姿があった。院長は少し無理をしているようであり、顔色も蒼ざめ、額は青く腫れていた。ただ彼は、ふたたび統率力を取り戻していた。騎馬の一隊が修道院に近づいてくるにつれ、高らかなトランペットの音が、辺りの空気を震わせた。セグディー院長もそれがなんであるかに、すぐ気がついた。フィデルマが、わざわざ説明するまでもなかった。

「〝デオ・グラティアス!〟(主よ、感謝いたしまする!)〟」と院長は、感謝の祈りを唱えた。

「我々は、救われた! さあ、急いで門を開けるがよいぞ、ブラザー・トマル。クノック・アーンニャの戦士たちが、我々を救おうと、到着されたのじゃ」

修道院の門が開かれると、騎馬隊は彼らの前で駒を止めた。戦士らは、若い美貌の戦士に率いられていた。彼の軍装は、豪華だった。落ち着いた表情の若者で、短く刈り込まれた巻き毛も、瞳の色も、暗褐色だ。上に羽織った青い毛織りの外套の肩には、銀のブローチが輝いていた。太陽を象徴した、ごく独特なデザインで、日輪の光彩を表す三本の腕には、貴石の柘榴石《ガーネット》がそれぞれ嵌《は》めこまれている。

フィデルマが彼らを出迎えようと、ほかの人々と共に門から姿を現すと、指揮官の目は、すぐにフィデルマに留まった。彼の表情は、満面の笑みへと変わった。

「ラヴ・ラーダル・アブー！〔強き腕よ、永遠なれ！〕」と彼は、片手の拳を空に突き上げて、フィデルマに挨拶を送った。

エイダルフのモアン王国における経験も、これがオーガナハト王統の鬨《とき》の声であると理解できるほどには、長くなっていた。

「よくぞ、おいで下さいました、従弟のフィングィン殿」と言いながら、フィデルマは、自分も片手の拳を天へ向けて突き上げる挨拶をもって、彼に答えた。

若い族長は、ひらりと馬の背から飛び下りると、従姉《いとこ》を抱擁した。それから、一歩引き下がって、衝撃を受けた面持ちで、辺りを見まわした。

「しかし、私の到着は、遅すぎた」と彼は、落胆をあらわにした。「でも、神よ、感謝いたします。神は、庇護のマントであなたをお護り下さったのだから、我が従姉フィデルマ殿」

「襲撃者たちは、つい今しがた、北へ向かって馬を走らせていきました」とエイダルフが、ここで口をはさんだ。

「私も、それを目撃した」と、クノック・アーンニャの族長は、彼をちらっと見て、彼のサクソン訛りと剃髪《トンスラ》の型に気づきながら、そう答えた。「私のターニシュタ〔次期継承者〕が、部下の半分を連れて、すでに追跡に出発している。彼らは何者だったのだろう？　オー・フィジエンティの連中かな？」

フィデルマも、それが当然考えられる推量であることは、認めざるを得なかった。オー・フィジエンティ相手の一番最近の大戦闘が、ほんの九カ月ほど前に戦われたのは、まさにこのクノック・アーンニャの地、このフィングィン族長の領土の首都近辺においてであったのだから。

「そう断言は、しかねますわ。でも、オー・フィジエンティの大族長は、今、キャシェルで、兄のコルグー王と共に、和平についての話し合いをしているところです」

「私も、そう聞いています」とフィングィンは、素っ気なく相槌を打った。その表情は、彼がそのような協議を全く信じていないことを、物語っていた。だが彼は、セグディー院長の傷に気づいて、そちらへ向きなおった。

「傷は酷いのですか、院長殿？」

セグディー院長は、若い族長に挨拶しながら、首を振ってみせた。「いや、ほんのかすり傷、といったところですわい」

「ほかの修道士がたに、負傷者は？　皆、大事ありませんか？」

「もっとも酷い深手を受けておるのは、この町ですわい」と、院長は答えた。その顔は、今も苦悩にひしがれていた。「我々のほうは、修道士の一人が殺害され、一人が傀儡のように、怪我をした。だが、町のほうでは、大勢の命が失われたことだろう。そして、ご覧なされ……」

フィングィンは、ほかの者たちと共に、院長の視線を追った。

「我らモアンの民の聖なるイチイが……伐り倒されている！」とフィングィンは、恐怖と怒りが綯《な》い交ぜになった声で、叫んだ。「この償いには、夥しい血が流れることになるぞ。これは、オーガナハト王家一族への侮辱だ。その意味するものは、戦いだ」

「でも、誰を相手の戦いです？」とフィデルマは、至極真剣な声で問いかけた。「私どもは先ず、これが何者の仕業であるのかを、見極めねばなりません」

「オー・フィジェンティですよ」とフィングィンは、ぴしりと、それに答えた。「これでもって利を得る者は、オー・フィジェンティを措《お》いて、ほかに誰がいます？」

「それは、推測にすぎません」と、フィデルマは指摘した。「確実に見極めるまで、決して行動に移してはなりません」

「失礼、我々は、襲撃者の一人を、捕らえています」とエイダルフが、彼らに思い出させた。

「先ず、彼を尋問しましょう。彼が、この指令を出したのは誰かを、明かしてくれるかもしれません」

フィングィンは、この情報に、ひどく驚いたようだ。「君たちは、本当に、一人を捕虜にしたのか?」彼は、感心したらしい。

「いえ、実際に取り押さえられたのは、フィデルマ殿です」エイダルフは、あっさりと、フィングィンの言葉を正した。

フィングィンは、にやりと笑いながら、従姉に目を戻した。「あなたは、そういうことがお得意だった。そのことを、忘れていましたよ。で、その捕虜は、どこです? その野良犬から何を聞き出せるか、やってみましょう」

フィングィンは、先ず部下たちに町に出て散開し、被害を受けた人々にどのような援助が必要かを見て回ると同時に、まだ燃えている町の消火にも当たるようにと、命令を下した。その上で、彼はフィデルマたちと共に修道院へと、引き返した。

「あそこに、縛り上げてあります」と言いながら、エイダルフは、粗暴な戦士が縛られているところへと、一同を先導した。

戦士は、背を壁に凭《もた》せて、少し前に連れてこられた場所に、今も坐っていた。両手は後ろ手に縛られている。脚も、足首を縛られたまま前へ伸ばされている。頭は、胸のほうに、軽く傾《かし》いでいた。

「おい」エイダルフは、近づいていきながら、彼に呼びかけた。「さあ、しゃんとしろ。二、三、訊ねることがある」

彼は、屈みこんで、戦士の肩に軽く手を伸ばした。

戦士は、音も立てずに、横ざまに転がった。

フィングィンは、膝をついて屈みこみ、男の首に手を伸ばして、脈を探った。

「おお、キャシェルの民の王冠にかけて！　何たることか！　何者かが、この男に復讐したのだ。死んでいる！」

驚きの声を上げながら、フィデルマは進み出て、従弟の傍らに立った。

男の胸は、血に染まっていた。何者かが、彼の心臓を刺したのだ。

訳註

歴史的背景

1 聖ブリジッド＝四五三年頃～五二五年頃。ブリギット、ブライドとも。アイルランドで聖パトリック（訳註9参照）に次いで敬慕されている聖職者。若くして宗門に入り、めざましい布教活動を行った。アイルランド最初の女子修道院をキルデアに設立。アイルランド初期教会史上、重要な聖女。詩、治療術、鍛冶の守護聖人でもある。フィデルマはモアン王国の人間であるが、ラーハン王国のキルデアに建つ聖ブリジッド修道院に所属して、ここで数年間暮らしていたため、〝キルデアのフィデルマ〟修道女と呼ばれていた。

2 アイルランド五王国＝エール五王国（原文では、ほとんど〝アイルランド五王国〟が使われているので、訳文は大体において〝アイルランド五王国〟に統一）。エールは、アイルランドの古名の一つ。語源は、神話のデ・ダナーン神族の女神エリュー。

3 タラ＝現在のミース州にある古代アイルランドの政治・宗教の中心地。〝九人の人質取りしニアル〟により、大王の王宮の地と定められたとされる。遺跡は、紀元前二〇〇〇年に遡《さかのぼ》る。

4 アード・リー＝アイルランド語で、大王の意。〝全アイルランドの王〟、あるいは〝アイルランド五王国の王〟とも呼ばれる。紀元前からあった呼称であるが、強力な勢力を持つようになったのは、二世紀の〝百戦の王コン〟、その子である三世紀のアルト・マク・コン、アルトの子コーマク・マク・アルトの頃。実質的な大王の権力を把握したのは、十一世紀初めの英雄王ブライアン・ボルーとされる。大王は、ミースの大王都タラで、政治、軍事、法律等の会議や、文学、音楽、競技などの祭典でもあった国民集会フェシュ・タウラー（訳註10参照）を主催した。しかし、アイルランドのこの大王制度は、一一七五年、英王ヘンリー二世に屈したリアリィー・オコナーをもって、終焉《しゅうえん》を迎えた。

5 デルフィネ＝血縁で繋《つな》がれた集団やその構成員。デルヴは、〝真の〟、〝血の繋《つな》がった〟などを意味し、フィニャは〝家族集団〟を意味する。男系の三世代（あるいは、四世代、五世代、などと言及されることもある）にわたる、〈自由民〉である全血縁者。

6 〈ブレホン法〉＝数世紀にわたる実践の中で複雑化し洗練されて、五世紀には成文化されたと考えられている。しかし固定したものではなく、三年に一度、大王の大王都タラにおける大祭典で検討され、必要があれば改正された。〈ブレホン法〉は、ヨーロッパの法律の中できわめて重要な文献とされ、十二世紀半ばに始まった英国による統治下にあっても、十七世紀までは存続していたが、十八世紀に、最終的に消滅した。

7 ブレホン＝古語でブレハヴ。古代アイルランドの〝法官、裁判官〟で、〈ブレホン法典〉に従って裁きを行う。きわめて高度の専門学識を持ち、社会的に高く敬われていた。ブレホンの長《おさ》ともなると、大司教や小国の王と同等の地位にある者と見做された。

8 大王リアリィー＝リアリィー・マク・ニールは、五世紀半ばの大王（四六三年没）。英雄的な王〝九人の人質を取りしニアル〟の子。〈九人の賢者の会〉を招集し、主催した。

9 〈九人の賢者の会〉＝アイルランド古代の律法を再検討し集大成するために、大王リアリィーによって招集された会。九人の賢者たちは三年にわたって討議検討し、その結果、大律法書『シャンハス・モール』（訳註20参照）が完成した。九人の賢者とは、この会議を主導した大王リアリィー、モアン（マンスター）王コルク（モアンのオーガナハト王朝の先祖。このシリーズの主人公フィデルマは、このオーガナハト王家の王女と設定されている）、ウラー（アルスター）王ダイルの三王と、三人のブレホンの長、それに聖パトリックたち三人の聖職者の九人。

10　聖パトリック＝三八五年頃〜四五二年。アイルランドに初めてキリスト教を伝えた（異説あり）とされるアイルランドの守護聖人。ブリトン人で、少年時代に海賊に捕らえられて六年間アイルランドで奴隷となっていた。やがて脱出してブリトンへ帰り、自由を得た上で、四三五年頃にアイルランドに戻り、アード・マハを拠点としてキリスト教を伝え、多くのアイルランド人を入信させた。アード・マハは、現在のアーマー。アーマーは、聖パトリックがアイルランド最初の礼拝堂を建立して以来、この国のキリスト教信仰の中心であり、最高権威の座となってきた。『アード・マハの祝福されしパトリック』は、聖ムラクーによる彼の伝記の書名でもある。

11　フェシュ・タウラー＝（フェシュ・タウラッハ）〔タラの祭典、あるいはタラの大集会〕。三年に一度、秋に、タラの丘で開催される大集会で、アイルランド全土から、人人が集まり、一種の民族大祭典とも言うべき大集会が開かれ、さまざまな催し、市《いち》、宴《うたげ》などが繰り広げられ、人々は大いに楽しむのであるが、主な目的は、①全土に、法律や布告を発布する、②さまざまな年代記や家系譜等を、全国民の前で吟味し、誤りがあればそれを正す、③国家的な大記録としてそれを収録する、という三つの目的のためであった（ダグラス・ハイド等）ようだ。

12　公的な詩人＝古くは、〈フィリャ〉〔詩人〕は学者であり、またさらに古くは、言葉の魔力を通して超自然とも交信をなし得る神秘的能力を持った人でもあり、社会的に高い敬意や畏怖をもって遇された存在であった。とりわけ、詩人の長《おさ》などの秀れた詩人たちは、最高の助言者という公的役目を果たす賢者でもあった。

13　モアン王国＝マンスター王国。モアンは、現在のマンスター地方。五王国中、最大の王国で、首都はキャシェル。町の後方に聳《そび》える巨大な岩山〈キャシェルの岩〉の頂上に建つキャシェル城は、モアン王の王城でもあり大司教の教会堂でもあって、古代からアイルランドの歴史と深く関わってきた。現在も、この巨大な廃墟は、町の上方に威容を見せている。このシリーズの主人公フィデルマは、モアンの新王コルグーの妹、先王カハルの姪、数代前の王ファルバ・フランの娘として、このキャシェル城で生まれ育った、と設定されている。

14　ダロウ＝アイルランド中央部の古い町。五五六年、聖コロムキルによって設立された修道院があることで有名。この修道院にあった装飾写本『ダロウの書』は、アイルランドの貴重な古文書で、現在はダブリンのトリニティ大学が所蔵。

15　ラズローン＝ダロウの修道院長。フィデルマ兄妹の遠縁に当たる、温厚明朗な、魅力的な人物として、しばしば《修道女フィデルマ・シリーズ》に登場する（短編集『修道女フィデルマの洞察』の中の「名馬の死」、短編集『修道女フィデルマの探求』の中の「ウルフスタンへの頌歌」等）。幼くしてモアン国王であった父ファルバ・フランを亡くしたフィデルマの後見人であり、彼女の人生の師、良き助言者として描かれている。

16 〈選択の年齢〉＝成人として認められ、自らの判断を許される年齢。男子は十七歳、女子は十四歳で、その資格を与えられた。

17 〈詩人の学問所〉＝七世紀のアイルランドでは、すでにキリスト教が広く信仰されており、修道院の付属学問所を中心として、新しい信仰と共に入ってきたキリスト教文化やラテン語による新しい学問も、しっかりと根付いていた。だが、古来の〈詩人の学問所〉のような教育制度が伝えたアイルランド独自の学問も、まだ明確に残っていた。フィデルマも、キルデアの聖ブリジッドの修道院で新しい、つまりキリスト教文化の教育を受け、神学、ヘブライ語、ギリシャ語、ラテン語等の言語や文芸にも通暁しているが、その一方、アイルランド古来の文化伝統の中でも、恩師〝タラのモラン〟の薫陶を受けた〈ブレホン法〉の学者でもある。

18 モラン＝ブレホンの最高位のオラヴの資格を持つ、フィデルマの恩師。

19 オラヴ＝本来は、詩人の七段階の資格の中での最高の位であり、九年から十二年間の勉学と、二百五十篇の主要なる詩、百篇の第二種の詩を暗誦によって完全に習得した者

になっていた。

に授けられた位。しかしフィデルマの時代には、各種の学術分野の最高学位を指すよう

20 『シャンハス・モール』＝五世紀の大王リアリィーが、八人の賢者を招集し、自らも加わった九人で、それまでに伝えられてきたさまざまな法典やその断片を検討し、集大成を行った。三年の歳月をかけて、四三八年に完成した大法典が、この『シャンハス・モール』（〝大いなる収集〟の意）で、アイルランド古代法（〈ブレホン法〉）の中のもっとも重要な文献である。

21 『アキルの書』＝『シャンハス・モール』と共に、アイルランドの古代法の重要な法典。著者がここに述べているように、『シャンハス・モール』は刑法、『アキルの書』は民法の文献のようであるが、前者を民法、後者を刑法の文献と述べる学者もあるようだ。この二大法典は、異なる時代に、異なる人々によって、集大成されたので、何れ《いず》にも民事に関する言及も刑事犯罪に関するものも収録されているのであろう。どちらかが刑法、どちらかが民法と、こだわる必要はないのかもしれない。

『アキルの書』は、三世紀の大王コーマク・マク・アルトの意図の下に編纂《へんさん》されたとも、また七世紀の詩人ケンファエラがそれに筆を加えたとも、伝えられている。コーマクは戦傷によって片目を失って大王位を息子の〝リフィーのカブリー〟に譲った。太古のアイルランドの掟には、王や首領は五体満足なる者であるべしとの定めがあったためであ

る。だが、若い王は難問にぶつかると、しばしば父コーマクに教えを乞うた。それに対して、コーマクが「我が息子よ、このことを心得ておくがよい……」という形式で、息子に助言を与えた。その教えが、この『アキルの書』である、とも伝えられている。

アキルは、大王都タラの近くの地名。

22 ドゥルイド＝古代ケルト社会における、一種の〈智者〉。語源は、〝全き智〟を意味する語であったといわれる。きわめて高度の知識を持ち、超自然の神秘にも通じている人とされた。アイルランドにおけるドゥルイドは、預言者、占星術師、詩人、学者、医師、王の顧問官、政の助言者、裁判官、外交官、教育者などとして活躍し、人々に篤く崇敬されていた。

しかし、キリスト教が入ってきてからは、異教、邪教のレッテルを貼られ、民話や伝説の中では〝邪悪なる妖術師〟的イメージで扱われがちであるが、本来は〈叡智の人〉である。宗教的儀式を執り行うことはあっても、必ずしも宗教や聖職者ではないので、ドゥルイド教、ドゥルイド僧、ドゥルイド神官という表現は、偏ったイメージを印象づけてしまおう。

23 キルデアの修道院に所属＝フィデルマは、両親の没後、ラズローン修道院長の後見の下、キャシェルで初等教育を受けたが、さらに勉学を続けることを望んでタラに移り、ブレホンのモラン師の法学院で八年間研鑽《けんさん》を続けて、上級ドーリィーであるアンルーの資格を授与されていたことは、《修道女フィデルマ・シリーズ》の中で、しばしば言及されてきた。

その後フィデルマは、これまたラズローンの助言で、キルデア修道院に所属したので、その時期には〝キルデアのフィデルマ〟という呼称を用いていたが、ある事件で、信仰上の義務と法の正義に関して、修道院長と意見を異にしたためキルデアを去り、兄王コルグーの居城でありフィデルマの生地でもあるキャシェル城に退いた（短編集『修道女フィデルマの洞察』の中の「晩禱の毒人参」において描かれている事件）。それ以後、彼女は〝キャシェルのフィデルマ〟を名乗っている。

24 十八カ国からの留学生＝当時アイルランドは、信仰や学術において、ヨーロッパの文化を支える一大拠点であり、ヨーロッパ各国から、多くの聖職者、学者、学徒が集まってきていた。その様子は《修道女フィデルマ・シリーズ》の中にも、よく描かれている（短編集『修道女フィデルマの探求』の中の「ウルフスタンへの頌歌」等）。フィデルマの良き相棒エイダルフも、そうした留学生としてサクソンの国からやって来た青年学徒であったと、設定されている。

25 フェアローズ＝あるいは、フェロー諸島。アイスランドとスコットランドのシェトランド諸島の中間に位置する、デンマーク領の群島。

26 ローマとの軋轢《あつれき》＝アイルランドでは、キリスト教は五世紀半ばに聖パトリックによって伝えられた（異説あり）とされるが、その後速やかにキリスト教国になり、聖コルムキルや聖フルサを初めとする多くの聖職者たちが現れた。彼らは、まだ異教徒の地であったブリテンやスコットランド等の王国にも赴き、熱心な布教活動を行っていた。しかし、改革を進めつつあったローマ教皇のもとなるローマ派のキリスト教との間には、復活祭の日の定め方、儀式の細部、信仰生活の在り方、神学上の解釈等さまざまな点で相違点が生じており、ローマ教会派とアイルランド（ケルト）教会派の対立を生んでいた。だが、フィデルマの物語の時代（七世紀中期）には、アイルランドにおいても次第にローマ教会派が広がりつつあり、九世紀から十一世紀には、アイルランドのキリスト教もついにローマ教会派に同化していくことになる。

27　ニカイアの総会議＝三二五年、コンスタンティヌス大帝によって招集されたニカイアにおける総会議は、復活祭の日の定め方やその他の議題で議論が紛糾し、議場は騒然となった。結局、復活祭は「春分に次ぐ満月後の最初の日曜日」と、一応の決着をみた。

28　一六〇七年の戦乱＝イギリスによるアイルランド侵略は十二世紀半ばから始まっていたが、十六世紀に英王ヘンリー八世がローマ・カトリックから離脱してプロテスタントの英国国教会（アングリカン・チャーチ、聖公会）を樹立し、自らをイギリスにおけるキリスト教信仰の最高権威であると宣言するや、アイルランドもこのイギリス国教会信仰を強要されるようになっていった。ここで作者が〝カトリックでもプロテスタントでも〟と言っているのは、アイルランドでまだ両者が両立していた時代を指している。

しかし、イギリスのアイルランド支配は次第に苛烈になり、アイルランド人は自分たちの土地や文化や言語（ゲール語）を奪われてゆき、カトリック信仰も弾圧されてゆく。

　このイギリスの強権に対して、土着のアイルランド人や、初期の移住者であったアングロ・ノルマン系のイギリス貴族たちの間に、反英の機運が澎湃《ほうはい》として湧きあがり、アイルランド史は、イギリス支配への叛乱と敗北の歴史となっていったのであった。

　ここに述べられている一六〇七年の戦乱もその一つで、ティローン伯ヒュー・オー・ニールに率いられた熾烈なる反英蜂起であった。だが、結局はこの叛乱も、ヒュー・オー・ニールの降伏という結末を迎え、イギリスの支配はますます強固になっていった。

　それに耐えかねたヒュー・オー・ニールや彼に従うアングロ・ノルマンやゲールの貴族とその一族たちは、ついには母国を捨て、大陸へ渡った。これが〝伯爵たちの亡命〟という、アイルランド史の中の悲劇的な一齣であった。アイルランドは、反英運動を支える強力な貴族たちを失って全く非力となり、イギリスのアイルランド支配は、確乎《かっこ》たるものとなっていった。

　それに伴って、カトリック信仰も禁断の宗教として弾圧されていった。一六〇七年の叛乱で崩壊したイムラックの大修道院が〝アングリカン・チャーチの大聖堂として建てなおされ〟たという記述も、こうした時代を物語っている。

　だが十九世紀になると、アイルランドの反英・独立運動が急激に盛り上がり、宗教においても、一八二九年には、ついに〈カトリック解放令〉も発布されて、カトリック信仰は再生しつつあった。長らくイギリス国教会の拠点となってきたイムラックの大聖堂も、十九世紀半ばには、こうした時代の流れの中で、荒廃していた。

29　聖アルバ＝アルベ。六世紀初期のアイルランド人司教。生涯については、詳細不明。主として、アイルランド南部で布教。イムラック（現ティペラリー州エムリー）の司教区の創設者か？〝牝狼に育てられた〟、〝晩年は〈約束の地〉（異教のケルトの至福の異界）に隠棲した〟等の伝説に彩られている聖者。

第一章

1　バリホウラ山脈＝バリボウラ山嶺《さんれい》。イムラックの西南に連なる山脈。

第二章

1　クーフラン＝クーハラン、クフーリン等。アイルランド神話・英雄譚の中のもっとも名高い勇者。輝かしい神ルーと人間の娘デクティーラ（デクトーラ）の間に生まれた息子で、幼名はセイタンタ。少年時代に彼はクーランが番犬として飼っていた猛犬を殺してしまったため、その猛犬の仔が成長するまでは自分が番犬の役を務めようと申し出た。それ以来、〝クーランの番犬〟という意味のクーフランという名で呼ばれることになった。長編叙事詩『クーリィの家畜争奪譚』でも、アルスター王国のため孤軍奮闘。そのほか数々のロマンス、冒険、戦闘の物語で彩られている英雄。しかし死と破壊の女神モーリーグの愛を拒んだため、終生彼女につけ狙われ、ついにはその策におちいって悲劇的な死を迎える。

2 〝コロナ・スピネア（茨《いばら》の冠）〟型＝〈聖ペテロの剃髪《トンスラ》〉。この時代、カトリックの男子聖職者は剃髪をしていたが、ローマ教会の剃髪は頭頂部のみを丸く剃る形式であった。アイルランド（ケルト）教会では、それとは異なる形をとっていた（第四章訳註3参照）。

3 カンタベリーの大司教テオドーレ＝小アジアのタルソス生まれのギリシャ人。〈ウィトビア教会会議〉（第四章訳註4参照）で、サクソン諸王国は、ケルト（アイルランド）・カトリックではなく、ローマ・カトリック教会を信奉することになり、ローマ派のカンタベリー聖堂が、サクソンのキリスト教信仰の首位座となった。その初代の大司教がテオドーレ。『サクソンの司教冠』の中で、エイダルフは彼の秘書官に任じられたと設定されている。

4 アード・マハ＝アーマー。アルスター地方南部の古都で、多くの神話や古代文芸の舞台となってきた。聖パトリックによって大聖堂が建立（四四三〜四四五年頃）され、その付属神学院は学問の重要な拠点となっていった。

第三章

1　オーン・モール＝〝輝かしきオーン〟、オーエンとも。アイルランド南部に強大な勢力を確立し、モアン王国のオーガナハト王家の祖とされる。

2　オー・フィジェンティが引き起こそうとした叛乱＝《修道女フィデルマ・シリーズ》第四作『蛇、もっとも禍《まが》し』の背景（第四章訳註1参照）となっている。

3　クノック・アーンニャの戦場＝クノック・アーンニャは、デ・ダナーン神族の愛と豊穣の女神アーンニャの砦があったとされる丘。十九世紀まで、聖ヨハネ祭（夏至祭）の前夜、人々は乾し草や藁に火を灯してアーンニャの丘に登り、疫病退散や豊穣を彼女に祈願した。アーンニャの丘の戦いは、六六六年に、モアン王コルグーに叛旗を翻《ひるがえ》したオー・フィジェンティ大族長の一党とコルグー王の軍勢が激突した戦役を指す。

4　〈黄金の首飾り戦士団《ニーア・ナスク》〉＝古代アイルランドでは、四王国の王や、その上に位置する大王はもちろん、さまざまな規模の小王たちも、それぞれ精鋭戦士団を抱えていた。これらの中でもっとも有名なものは、無数の英雄伝説においても活躍するウラー（アルスター）王直属の〈赤い枝勇士団〉や、大王コーマク・マク・アルトに仕えた、フィンを首領とする〈フィニアン戦士団〉であるが、この〈黄金の首飾り戦士団〉も、モアン（マンスター）王に仕えた、実在の由緒あるエリート戦士団であった（著者トレメイン氏の教示）。

5　トゥアム・ブラッカーン＝トゥアム・ブレッカン。アイルランド北西部のゴルウェイ地方の町。六世紀に聖ヤルラーによってこの地に設立されたこの修道院は、神学、医学の学問所としても名高かった。

第四章

1　オー・フィジェンティの……ありますわ＝《修道女フィデルマ・シリーズ》の第四作『蛇、もっとも禍し』では、物語の背景として、オー・フィジェンティ大族長とその一党によるモアン王国への謀叛計画が扱われているが、その計画を暴き、囚われていたエイダルフを救出するために、フィデルマはオー・フィジェンティ大族長領に潜入した。その事件についての、フィデルマの皮肉。

2　ラーヒー・ナ・キーンティー（嘆きの日々）＝死者の亡骸《なきがら》の前で大きな身振りと共に泣き、哀悼歌を歌い、死者への讃歌を唱えるという、服喪の日々。哀悼歌については、下巻第十四章の註1を参照。

3　〈聖ヨハネ型剃髪〉＝アイルランド（ケルト）教会では、ローマ教会とは異なる形の剃《トン》髪《スラ》を行っていた。著者は《修道女フィデルマ・シリーズ》の中でよくこの点に言及しているが、たとえば、シリーズ第二作の『サクソンの司教冠』の中でも、〝後ろの髪は長く伸ばし、前頭部は耳と耳を結ぶ線まで剃り上げる様式である〟と説明している。

4 キリスト教公会議＝六六四年、ノーサンブリア王国ウィトビア／ウィトビー（旧名ストローニャシャル）の修道院において、ノーサンブリア王オズウィーの主催という形で開催された宗教会議。復活祭の日の定め方、教義の解釈、信仰の在り方等、当時対立が顕著となったローマ教会とアイルランド（ケルト）教会の妥協を求めるための会議であったが、最終的には、オズウィー王が天国の鍵の保持者聖ペテロに従うと決定したため、イングランド北部の教会は聖ペテロが設立したとされるローマ教会に属することとなり、その結果アイルランド教会派はさらに孤立してゆき、ついに十一世紀（まで）には、ほぼローマ教会に同化していった。《修道女フィデルマ・シリーズ》の第一作『死をもちて赦《ゆる》されん』は、このウィトビア教会会議を物語の背景としている。アイルランド教会派に属する修道女フィデルマは、サクソン人でローマ教会派のエイダルフと、そこで初めて出会ったのであった。

5 ダール・リアダ王国＝現スコットランド地方にあった古代王国。聖コルムキルが修道院を設立したアイオナも、この王国の西岸に位置する島。

6　妹にも、戦士団の十字架を授けていた＝《修道女フィデルマ・シリーズ》第六作『翳《かげ》深き谷』の第二章に描かれている儀式。

第五章

1　王は完全な肉体を＝この掟は、すでに神話の中にも出てくる。たとえば、デ・ダナーン神族の指導者であったヌアダはフィアボルグ神族との戦いで片腕を失って王位を退いたが、医術の神ディアン・ケハトが銀で義手を作ってくれたため、ふたたび王位に戻った、と語られている。それ以降、彼は〝銀の腕のヌアダ〟と呼ばれることになったのである。また、歴史時代に入って、三世紀の大王コーマク・マク・アルトも同様に、片目を失ったために退位している。

2　賠償＝〈ブレホン法〉の際立った特色の一つは、古代の各国の刑法の多くが犯罪に対して〝懲罰〟をもって臨むのに対し、〝償い〟をもって解決を求めようとする精神に貫かれている点であろう。各人には、地位、財産、血統などを考慮して社会が評価した〝価値〟、あるいはそれに沿って法が定めた〝価値〟が決まっていて、殺人という重大な犯罪さえも、被害者のこの〈名誉の代価〉を弁償することによって、つまりは〈血の代償金〉を支払うことによって、解決されてゆく。この精神や慣行は、神話や英雄譚の中にもしばしば登場している。たとえば、アイルランドの三大哀歌の一つといわれる『トゥーランの子らの運命』も、有力な神ルーの父を殺害したために、ルーから苛酷な弁償を求められたトゥーランの息子たちが辿る悲劇を物語る。

3 『ブレハ・クローリゲ』＝『被害者・弱者救済の定め』。ブレハは〝判決〟、クローリゲは〝暴力の被害者や病弱者〟の意。しかし、フィデルマがここで述べているように、この法典は、裁判に関する様々な手順や定めについても、詳しく述べている。

4 ファールナ＝現ファーンズ。ラーハン王国の王都。

第六章

1 ルクレティウス＝紀元前一世紀のローマの哲学者、詩人。

2 『イザヤ書』＝旧約聖書『イザヤ書』の第四十七章十三〜十五節。イザヤは、紀元前八世紀のヘブライ（ユダヤ）の予言者。

3 『申命記』＝旧約聖書『申命記』第四章十九節。

4 イスラエルの……懼る勿れ＝旧約聖書『エレミア記』の第十章一〜二節。

第七章

1　シュリーヴ・フェリム山嶺《さんれい》＝イムラックの北方に連なる山脈。

2　ミリャ＝ミル、ミレシウス、〝スペインのミーリャ（ミール・イシュパン）〟とも。伝説によれば、古代のスペインやエジプトの王に仕えた一族の長。彼の息子たちが率いるミレシアン（〝ミールに従う者たち〟）は、アイルランドに進攻し、デ・ダナーン神族と戦って勝利者となった。彼らがアイルランドにおける最初の人間の支配者であり、アイルランド人の先祖であると、伝説は伝える。

3　エベル・フィン＝金髪のエベル。ミリャがエジプト王女との間にもうけた息子のうちの一人。ミレシアンによるアイルランド征服後、兄弟は国土を二分し、エベルはボイン川以南のアイルランド南部を、兄のエレモンは北側の半分を、支配することになった、とされる。オーン（第三章訳註1参照）や彼を祖とするオーガナハト王家は、自分たちをエベルの末裔《まつえい》だと称した。

第八章

1 〝ギリシャ人ゾシムス〟＝異端者とされることになるペラギウスの主義に好意的であったローマ教皇（在位四一七～四一八年）。

2 〈黄色疫病〉＝黄熱病。きわめて悪性の流行病で、よく肌や白目が黄色くなる黄疸症状を伴うため、アイルランドではブーイ・コナル〔黄色のぶり返し〕と称された。五四二年、エジプトで発生し、商船によってヨーロッパへ伝播して猛威をふるい、五四八～五四九年にはアイルランドにまで及んだ。アイルランドは、五五一～五五六年に、とりわけはなはだしい大流行にみまわれた。

六六四年に、ヨーロッパは再度この疫病の猛威に曝《さら》され、一説によればヨーロッパの人口の三分の一が失われたという。アイルランドでも、六六四年から八年にかけて、全人口の三分の一が死亡したと見られる。大王や諸国の王たち、高名な聖職者たちも、大勢この疫病に斃《たお》れた。

この六六四～六六八年のアイルランドにおける猖獗《しようけつ》期が、六六五年に時代を設定した《修道女フィデルマ・シリーズ》第三作『幼き子らよ、我がもとへ』の背景である（『ブレホン』誌に掲載されたトレメイン氏の「黄色疫病」その他より）。

3 ボー・アーラ＝短編「奇蹟ゆえの死」（短編集『修道女フィデルマの洞察』収録）の中で、著者は「領地は持っていないものの、牝牛をれっきとした財産と認められるだけの頭数所有している族長のことで、〝牝牛持ちの族長〟を意味する言葉である。この地位は、一種の地方代官で……小さな共同体は、大体において、こうしたボー・アーラが治めており、そのボー・アーラ自身は、通常、さらに強力な族長に臣従している」と、説明している。代官、地方行政官といった地位である。

第十章

1　石垣＝アイルランドの緑鮮やかな美しい平地や丘辺も、近寄ってみると大小の石がごろごろと散乱している荒れた土地であることが多い。国土を南北に貫くシャノン川の西岸はとりわけそれが著しく、農民は苦労する。彼らはこの夥《おびただ》しい石灰岩や花崗岩《かこうがん》の石《いし》塊《くれ》を長い年月をかけて取り除いては、道の両側や土地の境界線などに積み上げてきた。緑の野面《のづら》に網の目のように広がる高さ一～一・五メートルほどの白っぽい石垣は、アイルランドの、特に西部地方の風景の特徴となっている。邪魔な石の処分というだけでなく、所有地の境界線、放牧中の家畜が逃げ出すのを防ぐ柵、雨風で土が流れるのを防ぐ土留め、放牧されている家畜にとっては風除けなどと、実用性も大きい。

第十一章

1　私どもの習慣＝隣家まで一マイルも、それ以上もある田園部に居城や館を構える人々は多かった。彼らは盗賊や狼などの猛獣から身を護るために、アイルランド・ウルフドッグやマスティーフなどの獰猛《どうもう》な大型犬を番犬として飼い、夜間には彼らを解き放った。フィデルマが〝私どもの習慣〟と言っているように、これは広く行われていた習慣で、《修道女フィデルマ・シリーズ》の中でもしばしば描かれているし、英雄クーフランの物語の中でも彼の名前の由来となった少年時代のエピソードとして、よく知られている。
　このように、人々は昼間は犬を繋いでおき、夜間には解放していた。これは、単なる習慣ではなく、〈ブレホン法〉によって定められ、その遵守を求められている、れっきとした法令であった。

2　メイル・ドゥーイン＝モアン王国の安寧《あんねい》を脅《おびや》かす勢力は、オー・フィジェンティ大族長領のみでなく、もう一つ、北方のウラー王国のオー・ニール系諸王国も、モアン王国を虎視眈々と狙っていた。フィデルマの時代には、とりわけ、アイレックを本拠とする北オー・ニール王家のメイル・ドゥーイン王という強敵が、絶えずモアン王国に対して野心を燃やしていた。モアンのオーガナハト王統に取って代わろうとするモアン国内の不穏勢力、オー・フィジェンティ大族長領の叛旗の背後には、常にメイル・ドゥーインの影がちらつき、これを唆《そそのか》し支援していた。

この軋轢は、前作『翳深き谷』などで、物語の背景として、よく登場している。

第十二章

1　ローマにおいて＝《修道女フィデルマ・シリーズ》の第二作『サクソンの司教冠』の中に出てくる事件。

2　トゥリッド・スキアギッド＝語義は、〝楯《たて》による戦い〟の意。すなわち、武器を用いず、楯で身を護る戦い方、武器を使わない護身術。

検印
廃止

訳者紹介　早稲田大学大学院博士課程修了。英米演劇，アイルランド文学専攻。翻訳家。主な訳書に，C・パリサー『五輪の薔薇』，P・トレメイン『蜘蛛の巣』『死をもちて赦されん』『修道女フィデルマの叡智』『アイルランド幻想』など。

消えた修道士 上

2015年11月20日　初版

著　者　ピーター・トレメイン

訳　者　甲《か》斐《い》萬《ま》里《り》江《え》

発行所　(株)　東京創元社
代表者　長谷川晋一

162-0814／東京都新宿区新小川町1-5
電　話　03・3268・8231-営業部
03・3268・8204-編集部
URL　http://www.tsogen.co.jp
振　替　00160-9-1565
工友会印刷・本間製本

ISBN978-4-488-21820-1　C0197

ドイツミステリの女王が贈る、
破格の警察小説シリーズ!

〈刑事オリヴァー&ピア〉シリーズ

ネレ・ノイハウス◎酒寄進一 訳

創元推理文庫

深い疵《きず》

殺害されたユダヤ人は、実はナチスの武装親衛隊員だった!?
誰もが嘘をついている&著者が仕掛けたミスリードの罠。

白雪姫には死んでもらう

閉塞的な村で起こった連続美少女殺害の真相を追う刑事たち。
緻密に絡み合う事件を通して人間のおぞましさと魅力を描く。

悪女は自殺しない

飛び降り自殺に偽装された、誰もが憎んでいた女性の死。
刑事オリヴァーとピアが挑んだ“最初の事件”!

2011年版「このミステリーがすごい！」第1位

BONE BY BONE◆Carol O’Connell

愛おしい骨

キャロル・オコンネル

務台夏子 訳　創元推理文庫

◆

十七歳の兄と十五歳の弟。二人は森へ行き、戻ってきたのは兄ひとりだった……。

二十年ぶりに帰郷したオーレンを迎えたのは、過去を再現するかのように、偏執的に保たれた家。何者かが深夜の玄関先に、死んだ弟の骨をひとつひとつ置いてゆく。

一見変わりなく元気そうな父は、眠りのなかで歩き、死んだ母と会話している。

これだけの年月を経て、いったい何が起きているのか？

半ば強制的に保安官の捜査に協力させられたオーレンの前に、人々の秘められた顔が明らかになってゆく。

迫力のストーリーテリングと卓越した人物造形。

2011年版『このミステリーがすごい！』１位に輝いた大作。

巧緻を極めたプロット、衝撃と感動の結末

JUDAS CHILD◆Carol O'Connell

クリスマスに少女は還る

キャロル・オコンネル
務台夏子 訳　創元推理文庫

◆

クリスマスも近いある日、二人の少女が町から姿を消した。州副知事の娘と、その親友でホラーマニアの問題児だ。

誘拐か？

刑事ルージュにとって、これは悪夢の再開だった。

十五年前のこの季節に誘拐されたもう一人の少女——双子の妹。だが、あのときの犯人はいまも刑務所の中だ。

まさか……。

そんなとき、顔に傷痕のある女が彼の前に現れて言った。

「わたしはあなたの過去を知っている」。

一方、何者かに監禁された少女たちは、奇妙な地下室に潜み、力を合わせて脱出のチャンスをうかがっていた……。

一読するや衝撃と感動が走り、再読しては巧緻を極めたプロットに唸る。超絶の問題作。